Nathalie Fortmann

Ungeplant & Unperfekt

Das Leben einer Mutter, immer zart am Rande des Wahnsinns

novum pro

Dieses Buch ist auch als
e-book
erhältlich.

Bibliografische Information
der Deutschen Nationalbibliothek:

Die Deutsche Nationalbibliothek
verzeichnet diese Publikation in
der Deutschen Nationalbibliografie.
Detaillierte bibliografische Daten
sind im Internet über
http://www.d-nb.de abrufbar.

Gedruckt in der Europäischen Union
auf umweltfreundlichem, chlor- und
säurefrei gebleichtem Papier.

© 2025 novum publishing gmbh
Rathausgasse 73, A-7311 Neckenmarkt
office@novumverlag.com

ISBN 978-3-7116-0682-2
Lektorat: David Pavlas
Umschlag- & Autorenfoto:
Nathalie Fortmann
Umschlaggestaltung, Layout & Satz:
novum Verlag

www.novumverlag.com

Druckprodukt mit finanziellem
Klimabeitrag
ClimatePartner.com/16547-2311-1001

Vorwort

Die Frage, die sich mir stellt und die mir ständig beim Schreiben dieses Buches durch den Kopf ging: Warum sollte jemand diese Zeilen lesen?

Wir sind nicht in der Schule, wo es unsere Aufgabe ist, einen Aufsatz zu schreiben und der Lehrer hinterher gezwungen ist, die aneinandergereihten Wörter zu lesen und zu bewerten.

Ich habe irgendwann, besser gesagt schon vor vielen Jahren, den Entschluss gefasst, diese Zeilen zu verfassen. Zu Beginn wollte ich dieses Buch schreiben, um einen Ausgleich zum Alltag als berufstätige Mutter zu haben. Meine Leidenschaft für Wörter und Texte half mir dabei auf die Sprünge. Doch es kam anders – wie so oft im Leben.

Nach einem Schicksalsschlag und einer sehr traumatischen Erfahrung war das Schreiben dieses Buch für mich Therapie. Und das ist es bis heute.

Ich bin ein freiheitsliebender, für alles offener und dennoch sehr verschlossener Mensch. Ich habe Jahre gebraucht, um mich selbst meinen Gefühlen und Empfindungen zu stellen.

Heute denke ich: Wenn ich nur einer Person, die dieses Buch liest, durch meine Schilderung helfen und durch meine Geschichte stärken kann, dann war es all die innere Arbeit und Nächte am PC wert.

Ich möchte mit diesem Buch Menschen, insbesondere Frauen, Mut machen, Tabus brechen, auf Missstände aufmerksam machen und Liebe in die Welt hinaustragen. Ich möchte zeigen, wie schön es ist, wahre Liebe zu empfinden und dass dies nicht immer im ersten Anlauf klappen muss.

Jedes dieser hier geschriebenen Wörter stammt aus meiner Feder. Aus meinem tiefsten Herzen und aus meinem Gedankenkarussell „Zart am Rande des Wahnsinns".

Ich danke jedem Menschen in meinem Leben, dass er Teil dieser Vorlage war egal ob positiv oder negativ. Es gibt wenige Dinge, die Menschen bewegen, doch Worte besitzen diese Macht. Ich wünsche mir, dass ich zumindest für einen kleinen Augenblick einen Weg zu deinem Herzen finde. Dass meine Geschichte dir Mut macht, egal, an welchem Punkt im Leben du gerade stehst.

Widmung

Für Hannah, Celine, Louis und Rosa,
Ihr seid mein Leben. Für Euch kämpfe ich, für Euch falle ich,
für Euch stehe ich wieder auf.

Für L.
Ohne Dich gäbe es dieses Buch nicht, ohne Dich gäbe es mich
nicht, wie ich heute bin. Ich danke Dir für alles.
Ich liebe Dich.
Und wie schon Beethoven in einem Liebesbrief an seine
unsterbliche Geliebte schrieb, sage auch ich zu Dir:
„Ewig Dein. Ewig Mein. Ewig uns."
Ein Dank an das Leben, das mich jeden Tag aufs Neue lehrt,
wie lebenswert es ist.
Ein Dank an die Lieben, die mich tagtäglich begleiten,
mir zuhören und mir zur Seite stehen,
ohne dabei zu verzweifeln.

Inhaltsverzeichnis

Willkommen in meinem kleinen Universum.

Ich bin Nathalie, zum jetzigen Zeitpunkt 37 Jahre alt, gebürtige Düsseldorferin, Mutter von vier Kindern, Geschäftsführerin, Gründerin und seit Jahren ein mittelschweres, aber sehr glückliches Nervenbündel mit chronischem Schlafmangel.

Warum ich diese Zeilen schreibe?

Eigentlich gibt es mehrere Gründe.

Unter anderem möchte ich mit meiner nicht ganz unbewegten Geschichte Menschen, insbesondere Frauen wie vielleicht Dir, Mut machen. Ich möchte zeigen, dass es möglich ist, Familie und Beruf unter einen Hut zu bringen, auch wenn es nicht immer einfach ist und einen enormen Kraftakt bedeuten kann.

Mit diesen sehr persönlichen und intimen Zeilen gebe ich viel preis. Es ist ein Wagnis, das ich für mich und auch für Dich eingehe. Ich gebe in diesem Buch Einblicke in mein Innerstes, in mein Seelenleben, um mit Vorurteilen aufzuräumen und gleichzeitig Hoffnung auf echte Liebe zu schenken.

Meine Geschichte zeigt, dass Großfamilien wunderbar und nicht asozial sind. Und dass eine Frau, die vier Kinder geboren hat, nicht die Kontrolle über ihre Verhütung verloren haben muss.

Ich möchte außerdem davon erzählen, dass Liebe im zweiten Anlauf funktionieren kann und dass Beziehungen auch auf Distanz und mit großem Altersunterschied (oder vielleicht gerade deswegen) funktionieren.

Kurzum, ich erzähle aus unserem bunten, chaotischen Universum. Und freue mich, wenn der eine oder die andere etwas aus meinen Erfahrungen mitnehmen kann. Oder sogar beruhigt ist, weil er oder sie merkt, dass die beige-braune Insta-Blase, die uns allen vorgegaukelt wird, eben nicht die Realität ist.

Dieses Buch ist keine Autobiografie, kein Ratgeber, sondern lediglich die Geschichte einer Frau, die auf dem Weg zum Glück viele Berge überwinden musste. Eine Geschichte, die zeigt, wie sehr der Wunsch nach Glück Wunden heilt. Doch vor der Heilung kommt der Schmerz. Ja, auch tiefste Verletzungen können heilen. Was aber bleibt, sind die Narben und damit die Angst, die uns immer und immer wieder hemmt.

Diese Zeilen, die verdammt lange auf sich warten ließen, sollen dir Mut machen. Mut, zu dem zu stehen, was du willst. Zu dem zu werden, was oder wer du sein möchtest – auch wenn das bedeutet, erstmal schwere Zeiten zu durchleben. Manchmal heißt gegen den Strom zu schwimmen genau das. Aber so viel kann ich schon mal verraten:

Es lohnt sich.

Am Anfang von allem steht der Wille. Ein starker Wille. Dieser wurde mir schon früh bescheinigt. Schon als Kind hatte ich einen Dickkopf und wusste genau, was ich wollte und was nicht. Das war sicher nicht immer einfach, aber gleichzeitig interessant. Vor allem für meine Mitmenschen. Meine Mutter hatte oft mit mir zu kämpfen. Eben weil ich genau wusste, was ich wollte.

Ich glaube, um ein glückliches und erfülltes Leben führen zu können, muss man wissen, was man will. Punkt. Eine Larifari-lass-mal-gucken-vielleicht-und-irgendwann-Einstellung bringt dich nicht zur Erfüllung deiner Lebenswünsche. In meinem Freundeskreis tun sich einige Frauen mit Entscheidungen schwer. Für mich unvorstellbar. Doch als tolerante Frau und Freundin akzeptiere ich natürlich auch diese Form der Unentschlossenheit und die Konsequenzen, die sich daraus ergeben. Ich aber folge dem Glauben, dass nur das geschehen kann und wird, was ich auch manifestiere und fest in meinen Gedanken verankert habe.

Das Glück findet uns nicht einfach. Wir machen unser Glück selbst.

Ich möchte dich mitnehmen auf die Reise zu meinem kleinen, unperfekten Glück. Möchte dir erzählen, wie sich meine Definition von Glück und Zufriedenheit im Laufe der Jahre (sehr) verändert hat. Und ganz vielleicht keimt in dir dadurch die Idee, wie sich dein perfektes Glück anfühlt und wie du es erreichst.

Kapitel 1

Da ist er. Der Anfang. Irgendwann fängt alles an. Lange habe ich ihn im Kopf gehabt. Hundertmal habe ich mir mögliche Anfänge diktiert und Notizen gemacht.

Bevor man mit dem Schreiben eines Buches beginnt, sollte man sich darüber im Klaren sein, worüber man schreiben will und wie das Buch aufgebaut sein soll. Ich bin keine Schriftstellerin, keine ausgebildete Journalistin und habe auch nicht Literatur studiert.

Eigentlich hat mich eine Leidenschaft zu diesem Buch gebracht. Die Leidenschaft für Texte. Texte sind so vielfältig. Sie geben uns die Möglichkeit, Botschaften zu vermitteln. Botschaften, die aufklären, Botschaften, die berühren, Botschaften, die informieren. Was man aus einem Text macht, hängt davon ab, wie viel Leidenschaft man mitbringt.

Das ist wie beim Kochen. Entweder man kocht nach Rezept, stur und stupide, oder man kocht mit Leidenschaft, mit einem Auge für die Zutaten und einem Gespür für die richtige Menge von allem. Beides führt sicher zum Ziel. Beides erfüllt seinen Zweck. Was am Ende besser schmeckt, ist Geschmackssache.

Genauso verhält es sich mit Texten, Büchern und Publikationen. Der eine mag gefühlvolle, emotionale Texte, der andere bevorzugt klare, kurze Texte mit nichts als Fakten als „Zutaten". Es gibt kein Richtig und kein Falsch.

Das ist es, was mir am Schreiben so gefällt. Die Möglichkeit, sich zu entfalten. Andere Menschen zu berühren. Eine Botschaft zu vermitteln.

So sitze ich hier an einem Samstagabend, ein dickes Kissen auf dem Schoß, meinen Mac darauf und tippe die ersten Seiten meines Buches. Ich weiß zu diesem Zeitpunkt nicht, ob es jemals jemand außerhalb dieses Hauses lesen wird. Solltest du dieses Buch gerade in der Hand halten, dann ist der Fall der Veröffentlichung eingetroffen und ich freue mich sehr darüber. Wenn nicht, ist es auch nicht schlimm, denn es ist seit der ersten Sekunde ein Teil von mir. Es wird ein Puzzlestück meines Lebens sein. Ein bisschen Offenbarung, ein bisschen Tagebuch, ein bisschen Therapie. Vielleicht inspiriert es den einen oder anderen oder sogar dich.

Vielleicht ist es aber auch ein abschreckendes Beispiel dafür, wie man sein Leben nicht leben sollte. Im Grunde ist aber auch das völlig egal.

Das berühmteste Buch der Welt ist das beste Beispiel: Die Bibel.

Je nach Auslegung ist es entweder ein Geschenk, oder nur ein mit vielen Wörtern gefülltes Buch, das für den einen oder anderen unnütz ist. Was du aus diesem Buch mitnimmst oder nicht liegt also in deinem Ermessen.

Wen auch immer diese Zeilen irgendwann erreichen, es war gut, sie zu schreiben. Vielleicht lesen sie meine Kinder, wenn ich nicht mehr da bin. Vielleicht auch nicht. Eigentlich ist es auch egal. Wichtig ist, dass ich schreibe. Es hat mir schon als Kind viel Spaß gemacht, Geschichten, Aufsätze und Texte zu schreiben. In gewisser Weise lebe ich das auch heute noch in meinem Bürojob aus. Leider nicht so ausführlich, wie ich es gerne hätte. Ein emotional gestalteter Brief an einen Lieferanten wäre wohl etwas unpassend. Die Reaktion wäre jedoch sicher interessant. Zum Glück gibt es neben der Arbeit noch viele andere Möglichkeiten, Worte aneinander zu reihen und in die Welt zu tragen. Wichtig ist, dass man alles mit dem Herzen macht. Genau das treibt mich an. Mir brennt so viel auf der Seele, das muss irgendwann raus. Jetzt ist genau der richtige Zeitpunkt. Jetzt fühlt es sich gut an. Das ist richtig. Im Volksmund heißt es ja immer, dass es für nichts den richtigen Zeitpunkt gibt. Ich glaube aber, dass ich dies widerlegen kann. Es gibt ihn. Ich habe schwere Jahre hinter mir. Nicht, dass die letzten Jahre meines Lebens leicht und locker gewesen wären, aber gefühlt war dieses Jahr nur die Spitze des Eisbergs.

Seit einigen Wochen bin ich in Therapie. Ich, ja, ich gehe zur Therapie. Ich, der abgeklärte, selbstbestimmte und nach außen hin selbstbewusste Mensch. Die Menschen in meinem Umfeld werden denken „Nathalie geht zur Therapie? Niemals." Tue ich aber. Und vielleicht hätte ich das schon viel früher tun sollen.

Aus reiner Neugier habe ich auf meinem Facebook-Profil eine kleine Aufgabe für meine „Freunde" hinterlassen. Sie sollten mich mit drei Eigenschaften, die ihnen spontan einfielen, beschreiben. Abgesehen von denen, die die Aufgabe nicht verstanden haben (die muss es ja auch geben), war ich wirklich überrascht. Vielleicht wollten mir alle nur schmeicheln. Keiner nannte auch nur eine meiner negativen Eigenschaften. Das meistgenannte Wort war *ehrlich*.

Das hat mich beeindruckt. Ja, es stimmt. Die Menschen, die mich wirklich länger und tiefer kennen, wissen, dass ich mit meiner Meinung selten hinter dem Berg halte. Manchmal ist das angemessen, manchmal nicht. Ich gehöre nicht zu den Menschen, die Gefallen vortäuschen, wenn sie es nicht wirklich empfinden. So mussten meine Freundinnen schon einiges einstecken, meine Lebenspartner die (berechtigte) Kritik an ihren Frisuren ertragen oder die Kunden, die ich bediente, damit leben, dass ich ihnen sagte, dass die Hose, die sie trugen, zwei Nummern zu klein war. Im ersten Moment trifft es die Menschen sicher. Vielleicht bin ich nicht immer die Einfühlsamste, aber – und das ist ein großes Aber – am Ende des Tages tue ich ihnen damit einen Gefallen.

Wir leben in einer oberflächlichen, schnelllebigen Welt. Auf wen können wir uns noch verlassen, wenn selbst die Menschen, die uns am nächsten stehen, uns anlügen, nur um uns nicht zu verletzen? *Liebevoll* und *fürsorglich* wurden noch genannt. Außerdem: *warmherzig*, *hilfsbereit* und *sympathisch*. Ja, diese Eigenschaften treffen sicher auch auf mich zu.

Wenn ich mich beschreiben müsste, würde ich aus Scham, mich nicht selbst loben zu müssen, diese Worte sicher nicht als erstes wählen, aber ja, sie treffen auf mich zu.

Hast du dir schon einmal die Mühe gemacht und versucht, dich selbst zu beschreiben?

Jetzt fragst du dich sicher, warum du das tun solltest. Ganz einfach: um dich selbst besser kennenzulernen. Vor 5 Jahren hätte ich gesagt „Warum sollte ich mich kennenlernen? Ich schaue jeden Tag in den Spiegel und lebe schon mein ganzes Leben mit mir." Aber das ist völlig falsch. Ich glaube, ich musste erst dreißig Jahre alt werden, um überhaupt zu verstehen, wer und was ich bin und wo ich in meinem Leben gerade stehe, was mir guttut, was mir nicht guttut und welche Lügen mich mein Leben lang begleitet haben.

Wenn wir uns mit uns selbst auseinandersetzen, bedeutet das zwangsläufig auch, dass wir uns mit den Dingen beschäftigen müssen, die uns weniger gefallen oder gar missfallen. Angefangen von den kleinen Macken, die wohl jeder irgendwie hat, bis hin zu schlimmen traumatischen Ereignissen. Traumatische Ereignisse gibt es viele. Sie alle kommen unerwartet und ungeplant und lassen sich selten aufhalten. Bis man merkt, dass einem ein solches Ereignis widerfahren ist, ist es schon längst geschehen. Solche Erfahrungen verändern einen Menschen schneller als man denkt Und ob man will oder nicht. Je mehr man sich dagegen wehrt, desto mehr trifft es einen im Unterbewusstsein. Genau aufgrund dieser Abwehrreaktion. Es manifestiert sich und beißt sich fest an dir wie eine Zecke nach einem Waldspaziergang.

Die Frage ist: Wird sie entdeckt? Wenn ja, früh genug? Ohne Folgeschäden zu hinterlassen?

Die einen ziehen Kraft aus einer solchen Erfahrung und ändern ihr Leben grundlegend. Die anderen verstecken sich dahinter. Nehmen es als Ausrede. Als Entschuldigung für Versagen, für Lustlosigkeit, für alles, was in ihrem Leben schiefläuft. Was der

Einzelne daraus macht, bleibt ihm überlassen. Wichtig ist nur, zu erkennen, dass man sich in solch einer Situation befindet.

Ich für meinen Teil habe das erkannt und genau deshalb gehe ich zur Therapie. Genau aus diesem Grund schreibe ich diese Zeilen. Ich versuche zu verarbeiten, zu verstehen und stärker denn je aus dieser Situation herauszukommen. Nur wenn ich mich damit auseinandersetze, kann ich es verarbeiten und nur wenn ich es verarbeite, kann ich auch aufhören, dieser Situation und den damit verbundenen Ängsten, Albträumen und Mustern die Kraft zu geben, mein Leben zu bestimmen.

Ich möchte Dir und allen, die diese Zeilen lesen, Mut machen. Mut zur Ehrlichkeit zu sich selbst. Mut zur Selbstreflexion. Nur eine gesunde Seele ist eine glückliche Seele. Viel zu viele Menschen leben unglücklich. Leider kenne ich auch viel zu viele Menschen, die gefangen in Beziehungen oder Lebensmustern vor sich hinvegetieren. Dies müsste nicht so sein. Doch dies erfordert eine große Portion Mut.

Ich bin heute, zwei Jahre nachdem ich diese Einleitung geschrieben habe, an einem Punkt, an dem ich reflektierter bin als je zuvor. Ich kenne meine Schwächen, meine Fehler, die Situationen und Momente, die mich auslösen. Ich weiß, wie ich aus einem Tief wieder herauskomme. Manchmal dauert es etwas länger, aber bisher habe ich es immer geschafft. „Die Kurve gekriegt", würde man in Düsseldorf sagen. Den Lebensmut habe ich nie verloren. Die Verantwortung für meine Kinder hat auch die Verantwortung für meine eigene körperliche und seelische Gesundheit mit sich gebracht. Denn was wäre, wenn ich nicht mehr „funktionieren" würde?

Ich mag mir das nicht vorstellen. Schon beim Gedanken daran wird mir schlecht.

Wenn du dich schlecht fühlst, sollte der erste Schritt sein, dich zu fragen, warum du dich schlecht fühlst. Was ist der Auslöser? Ist es eine Person oder eine Situation?

Manchmal ist es nicht einfach, Dinge zu ändern. Viele Umstände sind komplex und festgefahren. Raus aus der Komfortzone ist leichter gesagt als getan. Meistens bekommt man diesen Rat von Menschen, die selbst in ihrer Komfortzone verharren. Das bringt uns in ein emotionales Dilemma. So hat mich die zerrüttete und nicht mehr existente Beziehung zu meinem Erzeuger jahrelang blockiert. Sie beschäftigte mich unbewusst. Ein Grund, warum mein Wunsch nach einer funktionierenden Vater-Kind-Beziehung für meine Kinder umso größer war. Wahrscheinlich war das auch der Grund, warum ich in meiner ersten Ehe viel zu lange ausgeharrt habe. Doch wenn du erkennst, dass du dich in so einer Situation befindest, dann kannst du eins tun: die Richtung wechseln.

Was in dieser Zeit dein Kompass ist, entscheidest du. Manchmal sind es Menschen, die einen durch ihre lebensbejahende Art positiv beeinflussen. Manchmal sind diese positiven Menschen unsere Wegweiser.

Wenn man versucht, den Ursprung zu finden, ist das schon der erste Schritt in die richtige Richtung. Der erste Schritt, sein Glück selbst in die Hand zu nehmen. Nur wenn man sich seinen Problemen und Ängsten stellt, kann man versuchen, sie zu lösen.

Dabei ist es nicht immer wichtig, das Problem sofort endgültig zu lösen. Ich habe bis heute keinen Kontakt zu meinem Erzeuger und das ist auch gut so. Es gibt für mich auch kein Zurück mehr. Ich habe alle Enttäuschungen aufgeschrieben und verarbeitet. Ich habe verstanden, dass es nicht meine Schuld war und ich nur auf seine Taten reagiert habe. Das hat mir geholfen, mit dem Problem und den Folgen umzugehen. Es belastet mich nicht mehr. Ich habe ihm einen Brief geschrieben. Er wird ihn nie lesen, aber in diesem Brief stand alles, was mir seit Jahren auf der Seele brannte. Danach fühlte ich mich befreit. Losgelöst. Diesen Brief zu schreiben hat mir geholfen, Dinge, die in meinem tiefsten Inneren verborgen waren und mich gequält haben, zu verarbeiten. Erst als ich nochmal durch diesen Schmerz gegangen bin, habe ich im Anschluss gespürt, wie ich heile.

Ich will keine Antworten, keine Erklärungen. Eine so zerstörte Beziehung, seelisch und zwischenmenschlich, kann nie wieder repariert werden. Jeder Versuch wäre Zeitverschwendung. Auch das weiß ich heute. Denn die Seele ist wie die Haut. Wenn da ein Schnitt ist, ist er sichtbar. Man klebt ein Pflaster drauf, vielleicht heilt die Zeit die Wunde, aber was bleibt, ist eine Narbe. Viele Hautschichten wachsen über die verheilte Wunde, alten Schichten werden abgetragen, die Narbe wird mit den Jahren heller, aber sie ist da und bleibt für immer. Wenn man das versteht, ergeben sich ganz neue Perspektiven.

Die meisten Menschen machen sich Sorgen um ihren Körper. Um ihre Haare, ihre Figur, ihre Augen, ihre Knochen. Aber nur wenige kümmern sich um ihre Seele. Das Verletzlichste, was wir Menschen haben. Daraus entstehen so viele alltägliche Probleme, die dann eben andere Dinge nach sich ziehen. So ist das eigentliche Problem unserer Menschheit fehlende Selbstreflexion und Verarbeitung von Traumata.

Die Mutter aus der Nachbarschaft, die mit ihrem Kind schroff und mürrisch umgeht, die nicht lächelt und gleichzeitig in sich gekehrt ist, ist nicht als diese Art Mutter, nicht als diese Art Mensch geboren. Vielleicht erlebt sie zu Hause, wenn alles schläft, häusliche Gewalt oder sie hat in ihrer Kindheit Dinge erlebt, die sie nie verarbeitet hat. Bestimmte (Stress-)Situationen rufen Erinnerungen hervor, die sie dann genau so handeln lassen. Aber was machen wir mit „solchen" Menschen in unserer heutigen Welt? Wir grenzen sie aus. Mit so jemandem wollen wir, will man nichts zu tun haben.

Soziale Ausgrenzung verändert Menschen und löst etwas in ihnen aus. Irgendwann entsteht eine Traurigkeit, die unbehandelt gefährlich sein kann. Lebensgefährlich. Das jetzt zu erklären wäre Kaffeesatzleserei. Ich denke, jeder kann sich vorstellen, was ich meine. Aber nicht nur der emotionale Zustand der Mutter in unserem Beispiel ist höchst bedenklich. Was bewirken das Verhalten und die unverarbeiteten Traumata der Mutter bei ihren Kindern? Die Kinder werden geprägt. Sie übernehmen Verhaltensweisen und emotionale Muster, die sie mit großer Wahrscheinlichkeit an ihre Nachkommen weitergeben. Wenn nicht bereits diese emotionalen Probleme es dem Kind unmöglich machen, eine gesunde Beziehung zu führen.

Dieser Teufelskreis kann nur durchbrochen werden, wenn jemand den Mut hat, den Schmerz der Generationen aufzuarbeiten. Ich bin fest davon überzeugt, dass 90 % der Menschheit eine Therapie bräuchte. Ich bin auch der Meinung, dass viele Jugendliche und Heranwachsende einen leichteren Start ins Berufs- und Erwachsenenleben hätten, wenn eine solche Prävention bereits in der Schule angeboten würde. Wie viele junge Menschen wissen entweder gar nicht, was sie einmal machen wollen, oder sie sind durch das Elternhaus so geprägt, dass sie keine eigenständige Entscheidung treffen können oder wollen?

Gerade jetzt, da meine größte Tochter vor dieser weitreichenden Erfahrung steht, ertappe ich mich dabei, wie ich ihr „gute Ratschläge" geben möchte. Aber was passiert, wenn wir die Kinder nicht führen, sondern nur begleiten? Ob ihre Entscheidung richtig ist, weiß sie nicht heute, nicht morgen, nicht übermorgen. Aber eines kann ich sagen: Ihr ist ein großer Stein vom Herzen gefallen, dass wir von ihr nicht erwarten, dass sie das tut, was wir gerne hätten. Befreit von diesem Gedanken wird sie nun selbst diesen ersten wichtigen Weg wählen. Immer mit dem Wissen, dass wir da sind, wenn es sich als Irrweg herausstellt.

Auch ich habe noch vor einigen Jahren gedacht, ich müsste es allen jederzeit recht machen. Mein Lebensziel war: keine Konfrontation, kein Ärger, keine Diskussionen.
Ich bin wütend. Wütend. Enttäuscht. Fassungslos.

Vor einiger Zeit waren wir auf dem Hexenwasser in Söll. Ein Familienausflug. Ein gemischtes Publikum. Familien mit einem, zwei, drei oder – wie wir – mit vier Kindern. Sicherlich ist dies nicht die Regel, schließlich hat die Durchschnittsfamilie 1,7 Kinder. Sicherlich ist es auch nicht normal, dass eine Frau alleine mit vier Kindern unterwegs ist, aber: So what?! Heute habe ich zum ersten Mal die volle Breitseite an Vorurteilen der Gesellschaft abbekommen. Ich hörte, wie eine Familie, Mutter, Vater, Oma und Opa sich darüber ausließen, wie asozial es ist, als Frau vier Kinder zu haben, und das auch noch ohne Mann. Ich bemerkte gleich zu Beginn die neugierigen Blicke, machte mir aber nichts daraus. Bei der zweiten Alm angekommen mussten wir durch eine Gasse von Tischen zu unserem Platz gehen und wieder tuschelte ein Pärchen, nachdem wir an ihnen vorbeigegangen waren. Meinen Kindern zuliebe wollte ich das nicht vor ihnen ansprechen, also hielt ich mich zurück.

Am liebsten wäre ich aus der Haut gefahren. Ob sich diese Leute jemals Gedanken darüber gemacht haben, welche Verantwortung eine Mutter von vier Kindern hat? Was sie alles leisten muss, damit es allen vier Kindern gut geht? Es ist jeden Tag ein kleiner oder auch großer Kampf, den man gerne führt, weil man jedes dieser Kinder abgöttisch liebt. Ganz abgesehen davon, dass nicht jede Großfamilie automatisch asozial ist und es durchaus auch gut situierte Familien mit vier und mehr Kindern gibt. Es macht mich traurig, dass jedes meiner wirklich gut erzogenen Kinder, die sich vorbildlich verhalten haben, schief angesehen wurde, nur weil es drei Geschwister hat.

Diese Leute wissen gar nicht, wie sehr sich die vier gegenseitig bereichern. Sie schenken sich Liebe, Achtung, Aufmerksamkeit. Sie lernen voneinander, schauen aufeinander und sind nie allein. Sie wollen auch gar nicht allein sein. Ich kann mir keines meiner Kinder als Einzelkind vorstellen. Es würde etwas fehlen. Ich finde es respektlos, eine Mutter zu verachten, die vier wunderbaren Kindern das Leben geschenkt hat. Heutzutage ist die Entscheidung für ein Kind in den meisten Fällen eine bewusste Entscheidung. Und was wäre, wenn die Eltern dieses Menschen, der so verachtend agiert sich gegen seine Existenz entschieden hätten? Lassen wir dies als Suggestivfrage einfach mal so stehen.

So spitzfindig und nachtragend ich auch sein könnte, eine meiner größten Sehnsüchte ist Harmonie. Familiär, beruflich und am liebsten auf der ganzen Welt. Ich schaue keine Nachrichten mehr und die Push-Benachrichtigungen auf meinem Handy für neue Nachrichten habe ich schon lange ausgestellt. Ich habe Weltschmerz. Ich habe auch das Gefühl, dass mit jedem Jahr, das ich älter werde, dieser Schmerz größer wird. Vielleicht ist das aber auch falsch erklärt. Mit zunehmendem Alter hat sich mein Empfinden für gewisse Dinge verändert. Früher zum Beispiel hat es mir nichts aus gemacht, wenn im Auto ein Fenster komplett auf war und es „zog". Heute, gute 20 Jahre später, spüre ich genau das. So verhält es sich auch mit Emotionen und Veränderungen, die die Welt betreffen. Was ich in all den Jahren immer verdrängt und aufgeschoben habe, war einfach, dass ich diejenige war, die auf der Strecke blieb. Ich denke, genau aus diesem Grund fühle ich mich von Menschen, die mein Familienmodell verachten oder sogar verurteilen, so getriggert. In der Vergangenheit versuchte ich an Feiertagen oder bei Festen die zerstrittenen Familienmitglieder meines Ex-Mannes unter einen Hut zu bringen, kochte lieber drei statt zwei Gänge, damit auch jeder etwas zu essen bekam, und ertrug das Nörgeln und Herablassen diverser Familienmitglieder, ohne jemals ein Wort zu sagen oder mich einzumischen.

Das ist normal. Da muss man durch. Glaubenssätze, die mir Jahr für Jahr eingetrichtert wurden und an die ich mich hielt. Ich war jung. Ja, das stimmt. Ich hatte schon viel erlebt, aber ich wusste nicht, wie böse Menschen eigentlich zu mir sein können. Menschen, die sich Familie oder Freunde nannten, waren eigentlich meine Feinde. Meine Seelenfeinde. Bei jeder Familienfeier, bei jeder angespannten Begegnung, bei der mein einziger Gedanke war „Was mache ich heute wieder falsch?", passierte etwas in mir. Ich merkte gar nicht, wie ich seelisch vergewaltigt wurde. Nicht nur durch die Missachtung meiner Gefühle durch meinen Ex-Mann, nein, auch durch die Achterbahn der Gefühle, die ich durch verschiedene andere Menschen erlebte. Ich wünsche jedem, dass er diese Gefühle nicht erleben muss. Rückblickend hat mich das sicher auch stärker gemacht, aber zu welchem Preis? Im Moment der Kränkung, Demütigung und Missachtung meiner Gefühle habe ich es als normal angesehen. Ich habe gedacht, dass all dies dazugehört, wenn man eine Familie hat. Schließlich ist die eigene kleine Familie doch das, was schützenswert ist. Die Familie muss geschützt werden, komme was wolle. Nur mich selbst konnte ich nicht schützen.

Eins möchte ich dir mit auf den Weg geben: Es muss so nicht sein.

Doch das weiß ich erst heute, viele Jahre später.

Mit unserem Umzug aus NRW in ein anderes Bundesland sind wir aus der Schusslinie verschwunden. Ich habe mich gelöst. Ich habe nur noch Kontakt zu den Menschen, die mir wirklich wichtig sind. Ich muss mir keine Gedanken mehr darüber machen, wie ich die Feiertage zu Weihnachten aufteile, ich brauche keine Alternativen zu irgendwelchen Geburtstagsessen und ich habe keine Angst mehr davor, dass jemand ungefragt meine Kinder erziehen will. Dulde dies nie. Nicht aus Nettigkeit, nicht aus Anstand, nicht aus falschem Respekt. Ich möchte hier keine zu privaten Details preis geben, doch ich möchte Frauen dabei helfen, für sich und ihre Kinder einzustehen.

Durch meine Therapie habe ich mich selbst gefunden. Wiedergefunden. Denn tief im Inneren hatte ich immer einen Plan von meinem Leben und wusste genau, was ich wollte und was nicht. Das weiß ich heute zum Glück wieder. Ich bin ein paar Jahre vom Weg abgekommen und habe mich beeinflussen lassen. Aber wäre all das nicht passiert, wäre ich auch nicht da, wo ich heute bin. Ich bin eine 37-jährige Frau, Mutter von vier Kindern, selbstständig und werde von den Menschen in meinem Umfeld für das geliebt, was ich bin. Ich bin dankbar für alle Erfahrungen, die ich bisher in meinem Leben gemacht habe. Ich bin sogar den Menschen dankbar, die mich schlecht behandelt haben. Denn sie haben mir gezeigt, wie man sein Leben nicht leben sollte. Sie haben mir Abgründe gezeigt, die ich nie sehen wollte, die aber notwendig waren, um zu wissen, was wirklich zählt. Ich bin enttäuscht worden von Menschen, denen ich vertraut habe. Für die ich meine Hand ins Feuer gelegt hätte. Aber ich habe den Glauben an das Gute im Menschen nicht verloren. Ich habe gelernt, vorsichtiger zu sein, aber mein Herz nicht zu verschließen. Denn es gibt Menschen da draußen, die es verdient haben, dass ich unvoreingenommen auf sie zugehe und ihnen eine Chance gebe, mir zu zeigen, dass es auch gute Menschen auf der Welt gibt.

Ich werde oft gefragt, wie ich bei all dem, was mir und meiner Familie passiert, immer noch so positiv sein kann. Das habe ich mich auch oft gefragt. Die Antwort lautet: Ich liebe das Leben. Egal wie schwer es ist. Ich liebe es, jeden Tag aufzustehen und die Chance zu haben, etwas Gutes zu tun. Ich liebe es, meine Kinder aufwachsen zu sehen. So schwer es auch ist, ich kann mir kein schöneres Leben vorstellen. Mein Weg war nicht nur steinig. Aber jeder Ninja Warrior Parkour ist ein Spaziergang dagegen. Ich könnte mir kein langweiliges Leben vorstellen (ohne das abwertend zu meinen). Jede Hürde hat etwas Gutes.

Es ist nicht ungewöhnlich, dass es bei uns drunter und drüber geht. Ich glaube, da würden viele Mütter die Hände über dem Kopf zusammenschlagen. Wir sind spontan. Natürlich haben wir auch Regeln, aber in meiner Grundeinstellung und Erziehung bin ich spontan und flexibel. Ich wäre gerne öfter konsequent. Zum Beispiel halte ich mich nicht an Essenspläne, sondern koche, worauf wir Lust haben. Wenn ich meinen Erziehungsstil beschreiben müsste, würde ich ihn als liebevoll, halb konsequent und halb chaotisch bezeichnen. Ich bin keine perfekte Mutter und weit davon entfernt.

Aber eines hat in meiner Erziehung oberste Priorität: Liebe. Vom ersten Tag an habe ich jedes meiner Kinder bedingungslos geliebt, auch wenn ich es nie für möglich gehalten hätte. Die Liebe, die ich für meine vier Kinder empfinde, ist wie ein Samenkorn, das in meiner Seele gepflanzt wurde und über die Jahre zu einer prächtig blühenden Blume gewachsen ist. Ein Wunder, denn man nennt mich auch Frau Pflanzentot. Von einem grünen Daumen bin ich meilenweit entfernt.

Jedes meiner Kinder ist ein einzigartiges Individuum, und meine Liebe zu ihnen hat im Laufe der Zeit vielfältige Facetten entwickelt. Sie ist nicht jeden Tag gleich, denn jeder Tag ist anders.

Die Liebe zu meinem ersten Kind war eine schier überwältigende Erfahrung – ein stürmischer Anfang, der von Freude und der Ekstase des neu entdeckten Elternglücks geprägt war, auf der anderen Seite dann die Schattenmacht. Die Hormonschwankungen, die schlaflosen Nächte, die Enttäuschungen und die Einsamkeit. Mit jedem weiteren Kind wurde meine Liebe tiefer und intensiver, wie die Spuren, die das Wasser eines Flusses in das Land gräbt – voller Tiefe und Entwicklung.

Die Liebe zu meinen Kindern äußert sich auf vielerlei Art und viele Facetten: Sie ist zärtlich und fürsorglich, wenn ich sie in emotionalen Momenten begleite oder sie tröste, wenn sie traurig sind. Sie ist stark und beschützend, wenn ich sie vor den Gefahren der Welt bewahren möchte. Sie ist stolz und bewundernd, wenn ich ihre Erfolge und Errungenschaften sehe.

Doch die unbändige Liebe zu meinen Kindern bringt auch Schattenseiten mit sich. Sie ist begleitet von Ängsten und Sorgen, von schlaflosen Nächten und gebrochenen Herzen, wenn sie leiden oder sich von mir entfernen. In diesen Momenten fällt es mir schwer zu akzeptieren, dass ich nicht mehr die einzige Person bin, die sie brauchen. Die Liebe zu meinen Kindern verlangt Opfer, Selbstlosigkeit und Hingabe, die manchmal bis an die Grenzen meiner Belastbarkeit gehen.

Trotzdessen ist die Liebe zu meinen Kindern eine Quelle unendlicher Freude und Erfüllung. Sie ist das Licht, das meinen Weg erleuchtet und die Wärme, die mein Herz durchflutet. Sie ist die Kraft, die mich antreibt, täglich mein Bestes zu geben. Meine Liebe zu meinen Kindern ist das größte Geschenk, das mir das Leben gemacht hat – eine Liebe, die wächst und gedeiht, immer tiefer, immer stärker, für immer.

Meine Kindheit und die Schmetterlinge, die mich prägten

Ich bin in Düsseldorf geboren und aufgewachsen. Eine tolle Stadt. Ich liebe sie bis heute und bin froh, in einer so vielfältigen, weltoffenen und kulturbegeisterten Stadt aufgewachsen zu sein. Ich glaube, wenn ich irgendwo in einem Dorf am Ende von Deutschland aufgewachsen wäre, wäre mein Leben sicher anders verlaufen. Ob besser oder schlechter sei dahingestellt. Es wäre auf jeden Fall anders gewesen. Womit wir bei einem Thema wären, das in unserem Leben eine große Rolle spielt: die Wurzeln, aus denen wir wachsen. Von Gott gegeben? Schicksal?

Irgendwann wurde entschieden, dass wir geboren werden. Ob Adam und Eva der Anfang waren oder jemand anderes, spielt heute keine Rolle mehr. Es dient eher der Veranschaulichung, dass alles einen Anfang hatte und wir unseren Kindern eine Geschichte zu erzählen haben, wie das alles einmal war. Die wenigsten Menschen gehen heute noch in die Kirche, außer an Weihnachten, zu Hochzeiten, Taufen oder Trauerfeiern. Nur wenige beschäftigen sich intensiv mit der Bibel, ihrer Entstehung und ihrer Bedeutung für das Christentum. Dennoch tragen wir alle mehr oder weniger unwissentlich ihre Geschichten in die Welt hinaus, um etwas zu erzählen und um Traditionen weiterzugeben, die wir nicht mal bis ins letzte Detail kennen. Von Generation zu Generation. War doch schon immer so, oder?

Ob es wirklich so war oder nicht, werden wir nie erfahren. Was war zuerst da, die Henne oder das Ei? Doch seitdem gibt es eine revolutionäre Kettenreaktion, und von Generation zu Generation entscheiden sich Paare bewusst oder unbewusst, geplant oder in einer Kurzschlusshandlung dazu, sich fortzupflanzen.

So entsteht eine neue Generation. Eine Generation, die vom ersten Moment an geprägt wird. Lieben sich meine Eltern? Wachse ich in einer scheinbar geordneten Beziehung auf? Sind meine

Eltern zwei übermütige Teenager, die im Rausch von drei, vier Alkopops vergessen haben, zu verhüten? Bin ich ein Unfall, der sich unbemerkt in der Gebärmutter meiner Mutter eingenistet hat und nur deshalb eine Daseinsberechtigung hat, weil meine Mutter nicht weiß, ob, wann und wie sie bluten muss, um zu merken, ob sie schwanger ist oder nicht? Fragen über Fragen.

Tatsache ist, egal welche Umstände zu unserer Geburt geführt haben, sie ist geschehen. Jeder Mensch hat eine Mutter und einen Vater. Von beiden erhält jeder Mensch eine Hälfte seiner Chromosomen. Mit dem Tag der Zeugung und der Vereinigung von Ei- und Samenzelle wird der Grundstein gelegt. Die genetische Prägung. Diese kann nicht beeinflusst werden. Sie ist gegeben. Dies ist der Grundstein fürs Leben, für das Verhalten, für Eigenschaften, für die Art und Weise, wie wir mit Dingen umgehen, wie wir daran wachsen oder daran zerbrechen. Sicherlich spielt unser Umfeld und die damit verbundene tägliche Prägung durch ebenjenes Umfeld und unsere Mitmenschen eine mindestens ebenso große Rolle, aber es gibt Grundsteine, die sind gelegt und können nicht wieder ausgegraben werden. Sie sind in uns verankert. In unserem Wesen. Bildlich gesprochen kann man diese Grundsteine sicherlich ein wenig vergraben. Wir können sie zwar durch unsere Umgebung, unseren Partner oder unsere Arbeit beeinflussen, aber irgendwann kommen sie wieder zum Vorschein. Meistens in Situationen, die uns an unsere Grenzen bringen. Es kommt wie ein plötzlicher Regenschauer und spült genau den Grundstein wieder ans Tageslicht, den wir erfolgreich unter einem Sandberg vergraben haben. Hast du schon einmal versucht, eine Burg am Meer zu bauen, und dann kam das Wasser? Es ist sinnlos, immer wieder Sand aufzuschütten, um eine Mauer zu bauen. Das Wasser wird sie jedes Mal wegschwemmen und sichtbar machen, was dahinter ist. So ist es auch mit unseren Gefühlen. Wir versuchen in unserem Alltag, in unserem Leben eine Mauer zu errichten. Aus Scham, aus Eitelkeit, aus Trauer, aus Enttäuschung. Wir schaffen es auch meist, sie aufrecht zu erhalten. Bis uns eines Tages etwas unvermittelt trifft. Etwas, womit wir nicht gerechnet haben. Dies kann eine Person sein, es kann aber auch ein Ort, ein Geruch oder eine Situation sein.

Bei mir ist es so: Wenn ich unter Stress stehe, merke ich, wie Gewohnheiten zum Vorschein kommen, die ich sonst erfolgreich zu verbergen versuche. Lustig ist meine selbstprogrammierte Reaktion, wenn ich mich dabei ertappe. Wie ferngesteuert versuche ich es zu überspielen und es wird eigentlich nur schlimmer statt besser.

Mein Leben begann vollkommen durchschnittlich, oder wie man sich eben ein durchschnittliches Leben vorstellt. Meine Eltern haben sehr jung geheiratet. Meine Mutter war 22, mein Vater 23. Beide hatten normale Berufe. Meine Mutter arbeitete im Einzelhandel. Mein Vater war Schlosser. Sie waren ein paar Jahre zusammen, haben geheiratet, kurz darauf wurde ich geboren. Aber ihr Glück währte nicht lange. Mein Vater musste sich beweisen und sah es als seine Aufgabe, möglichst viele Frauen mit seiner Männlichkeit zu beglücken.

Es folgte die Scheidung und meine Mutter fand bald ihr neues Glück. Sie heiratete wieder. Drei Jahre nach meiner Geburt kam meine erste Halbschwester zur Welt. Wir zogen aus einer kleinen Wohnung in Düsseldorf-Gerresheim nach Oberrath an der Grenze zu Ratingen. Ich besuchte den Kindergarten, später die Grundschule direkt gegenüber unseres Wohnhauses und ging meinen Weg. Als älteste von drei Geschwistern war es nicht immer einfach. Ich war die Vorreiterin für alles.

Alles ziemlich normal. Normal. Dass mein Papa, wie ich ihn bis heute nenne, nicht mein biologischer Vater ist, wusste ich bis dahin nicht. Mein „Vater" spielte in meinem Leben keine Rolle. Wie ich später lernte, war das auch besser so. Ich spürte, dass mein Papa und ich nicht die gleiche Beziehung hatten wie er sie zu seiner Tochter Sarah, meiner Halbschwester, pflegte. Doch an- oder ausgesprochen habe ich dies nie. Vielleicht früher mal vor Wut, wenn wir pubertätstypische Auseinandersetzungen hatten, doch heute, als Erwachsene, nicht mehr.

Womit wir schon bei einer weiteren Eigenschaft wären, die mich ausmacht. Ich kann sehr introvertiert sein. Es fällt mir schwer, meine Gefühle zu zeigen. Es dauert eine Weile, bis ich sie zeige, aber wenn ich sie dann zeige, tue ich es mit ganzem Herzen. Einige meiner alten Freunde und Bekannten bezeichneten mich damals schon als Eisberg. Ich gehöre nicht und gehörte nie zu den Frauen, die jeden Ankömmling, ob bekannt oder unbekannt, mit Küsschen links und Küsschen rechts begrüßen. Umarmungen gibt es manchmal an Geburtstagen, an Weihnachten oder zu anderen besonderen Anlässen. Ich habe das nie als ungewöhnlich oder besonders empfunden, aber ich beobachte in meinem Umfeld immer öfter, dass diese „Kälte" oder die fehlende Bereitschaft jedem sofort um den Hals zu fallen oft als Ablehnung empfunden wird. Das ist gar nicht so. Nur weil ich nicht jeden sofort umarme und küsse, heißt das nicht, dass ich sie nicht mag. Ich habe als Kind wenig Zärtlichkeit und Nähe eingefordert. Meine Schwester war sehr krank, als ich ungefähr sieben Jahre alt war. Sie war lange im Krankenhaus. Ich war zwar nicht allein, aber ich habe damals verstanden, dass es besser ist, wenn ich meiner Mutter nicht auch noch zur Last falle. Von da an habe ich es meiner Mutter (eigentlich) immer recht leicht gemacht. In der Schule bin ich durchmarschiert. Natürlich gab es den einen oder anderen Stolperstein und meine Mutter musste das eine oder andere Drama mit Pubertätskrisen ertragen. Sorry dafür, Mama. Ich war in meiner Jugend sehr nah am Wasser gebaut. Das habe ich jedoch selten und nur, wenn es sein musste, gezeigt. Lieber habe ich mich abends im Bett heimlich selbst bemitleidet. Angemessen oder nicht. Ich fühlte mich oft unverstanden.

Im Kopf war ich schon immer weiter als meine Mitschülerinnen. Ich war frühreif, würde ich heute sagen. In meiner Jugend galt mein größtes Interesse der Leichtathletik. Viermal die Woche ging ich zum Training und an den Wochenenden gab es Wettkämpfe. Das hat mich erfüllt und mir Spaß gemacht. Außerdem hat es mir beim Übergang vom Kind zur Jugendlichen eine tolle

Figur beschert. Das Zugehörigkeitsgefühl und der Zusammenhalt mit den anderen Mädels gefielen mir auch sehr gut. Es war wie in einer kleinen zweiten Familie. Die Mädels haben mich verstanden, wenn ich mich an anderer Stelle unverstanden gefühlt habe. Typisch Pubertät eben.

Meine zweite Leidenschaft war immer das Essen und dessen Zubereitung. Das ist eigentlich auch heute noch so. Allerdings muss ich mich heute etwas bremsen, denn den Körper und den Stoffwechsel einer 14-Jährigen habe ich weiß Gott nicht mehr. Das Interesse an Leichtathletik verschwand mit meinem wachsenden Interesse am anderen Geschlecht.

Auch hier war ich früh dran. Unverhofft und unerwartet traf ich meine erste große Liebe in der Straßenbahn auf dem Weg zur Schule. Nach vielen Wochen, in denen wir uns nur lächelnd in der begegneten, gab ihm eine Schulfreundin meine Nummer und der Bann war gebrochen. Es folgten unzählige leere D2-CallYa-Karten (als Erklärung für die jüngeren Leser: Man musste die Handys früher mit Guthabenkarten aufladen und hat dann jede SMS mit 19 Cent einzeln bezahlt, in der heutigen Zeit undenkbar) und kurze Zeit später das erste Treffen. Es war schnell um mich geschehen. Ich hatte ihn damals schon länger beobachtet, sein Aussehen und seine Art ziemlich bewundert. Groß gewachsen, tolle Augen, braune Haare, genau mein Typ. Viele denken jetzt bestimmt „Na klar, sie ist 13 und trifft ihre große Liebe." Genau diese Leute muss ich enttäuschen.

Denn: Genau so war es. Wir waren erst 13, aber wir haben allen bewiesen, dass es so etwas gibt. Unsere Beziehung war innig. Ich habe seine Eltern unbeschreiblich geliebt und würde sogar sagen, dass sie mich in meiner Jugend sehr geprägt haben. Ich habe viel Zeit mit ihnen verbracht und auch wenn mein Freund, der damals sehr erfolgreich Fußball gespielt hat, nicht da war, habe ich seine Rolle als „Ersatzkind" übernommen. So bin ich damals dem Trubel zu Hause ein bisschen entkommen. Zuhause war ich in der Rolle der Ältesten von dreien. In der Familie meines Freundes genoss ich die ungeteilte Aufmerksamkeit. Dort war ich wie ein Einzelkind. All die Jahre.

Heute weiß ich, dass ich meiner Mama damit das eine oder andere Mal wehgetan habe. Unbewusst. Das tut mir heute leid. Aber ich glaube, meine Mutter hat das verstanden. Zumindest hoffe ich das sehr. Es war nie meine Absicht, meine Mutter damit zu verletzen. Es war auch nicht meine Absicht, von zu Hause zu fliehen. Es war die Veränderung und die Unbeschwertheit, die ich im Taumel des Verliebtseins und der ungeteilten Aufmerksamkeit gefunden hatte. Als 13- oder 14-Jährige machst du dir diese Gedanken nicht. Genau aus diesem Grund sehe ich das heute mit ganz anderen Augen. Eine meiner Töchter hat gerade ihren ersten Freund und ich fühle mich ein bisschen in diese Zeit zurück versetzt.

Mama, wenn du dies liest (was ich übrigens sehr hoffe): Es war keine böse Absicht von mir. Zurück zu meiner damaligen Liebe. Mit ihm erlebte ich mein erstes Mal. Mit ihm habe ich zum ersten Mal das Meer gesehen, er war bei mir, als mein Großvater starb, mit ihm zusammen habe ich zum ersten Mal erlebt, wie ein Mensch stirbt, und ich erlebte noch viele andere erste Male mit ihm.

Er war es auch, der mich zum ersten Mal tief und nachhaltig verletzte. Als ich herausgefunden habe, dass er mich betrogen hat, während er – wie so oft – weg war, brach für mich eine Welt zusammen. Wegen ihm hatte ich zum ersten Mal richtigen Liebeskummer. Wegen ihm habe ich zum ersten Mal beschlossen, mir so etwas von einem Mann nicht gefallen zu lassen – und schlief später aus Rache mit seinem besten Freund. Heute schüttle ich selbst den Kopf, wenn ich diese Zeilen lese. Was war damals nur in mich gefahren? Wie verletzt kann ein Mensch sein, damit er so einen Schritt geht? „Sehr tief und nachhaltig" ist die Antwort. Eine jugendliche Verletzung. Ich habe meine damalige Position und Beliebtheit ausgenutzt. Wenn jetzt eines meiner Kinder das liest, habe ich nur diesen einen guten Rat: „Mach' das nicht." Mein schlechtes Gewissen brachte mich damals fast um den Verstand. Obwohl ich einige Gründe für diese Rache hatte, fühlte es sich einfach nicht richtig an.

Ich befand mich während dieser Beziehung in einem Teufelskreis. Heute bezeichnet man das, was wir hatten, als „toxische Beziehung." Immer und immer wieder sind wir zusammengekommen, haben uns ewige Liebe geschworen, nur uns und niemanden sonst zu lieben, und jedes Mal sind wir gescheitert. Die Nähe und intensive Beziehung zu seiner Familie waren für mich sehr wichtig und nach so vielen Jahren ein wichtiger Bestandteil meines damals noch so jungen Lebens. Für mich war er mein zukünftiger Mann, der Vater meiner Kinder. Ich wollte zu den wenigen gehören, die ihre erste große Liebe heiraten. Insgesamt dauerte dieses endlose hin und her fünf Jahre. Das klingt auf den ersten Blick nicht viel, aber für unser damaliges Alter war es ein wahrhaftiger Meilenstein. Das Ende war nicht schön. Doch am Ende musste es so sein. Genauso. Sonst wäre ich nie von ihm losgekommen. Wie heißt es so schön: „Lieber ein Ende mit Schrecken als ein Schrecken ohne Ende." Ich war ihm hörig, verfallen. Ob es am Ende wirklich Liebe war oder Abhängigkeit oder Gewohnheit, nicht immer muss man dem Kind einen Namen geben. Alle Vermutungen helfen heute nicht weiter. Ich musste einen konsequenten Schritt gehen. Ich brach von einem Tag auf den anderen den Kontakt ab. Seiner Mutter, die mir sehr viel bedeutete, und seinem Vater, der in mir auch seine Schwiegertochter in spe sah, hätte ich nie ins Gesicht sagen können, dass ich keinen Kontakt mehr zu ihnen haben will, weil ihr Sohn mich so unglaublich verletzt hat. Es sind Dinge vorgefallen, die einfach nur wehtaten. Sie hätten das nie akzeptiert und mir vorgeschlagen, einfach Schluss zu machen. Wie oft habe ich es versucht. Ich bin damals mit einem extra dafür geliehenen Auto nach Bremen gefahren, wo er zeitweise Fußball gespielt hat, und bin fast vom Glauben abgefallen, was ich dort vorgefunden habe. Die Rückfahrt war tränenreich, meine Gedanken fuhren Achterbahn. Ich kann und will dies hier nicht im Detail ausführen, doch ich kann sagen, diese Erlebnisse und

Enttäuschungen in meinen jungen Jahren des Erwachsenendaseins haben mich zutiefst geprägt, verletzt und traumatisiert. Ich wollte einfach nicht wahrhaben, dass mein Traum geplatzt war.

Andererseits war da aber auch die Beziehung zu seinen Eltern. Ich hatte mich seiner Mutter mehrfach anvertraut, doch sie war dahingehend selbst arg verletzt worden und hatte ihre Situation immer weiter und weiter ertragen. Das selbe riet sie mir damals auch. Aus diesem Grund wäre die Trennung von dem einen ohne den Kontaktabbruch zu seinen Eltern nicht möglich gewesen. Dementsprechend gab es dieses Ende mit Schrecken. Heute tut mir diese Art und Weise leid.

Kurz nach der Trennung musste ich mit einem Hörsturz ins Krankenhaus. Vorher ging es mir Wochen richtig schlecht. Die Erkenntnis, das Liebe so weh tun kann, war eine, die ich mir gerne erspart hätte. So hatte ich mir das nicht vorgestellt. Ich wollte, dass es mir besser ging, doch was nach der Trennung folgte, war mein persönlicher Albtraum. Ich löste mich zwar offensichtlich von der Abhängigkeit, doch meine Seele litt fürchterlich. Völlig am Ende mit der Welt und dann auch nur noch 25 % Hörvermögen auf einem Ohr. Es folgten einige Krankenhausaufenthalte und die unbändige Angst, dass mein Leben nie wieder so sein würde wie vorher.

Mit dem Ende dieser Beziehung läutete ich unbewusst auch das Ende meiner Kindheit und meiner Jugend ein. Es ist wie so oft im Leben, irgendwann ist es das letzte Mal und man ahnt es nicht. So erging es mir auch mit der Kindheit. Er hatte mich die ganze Zeit geprägt. Mit ihm wurde ich vom Mädchen zur Frau. Und der Grundstein für die heutige Person, die ich bin, war gelegt. Ob er sich dessen bewusst war? Sicher nicht. Er hat mein Verhalten in Beziehungen grundlegend beeinflusst. Das begleitet mich bis heute. Dies war Fluch und Segen zugleich, denn einerseits war es eine unglaublich schöne Zeit mit ihm und ich hätte mir für meine erste große Liebe nichts anderes gewünscht. Andererseits haben mich seine Vertrauensmissbräuche mit all den damit verbundenen Gefühlen geprägt. Er sagte einmal zu mir: „Ich weiß genau, wenn du eines Tages vor dem Altar stehst und heiraten willst und ich komme herein, wirst du diesen anderen Mann nicht heiraten. Du wirst mich immer lieben." Dieser Spruch hat mich jahrelang nicht losgelassen und verfolgte mich bis in die Nacht vor meiner ersten Hochzeit. Rückblickend bin ich ihm dankbar, für diese wunderbaren ersten Schmetterlinge im Bauch, für das Gefühl, nicht allein zu sein. Ich danke ihm, dass er in schweren Stunden bei mir war, dass er mir das Gefühl von Nähe und Zärtlichkeit geschenkt hat, ich bin ihm dankbar für das Gefühl, dass er mir als Frau gegeben hat, bis zu dem Zeitpunkt, als er mich betrogen hat. Die Enttäuschungen hätte ich mir gerne erspart. Doch so, wie das Gute im Leben gehörte eben auch das dazu. Ich bin heute versöhnt mit allem, was passiert ist. Es ist ein Teil von mir. Es sind Seiten in meinem Lebensbuch. Ein Buch voller Geschichten. Einige sind schön, andere schicksalhaft und verletzend, aber sie gehören zu mir. Für immer. Gerade wegen dieser Enttäuschungen kann ich heute besser lieben. Dafür danke ich Dir, C.

Von pinken Erbsen mit Herzschlag, Pizza in der Hochzeitsnacht und meiner ersten Ehe

Zum Scheitern verurteilt, das kann ich hier zu Beginn bereits abschließend sagen.

Doch bevor ich zum Schluss komme, muss ich nüchtern darüber nachdenken. Ich war jung. Ich kam aus einer enttäuschenden, tiefen Beziehung und war eigentlich gar nicht auf der Suche nach einer neuen. Mit 13 hatte ich mich in die erste große Beziehung meines Lebens gestürzt, zwischen den Pausen habe ich mich immer wieder ausgetobt und alles Mögliche ausprobiert. So hatte ich nie das Gefühl, etwas verpasst zu haben. Sicherlich habe ich in den Augen meiner Mutter oft über die Stränge geschlagen, aber ich bin immer brav zur Schule gegangen und habe später meine Ausbildung mit guten Noten abgeschlossen. Auch wenn die eine oder andere Partynacht dazwischenkam und Schlaf völlig überbewertet wurde.

Ich hatte immer schon dieses Verantwortungsgen in mir. Fluch und Segen zugleich. Meinen Ex-Mann habe ich im Krankenhaus kennengelernt. Unverhofft. Unerwartet. Ich war zum zweiten Mal wegen meines Hörsturzes in Behandlung. Neben mir lag ein total nettes Mädchen, das sich gerade die Mandeln hatte entfernen lassen. Eines Abends bekam sie Besuch. Zwei Herren, der eine brachte ihr einen schönen Blumenstrauß und ich dachte noch: „Oh, was für ein netter Freund, der bringt seiner Freundin Blumen ins Krankenhaus." Die beiden schienen sich auch wirklich gut zu kennen und wirkten sehr vertraut. Über ihr Bett hinaus unterhielt auch ich mich mit den beiden und es war vom ersten Moment an, als würden wir uns schon ewig kennen. Die Ablenkung kam mir mehr als gelegen, war ich doch eigentlich ganz tief in meinem Tal der Tränen. Als ihr Besuch verschwunden war, habe ich ihr direkt ein Kompliment gemacht, was für einen tollen Eindruck ihr Freund gemacht hat. Sie lachte laut auf und meinte, dass ich total falsch läge und es nicht ihr Freund sei. Er hätte sich aber auch nach mir erkundigt und fand mich wohl sympathisch. Wenige Minuten später hatte ich seine Nummer und noch am selben Abend schrieben wir uns eine SMS nach der anderen. So nahm das Schicksal seinen Lauf. Den unzähligen SMS folgten endlose Telefonate und später trafen wir uns gemeinsam mit meiner damaligen Zimmernachbarin aus dem Krankenhaus. Mit ihr habe ich mich auch super verstanden und sie wurde meine Freundin. Kurze Zeit später wurden ihr netter Krankenhausbesuch und ich dann ein Paar. Damals war es super. Er war sehr zuvorkommend, lustig und der Rest war anfangs auch in Ordnung. Die Schmetterlinge im Bauch waren schön, wie es halt so ist, wenn man jemanden ganz frisch kennenlernt. Schon damals war ich mir nicht sicher, ob es wirklich Verliebtheit war oder ob ich mich nur über die gescheiterte Beziehung hinwegtröstete. Nach ein paar Monaten erlebte ich den Schock meines Lebens. Bei einem Kontrolltermin für ein neues Pillenrezept sagte mir mein Frauenarzt ziemlich trocken und mit einem Hauch von Sarkasmus in der Stimme, dass ich das Rezept wohl nicht mehr brauchen werde. Ich war schwanger. Schwanger, mit 19, von einem Mann, der gerade erst seine Ausbildung beendet hatte. Er war genau so alt wie ich und machte nicht den Eindruck, als hätte er Ambitionen, jetzt schon Vater zu werden. Ich stand kurz vor dem Examen. Was sollte aus meinen Plänen werden? Mein Masterplan sah ganz anders aus: Ausbildung abschließen, Abitur nachholen und dann Jura studieren. Dafür hatte ich in den vorangegangenen Jahren viele Überstunden gemacht, war für meinen damaligen Chef quer durch die Republik zu unzähligen Gerichten gefahren, um Schriftsätze fristgerecht einzureichen, hatte Erfahrungen gesammelt, Demütigungen hingenommen, mich durch den Bürodschungel gekämpft und den Office-Drachen überlebt. Ich hatte Gesetze gepaukt und viel von meinen Kolleginnen im Büro gelernt. Unter anderem hatte mir eine Kollegin einmal einen Satz gesagt, der ganz gut passt. Sie sagte damals: „Wir machen hier alles, wozu die Anwälte keine Lust haben, und wenn es brennt, sind wir die Feuerwehr.“

Während meiner Ausbildung ließ mich dieser Satz nicht los und bestärkte mich in meinem Wunsch, Anwältin zu werden. Genau diesen Aspekt fand ich sehr interessant. Ich hatte nämlich auf beiden Seiten viel Spaß. Und dass ich gut diskutieren kann und immer das letzte Wort haben muss, das unterschreibt mir meine Mutter noch heute blind.

Zurück zu meinem Termin beim Frauenarzt. Zurück ins Untersuchungszimmer. Zurück zur Realität. Da lag ich nun, breitbeinig mit einem gurkenförmigen Ultraschallkopf zwischen den Beinen. Auf dem Monitor neben mir: eine kleine Erbse mit pochendem Herzen. Meine Gefühle fuhren Achterbahn. Einerseits war dieses kleine Wunder unglaublich faszinierend. Die Vorstellung, dass aus etwas flüssigem Glibber Leben entstehen kann, war abstrakt. Hundertmal gehört, viele Videos in der Schule gesehen. Doch plötzlich sollte es meine Realität sein. Ich lag da und in mir schlug ein Herz, das nicht meins war. Das Gefühl überwältigte mich. Nach der ersten Schockstarre zog ich mich wortlos an und verließ die Praxis. Ich war schwanger. Ich konnte es immer noch nicht glauben. Ich habe es mir selbst ungefähr hundertmal vorgeflüstert. Mein erster Impuls war weinen. Ich wollte nicht weinen, ich wollte stark sein, wie immer, doch die Gefühle übermannten mich.

Die Erste, die ich anrief, war meine Mutter. Sie nahm es recht gelassen. Sie war rational und hat nur gesagt: „Wir kriegen das Kind auch noch groß." Doch nun stand eine viel größere Hürde vor mir. Ich musste es meinem Freund sagen. Wir kannten uns noch nicht lange und ich konnte überhaupt nicht einschätzen, wie er auf so eine Nachricht reagieren würde. Ich vermutete das Schlimmste und hatte mich innerlich schon darauf eingestellt, alleinerziehend zu sein. Keine Sekunde hatte ich mit dem Gedanken gespielt, dieses Kind nicht auf die Welt zu bringen. Ich hatte neben meiner Mutter auch meine Freundin aus dem Krankenhaus eingeweiht und sie tat sich ebenfalls schwer mit einer Prognose. Es ist ja nicht so, dass wir in der kurzen Zeit, die wir zusammen waren, darüber gesprochen hätten, wann wir eine Familie gründen wollten. Welche 19-Jährigen tun das schon? Dass wir beide eine Familie wollten und ich auch mindestens zwei Kinder, das war für mich immer klar. Dass ich keine „alte" Mutter sein wollte, auch.

Das ist wieder ein gutes Beispiel dafür, wie sehr das Elternhaus einen prägt. Diese Entscheidung stand für mich schon sehr früh fest. Warum? Weil meine Mutter mich auch früh bekommen hat. Klingt blöd, ist aber so. Die Mutter meiner besten Freundin war „alt". Relativ alt. Sie war 41, als sie meine Freundin bekam, also 51, als wir 10 waren. Sie war immer übervorsichtig, hat uns viel verboten. Musste immer über alles Bescheid wissen. Das hat mich damals als Kind schon total genervt. Sie war lieb und total herzlich, aber dieses ständige Bemuttern kannte ich einfach nicht. Meine Mutter war immer eine von den entspannteren Müttern. Natürlich gab es auch bei uns Regeln und meine Mutter hat sich auch für mich interessiert, doch ich hatte gewisse Freiheiten und durfte meine Erfahrungen machen. Ich wäre zum Beispiel nie auf die Idee gekommen, die Schule zu schwänzen. Meine Mutter hat immer gesagt: „Bevor du auf die Idee kommst, die Schule zu schwänzen, frag mich, dann schreibe ich dir eine Entschuldigung." Das galt natürlich nicht für Tage, an denen Klassenarbeiten geschrieben wurden oder andere wichtige Dinge anstanden. Tatsächlich habe ich davon nie Gebrauch gemacht. Dafür bin ich viel zu gerne in die Schule gegangen. Aber ich bin meiner Mutter sehr dankbar, dass sie mir damals dieses Angebot gemacht hat.

Um auf das Thema zurückzukommen: Für mich war immer klar, wenn ich Mama werde, dann will ich eine coole junge Mama sein. So jung war das natürlich nicht geplant. Ich wusste selbst nicht, wie ich mich fühlte. Mir war kalt und heiß zugleich und dann kam der Moment, den ich so befürchtete, der, in dem er erfuhr, dass ich schwanger war. Schock war kein Ausdruck. Ich hatte ihm einen langen Brief geschrieben, in dem stand, dass er sich zu nichts verpflichtet fühlen muss, dass ich meine Entscheidung schon getroffen habe, dass ich mich natürlich freuen würde, wenn wir dieses Kind zusammen bekommen würden, dass es aber auch in Ordnung wäre, wenn er sagen würde, dass er das nicht möchte. Er brauchte Bedenkzeit. Das hatte ich verstanden. Hätte ich mir damals auch gewünscht. Irgendwann am nächsten Tag klingelte mein Handy. Ich wusste nicht, ob ich rangehen soll oder nicht. Natürlich nahm ich den Anruf an. Zu gespannt war ich auf seine Reaktion und Entscheidung. Die ließ allerdings auf sich warten. Er redete um den heißen Brei herum, war kalt und irgendwie anteilnahmslos. Am selben Abend trafen wir uns. Das Treffen war sehr emotional, ging auf und ab und tief in mir wusste ich schon an diesem Tag, dass diese Beziehung und diese Elternschaft zum Scheitern verurteilt waren. Aber entgegen meiner Erwartung entschied er sich für uns. Offensichtlich. Als Vorwand.

Heute weiß ich, dass er einfach den Weg des geringsten Widerstandes gewählt hatte. Damals war ich erleichtert. Ich dachte, jetzt würde alles gut. Dass ich mit dieser Entscheidung mein Leben auf eine Art und Weise, die ich mir nicht gewünscht hatte, ebnen würde, war mir nicht bewusst.

Die Schwangerschaft verlief gut. Mit der Aushändigung des Mutterpasses war für mich das Buffet eröffnet. Ich futterte mich durch das komplette Angebot. Von Kleidergröße 32/34 und 48 Kilo hamsterte ich mich ohne Rücksicht auf Verluste in eine 42/44 auf 89 Kilo. Wenn ich die Situation heute, nach so vielen Jahren, von außen betrachte, glaube ich, dass ich durch das viele Essen etwas kompensiert habe. Während der ganzen Schwangerschaft stritten wir kein einziges Mal. Nicht miteinander, aber wir hatten viel Streit, Diskussionen und Auseinandersetzungen mit den Menschen um uns herum. Unser Umfeld war immer ein großes Problem. Ich war allein. Ja, er war körerlich da,, aber er stand nicht hinter mir. Ich musste mich von seiner Familie beschimpfen lassen. Unter der Gürtellinie ist dabei eine noch nette Umschreibung. Ich musste mich für die Schwangerschaft rechtfertigen. Alle sahen in mir den Buhmann. Als hätte ich dieses kleine Wesen in mir alleine gezeugt. Mir wurden Vorsatz und kriminelle Gedanken unterstellt. Das tat weh. Das hatte gesessen. Er hat sich währenddessen immer zurückgehalten, wollte niemanden vor den Kopf stoßen. Außer mir. Konfrontation? Bloß aus dem Weg gehen. Wie ich mich dabei fühlte? Das war ihm egal. Mich konnte man im Stich lassen.

Dieses Verhalten zog sich wie ein roter Faden durch unsere Beziehung. Das änderte sich auch nicht mehr. Nachdem die Löwen ihre Krallen eingefahren hatten und unsere kleine Hannah geboren war, herrschte eine Art Waffenstillstand. Hannah verzauberte alle mit ihren Kulleraugen und ihrem Lächeln. Deshalb wurde ich geduldet. Ich hatte der Familie ja das erste Enkelkind geschenkt, und wenigstens wurde anerkannt, dass ich eine gute Mutter war und mich liebevoll um mein Kind kümmerte.

Wir waren glücklich. Dachte ich zumindest. Sicherlich gab es auch einige kleine Essenzen von Glück, doch der Alltag und die Schwierigkeiten, Ungereimtheiten und Diskussionen häuften sich. Eigentlich habe ich nicht nur ein Kind großgezogen, sondern zwei. Nachdem wir das Haus von Oma und Opa auf meinen Wunsch hin verlassen hatten, weil ich es leid hatte, dass sonntags morgens irgendwer in der Tür unseres Schlafzimmers stand, mir zum einhundertsten Mal gesagt wurde, wie ich was besser machen könne und ich immer und immer wieder durch verletzende Worte gekränkt wurde, begannen wir uns endgültig auseinanderzuleben. Er ging seinen Hobbys nach, traf sich weiterhin mit seinen Freunden, spielte und tat, was auch immer ihm Spaß machte. Viele in unserem Umfeld zweifelten an unserer Beziehung, nicht zuletzt auch ich.

Aber wo stand ich? Wir hatten ein gemeinsames Kind. Wir hatten eine Wohnung. Er hatte ein Auto. Alles, was ich vorzuweisen hatte, war meine überaus süße Tochter, ein Nebenjob und mein Talent, verzwickte Situationen schönzureden. Nachdem ich mich in seiner Familie bewährt hatte, immer für sie da war, alle Aufgaben erledigte, die man mir stellte, und sie merkten, dass ich gar nicht so schlimm war wie der Schwiegerdrache es allen versuchte, vorzugaukeln, wurde irgendwann erwartet, dass wir heiraten. Schließlich kümmerte ich mich auch gut um ihn und sorgte dafür, dass es ihm an Nichts fehlte. Für mich war es von klein auf ein Traum, zu heiraten. Welches Mädchen träumt nicht davon, in einem schönen Prinzessinnenkleid vor dem Altar zu stehen und von ihrem Prinzen geküsst zu werden?

Nur stand vor mir kein Prinz, sondern der Frosch im Anzug, der eigentlich gar nicht heiraten wollte. Im Grunde genommen war ich eine willkommene Lösung, damit er nicht zur Bundeswehr musste. Ich kann auch heute nicht mehr sagen, ob die Entscheidung wirklich auf freien Stücken beruhte oder ob es der Druck aus unserem Umfeld war. Als wir beschlossen hatten zu heiraten, weil er sich mir angeboten hatte, war meine Freude riesengroß. Ich heirate. Den Vater meines Kindes, wie es sich gehört. So wie es in einer „normalen" Familie sein sollte. Schon bei der Planung der Hochzeit hätten mir Zweifel kommen müssen. Natürlich hatten wir als junge Familie nur ein kleines Budget. Seine Oma hatte sich netterweise angeboten etwas zur Hochzeit beizusteuern. Unsere Vorstellungen gingen bei der Planung jedoch weit auseinander. Und meine Zustimmung zu dieser Unterstützung war gleichbedeutend mit einer Erklärung, dass ich meinen freien Willen aufgebe. Das Konzept, das dastand, hatte nicht mehr viel mit dem zu tun, was ich mir erträumt hatte. Letztendlich ließ ich das alles über mich ergehen und wir endeten an einem regnerischen Tag im Mai vor dem Standesamt.

Das Gefühl, das ich an diesem Tag hatte, kann ich nicht in Worte fassen. Die Offenbarung des Arztes und meine damals unverhoffte Schwangerschaft waren Pillepalle dagegen. Ein Fels auf meiner Brust, ein Kloß im Hals, alles Warnzeichen, die ich hätte erkennen sollen. Ich redete es mir schön. Aufregung, Lampenfieber, Torschlusspanik.

Es fing schon damit an, dass mein heutiger Ex-Mann am Tag unserer standesamtlichen Trauung nichts Besseres zu tun hatte, als um 8.30 Uhr auf die Idee zu kommen, wegzufahren. Eine angebliche Überraschung war seine Begründung. Wie ich später erfuhr, war es eher eine Überraschung für ihn. Ich war ziemlich genervt, was er auch schnell bemerkte. Die Stimmung zwischen uns war angespannt und hatte nichts von dem glücklichen Brautpaar, das alle von uns erwartet hatten. Für mich fühlte es sich ein bisschen an wie der Gang zum Metzger. So muss sich ein Tier fühlen, wenn es vor dem Schlachthof aus dem Anhänger geladen wird. Der Unterschied? Das Tier weiß nicht, was passieren wird. Ich wusste es, zumindest annähernd. Das ist heute drastisch ausgedrückt, aber es trifft genau das, was ich damals empfunden habe. Als wir auf den Stühlen vor der Standesbeamtin saßen und sie uns ihre vorbereitete Rede vorlas, waren meine einzigen Gedanken: „Ein Leben lang nur mit diesem Mann, der dich an deinem Hochzeitstag so enttäuscht? Ein Leben lang nur mit diesem Mann schlafen? Willst du das wirklich?" Bevor ich meine Gedanken zu Ende denken konnte, fragte mich die Standesbeamtin nach dem bekannten Wort, ob ich seine Frau werden will.

Was sollte ich tun? Vor versammelter Mannschaft sagen, dass ich nicht will? Alle enttäuschen? Heute weiß ich, es wäre die richtige Entscheidung gewesen. Damals war ich noch jung. Meine Mutter vergoss bei dieser Hochzeit viele Tränen. Ich auch. Heute wissen wir beide, warum. Meine Mutter hatte ebenso eine Vorahnung wie ich, doch sie wollte mir nicht reinreden. Nach dem standesamtlichen Traum kam eine Woche später der kirchliche (Alb-)Traum.

Eigentlich wollte er das gar nicht. Doch mein Traum vom weißen Kleid und meine Verbundenheit mit der Kirche, auch wenn ich nicht jede Woche dort bin, hatten ihn umgestimmt. So saßen wir eine Woche später in unserer Wohnung und steckten mitten in den Vorbereitungen für die Hochzeit. Er war morgens direkt zu seiner Oma gefahren, um sich fertig zu machen. Unsere Tochter Hannah hatte schon am Abend vorher dort geschlafen, weil meine Friseurin sich früh angekündigt hatte. Noch bevor meine Friseurin morgens um 7.30 Uhr da war, klingelte das Telefon. Am anderen Ende war eine völlig hysterische Großmutter, die mir mitteilte, dass unsere Tochter die ganze Nacht geschrien habe und dass sie wohl etwas habe. Sie wusste genau, dass an diesem Tag um 7.30 Uhr meine Friseurin kam, weil sie danach noch ins Geschäft musste. Tatsache war aber auch, dass es meiner Tochter wirklich schlecht ging und ich sie unbedingt vor der Trauung und der Feier noch zum Arzt bringen musste. Ich vertröstete sie auf 10:00 Uhr und sagte ihr, sie solle das Kind fertig anziehen, ich käme, sobald ich fertig sei. Natürlich hatte ich mir meinen großen Tag anders vorgestellt. Ziemlich unentspannt saß ich da und ließ mir die Haare hochstecken. Zu allem Überfluss war die finale Frisur nicht so, wie ich sie mir vorgestellt hatte, und ich war todunglücklich darüber. Leider hatte ich keine Zeit mehr, die Frisur noch einmal ändern zu lassen. Ich wusste ja, dass meine Tochter krank bei ihrer Oma lag. Ich zog mir – unpassend zu meiner Hochsteckfrisur und meinem fertigen Make-up – einen Jogginganzug an und fuhr mit unserem Trauzeugen in die Kinderklinik. Das Personal vor Ort war sehr, sehr entgegenkommend und erkannte sofort die Dringlichkeit der Situation. Wir mussten nicht lange warten und wurden direkt in den Behandlungsraum gelassen. Am Ende hatte meine Tochter eine schlimme Mittelohrentzündung und es glich einem Wunder, dass es ihr nicht noch schlechter ging. Wir bekamen die richtigen Medikamente und fuhren zurück. Schweren Herzens musste ich meine Tochter wieder bei der Oma lassen, denn ich musste mich fertig machen und wurde kurz darauf vom Hochzeitswagen abgeholt. Mein Mutterherz zerbrach. Auf der anderen Seite wusste ich, dass sie bei der Oma in guten Händen war, und ich wollte mir diesen einmaligen Tag auch nicht entgehen lassen.

Es war ja nicht so, dass der Bräutigam sie nicht zum Arzt hätte bringen können, nein, das war natürlich die Aufgabe der Mutter. Ein Spiegelbild unserer Beziehung. Zu Hause angekommen half mir meine Trauzeugin in mein Kleid, puderte mich noch einmal ab und von da an warteten wir im Auto.

Als das Auto vorfuhr, staunte ich nicht schlecht. Natürlich war es das Traumauto meines zukünftigen Mannes. Die Oma hatte es bestellt. Natürlich entsprach es überhaupt nicht meinen Vorstellungen. Damals habe ich darüber hinweggesehen und gedacht, mach dir nichts draus, auch er soll seinen Traum erfüllt bekommen. Die zweite Ernüchterung kam dann, als mir der Fahrer meinen Brautstrauß überreichte. Mein Kleid war cremefarben und ich hatte mir weiße Rosen gewünscht. Da saß ich nun, einen Strauß gelber Rosen haltend. Das war natürlich nicht in Ordnung, nicht das, was abgesprochen war, aber was sollte ich tun? Zum Hochzeitsmonster mutieren? Die Hochzeit wegen des Blumenstraußes platzen lassen?

Lustigerweise war das Herz auf dem Wagen in der Farbe, die ich mir gewünscht hätte. Ich weiß ja, wer diese Überraschung in Auftrag gegeben hat. Willkür oder nicht, das war jetzt auch egal. Vorübergehend. Den zweiten Dämpfer bekam ich vor der Kirche. Dort stand neben der Oma meines Mannes dessen Schwester. Mit seiner Mutter war ich auf Kriegsfuß. Sie hatte mich schon immer wüst beschimpft und mich spüren lassen, wie wenig sie von mir hält. Der Oma hatte ich erklärt: „Wenn seine Schwester zur Hochzeit kommt, komme ich nicht." Wie immer zählte weder meine Meinung, noch sprang mein Mann für diese in die Bresche. Doch auch das habe ich über mich ergehen lassen. Wenn mir auch keiner meine Wut anmerkte, ich kochte innerlich. Es gibt 1-2 Bilder, die das ganz gut wiedergeben.

Empathie war in meiner Schwiegerfamilie jedoch ein Einzelfall. Ich dachte weiterhin nur an meinen, unseren Tag. An der Kirche angekommen war ich inzwischen aus dem Auto gestiegen. Das Wetter war für Mitte Mai ganz in Ordnung, es wehte ein laues

Lüftchen, die Sonne hielt sich bedeckt. Vor der Kirche wartete mein Papa auf mich und auch der Pfarrer, mit dem wir vorher unser Traugespräch geführt hatten, begrüßte mich. Mein
Bräutigam wartete schon mit den Gästen in der Kirche. Als ich
den Kirchengang entlang ging, fühlte ich mich für einen kurzen Moment wie die Prinzessin, die ich mir in meinen Träumen
immer vorgestellt hatte. Alle Augen waren auf mich gerichtet
und am Altar wartete mein zukünftiger Mann, der eigentlich
schon mein Mann war.

Die Zeremonie war sehr nüchtern, der Pfarrer hatte wenig Gespür für Emotionen. Das kannte ich aus diversen Fernsehsen-
dungen oder von anderen Trauungen ganz anders. Wir saßen
da und das Emotionalste an der ganzen Trauung war eigentlich
das Lied von Xavier Naidoo, das ich mir ausgesucht hatte. „Sag
es laut" heißt es in dem Text und das beschreibt ganz gut, was
man für einen Menschen tut, den man über alles liebt. Was
Naidoo in dem Liedtext besang, das waren eigentlich meine
größten Sehnsüchte. Das ist genau das, was ich mir immer von
einem Mann, einem Partner gewünscht hatte. Ich spürte damals schon, dass das mit der Realität nicht viel zu tun hatte.
Ich glaube, deshalb habe ich geweint wie ein Schlosshund, nicht
vor Freude. Die Zeremonie war schnell vorbei, und nach vielen
Glückwünschen vor der Kirche und den bösen Blicken einiger
Leuten stiegen wir mit unserer Tochter Hannah, die leider immer noch sehr mitgenommen war, ins Auto. Es war ein Mustang
Cabrio. Hannah hatte Angst, als wir losfuhren, weil sie es nicht
kannte, ohne Dach zu fahren. Sie schrie die ganze Zeit. Die Fahrt
war nicht lang, denn unsere Hochzeitsfeier war nicht weit von
der Kirche entfernt. Den Ort hatte mein damaliger Mann aus-
gesucht. Er erfüllte seine Kriterien; Nahe der Kirche, hell, mit
Bar, der Möglichkeit, eine Anlage anzuschließen und preiswert.
Unsere Feier fand im Festsaal eines Altenheims in der Nähe der
Kirche statt. Ich hatte mich im Vorfeld gemeinsam mit meiner
Mutter und meiner Freundin bemüht, in diesem kalten, toten
Raum eine schöne Atmosphäre zu zaubern. Mit Dekoration und

Stoffen haben wir versucht, den Raum zu schmücken, aber die Erkenntnis war ernüchternd, aus einem Schwein kann man halt keinen Zuchtpudel machen. Wenn man jung ist, übersieht man vieles. Man kann an den einfachsten Orten wunderbare Momente verbringen, aber dann müssen die Gesellschaft und die Stimmung passen. Dennoch habe ich versucht, gute Miene zum bösen Spiel zu machen. Die Details der absolut katastrophalen, unpersönlichen und langweiligen Feier erspare ich dir. Ein kleines Detail, das ich dir aber dennoch auftischen möchte, ist, dass unsere Gäste während unseres Fotoshootings, das natürlich unbedingt weiter weg stattfinden musste, in die nahe gelegene Gyrosbude abwanderten. Mehr brauche ich wohl nicht zu sagen. Auf meiner eigenen Hochzeit saß ich abends um 20:00 Uhr weinend am Tisch und das definitiv nicht vor Freude.

Kurz darauf fuhr ich mit unseren Trauzeugen in unsere Wohnung und zog mich um. Mein Jogginganzug wartete quasi schon auf mich. Die Pumps tauschte ich gegen Turnschuhe. Dann fuhren wir wieder zurück und ich fing an angefangen, den Festsaal aufzuräumen. Mein Bräutigam hatte in der Zwischenzeit die Reste des Buffets, was übrigens das einzige Highlight des ganzen Tages war, an das Pflegepersonal des Altenheims verschenkt. Unsere Gäste waren aufgrund akuter Langeweile vorher schon geflohen. Alles in allem war ich sehr deprimiert über diesen Tag, der eigentlich der schönste Tag meines Lebens sein sollte. Ich räumte mit meiner Trauzeugin den Saal auf, während mein Bräutigam sich mit einem unserer letzten Gäste sinnlos betrank und dann beschloss, dass wir bevor wir nach Hause fahren doch noch eine Pizza in der Stadt essen sollten. Ich hatte keine Meinung mehr und auch keine Ambitionen, mich dem zu widersetzen. Also fuhren wir in die Stadt und aßen Pizza. Ich in Jogginganzug und Turnschuhen, er im Anzug mit zwei Hochzeitsgästen im Schlepptau.

Über die Hochzeitsnacht brauche ich nicht zu sprechen. Nach eineinhalb Flaschen Captain Morgan mit Cola erledigt sich das im wahrsten Sinne des Wortes im Schlaf. Wie heißt es so schön: Wer eine Hochzeitsnacht hatte, hatte eine schlechte Feier. Das haben wir widerlegt. Wir hatten weder eine Hochzeitsnacht noch ein schönes Fest.

Die Stimmung zwischen uns und unser Verhalten am Tag der Hochzeit zogen sich wie ein roter Faden durch unsere Ehe. Sieben Monate nach dieser Hochzeit war ich mit unserer zweiten Tochter schwanger. Mehr oder weniger ungeplant, obwohl wir immer darüber sprachen, dass wir noch ein Kind haben wollten, damit Hannah kein Einzelkind bleibt. Wir hatten ungefähr das gleiche Drama wie bei der ersten Schwangerschaft, obwohl wir jetzt in einer ganz anderen Situation waren.

In dieser Schwangerschaft hatte ich leider mehr gesundheitliche Probleme und fühlte mich ziemlich niedergeschlagen. Aus Angst, wieder so viel zuzunehmen, habe ich mich ziemlich gesund ernährt und eigentlich nur Obst, Gemüse und Fleisch gegessen. Viel Verständnis oder Unterstützung bekam ich in der Zeit nicht von ihm. Immer wieder fühlte ich mich ungeliebt, fehl am Platz und als ob ich ihn zu allem gezwungen hätte. Dabei war das Einzige, was ich mir gewünscht hatte, Liebe und eine funktionierende Familie.

Celine kam vier Wochen zu früh zur Welt. Die Geburt verlief im Vergleich zu Hannahs ziemlich schnell. Damit habe ich meinem damaligen Mann einen Gefallen getan, denn er fand Geburten schrecklich. Für mich war es natürlich ein Spaziergang, Ironie des Schicksals. Eigentlich hätte ich unter den Bedingungen, die in unserer Beziehung herrschten, mit ihm kein zweites Kind bekommen dürfen. Heute bin ich natürlich gottfroh, dass es Celine gibt. Sie ist so ein Sonnenschein.

Nachdem Celine geboren war, ging es mit unserer Beziehung weiter bergab. Als Frau wurde ich gar nicht mehr gesehen, ich war da, habe gekocht, die Kinder versorgt, gewaschen und ihm alles abgenommen, wozu er keine Lust hatte. Das waren, glaube ich, die Eigenschaften, die er wirklich an mir geschätzt hat. Aber natürlich machte Oma alles besser.

Wir haben nichts für unsere Beziehung, für unsere Kommunikation, gemacht. Ich war unglücklich. Das sagte ich ihm mehr als nur einmal. Wenn wir bei Freunden oder Bekannten waren, sahen wir dort oft innige und tolle Beziehungen. Meine Wut und Enttäuschung darüber, dass die eigene Ehe kalt, lieblos und eingeschlafen war, wurde immer größer.

Ich schlug ihm vor, dass er mal zu einer Eheberatung gehen soll, weil ich damals noch an unsere Ehe glaubte. Ich wollte meinen Kindern nicht den Vater nehmen. Ich wollte, dass sie in dem Glauben aufwachsen, dass die Eltern zusammen sind, alle Hindernisse gemeinsam überwinden und sich lieben. Egal, was kommt. Doch über dieses Stadium waren wir längst hinaus.

Sicherlich habe ich durch sein Verhalten auch ein Verhalten an den Tag gelegt, welches nicht dem einer perfekten Ehefrau entsprach, doch in dem Moment war ich verletzt und hilflos. Es gab genug Demütigungen, zum Schluss musste ich mir Sprüche anhören, die einfach abwertend, verletzend und unter der Gürtellinie waren. Spätestens da wusste ich ganz genau, mein Traum ist geplatzt. Nach kurzen Versuchen auszuziehen oder der Androhung, dies zu tun, hatte mich jedes Mal das schlechte Gewissen gepackt. Der Gedanke, dass ich ihn nicht alleine lassen kann, weil er es alleine nicht schafft, trieb mich wieder zurück. Es ging noch zwei Wochen gut, wir verstanden uns und heuchelten, dass wir uns immer noch liebten – aber wie meine Oma schon so oft sagte: „Aufgewärmtes Essen schmeckt nicht."

Nach einer letzten sinnlosen und völlig an den Haaren herbeigezogenen Diskussion fasste ich endlich einen Entschluss. In einer unüberlegten und überstürzten Aktion packte ich ein paar Sachen von mir und meinen Kindern zusammen und zog zu meiner Freundin. Von diesem Moment an war die Ehe für mich beendet. Es gab kein Zurück mehr. Weder emotional, noch physisch. Viele meiner Freunde, Verwandten und Bekannten um mich herum fanden meine Entscheidung gut, denn sie waren der gleichen Meinung und hatten genug von dem Drama in unserer Ehe miterlebt.

Ich muss an dieser Stelle ganz klar sagen, dass ich nie in irgendeiner Form körperliche Gewalt erfahren habe. Niemals. Das größte Problem war vielmehr, dass mein Gegenüber keine Notwendigkeit sah, sich mit mir, meinen und seinen Gefühlen auseinanderzusetzen. Heute würde ich das als emotionale Misshandlung bezeichnen. Wobei Misshandlung ein schwerwiegendes Wort ist. Aber genau so fühlt es sich rückblickend an. Für mich reicht diese Verletzung meiner Seele auch viel tiefer als ein Kratzer oder ein blauer Fleck auf der Haut. (Anmerkung: Keine der beiden Verletzungen, ob körperlich oder seelisch, soll hier bewertet werden, ich spreche nur von meinem Empfinden).

Der Tag der Trennung war für mich wie eine lang ersehnte Befreiung. Ich möchte heute kein schlechtes Wort über meinen Ex-Mann verlieren, obwohl ich genug Gelegenheit und Gründe dazu hätte. Wir haben bis heute kein gutes, beziehungsweise gar kein Verhältnis. Alles im Leben kommt so, wie es kommen soll. Doch eins ist klar, ohne ihn gäbe es meine Töchter nicht. Ich bin Gott dankbar dafür, dass es sie gibt. Sie sind meine Schätze, sie sind meine Heldinnen, sie sind mein Anker. Ohne meine Kinder wäre ich nicht die, die ich heute bin. Vielleicht würde ich ohne sie in irgendeinem Büro sitzen und Bücher wälzen, Gesetze suchen und eine Klage aufsetzen. Aber eines kann ich heute sagen: Ich glaube nicht, dass mich das glücklicher gemacht hätte. Ich bin dankbar, dass ich ihn kennengelernt habe, dass ich unverhofft schwanger geworden bin und dass ich diesen Weg mit ihm gegangen bin. Auch das hat mich geprägt. Das hat mich stark gemacht.

Ich habe mir immer gewünscht, mich fallen lassen zu können, doch diese Möglichkeit blieb mir verwehrt. Aber gerade weil mir nie geschenkt wurde, mich fallen lassen zu dürfen, war ich immer stark. Nur deshalb bin ich, wer ich bin.

Ich bin meinen Weg gegangen. Es dauerte, bis ich erkannte, dass es keine Liebe war, sondern der Versuch, aus einem gescheiterten Plan etwas Gutes zu machen. Es dauerte, bis ich den Mut hatte zu gehen. Aber als ich den Mut hatte, ging ich. Es war die beste Entscheidung meines Lebens.

Wenn mich meine Tochter heute fragen würde, ob ich ihr raten würde, so jung zu heiraten, ich glaube, ich würde mit allen Mitteln versuchen, sie davon abzubringen. Ich glaube, dass Menschen in so jungen Jahren nur sehr selten in der Lage sind, eine so tiefgreifende, ihr Leben verändernde Entscheidung zu treffen. Das wollte ich damals natürlich nicht hören. Damals war es mein Traum. Endlich heiraten. Heute weiß ich genau, dass es die falsche Entscheidung war. Aber es war die Entscheidung, die alle von mir erwarteten. Wir hatten ein Kind, wir waren zusammen. Die logische Konsequenz war, dass wir heiraten mussten. Aber eine Ehe sollte nie aus Zwang entstehen. Leider geschieht das auch heute noch viel zu oft. Nicht umsonst sind Zwangsheiraten in Deutschland verboten. Ich möchte nicht sagen, dass ich dazu gezwungen wurde, ich habe diesen Schritt aus freien Stücken getan, aber aus den falschen Gründen. Wir waren jung. Sehr jung.

Ich möchte meinem Ex-Mann heute auch keinen Vorwurf mehr machen, dass er nicht bereit war, aktiv an dieser Ehe teilzunehmen, wie es eigentlich die Aufgabe eines Ehemannes wäre. Ich möchte ihm auch nicht mehr vorwerfen, dass er nicht der Mann an meiner Seite war, den ich mir vorgestellt habe. Ich glaube, ich habe ihm auch viel zu selten gesagt, was ich wirklich will. Nein, eigentlich habe ich es ihm gesagt. Aber es ist immer so: Wenn man ein Gespräch führt, müssen beide Partner offen dafür sein. Das war bei uns leider nicht der Fall. Aber, wie gesagt, das ist nicht schlimm.

Denn wenn es nicht so gekommen wäre, wäre mein Leben auch nicht das, was es heute ist. Deshalb kann ich rückblickend sagen, dass alles gut ist.

Die Alleinerziehende

Da stand ich nun, mit drei oder vier großen Tüten eines bekannten Lebensmitteldiscounters in der Hand, einer Reisetasche, einem Schwedenbeutel und meinen beiden Kindern vor der Tür meiner besten Freundin. Sie schaute mich an und spätestens, als sie mein Mascara-verschmiertes Gesicht und meine total verquollenen Augen sah, wusste sie, was los war. Sie hatte es mir prophezeit. Lange hat sie mir ins Gewissen geredet. Sie sah, wie unglücklich ich war. Sie hatte mir oft gesagt, dass sie nicht versteht, warum ich diesen Schritt nicht mache. Sie hat mich nicht beeinflusst, wie böse Zungen heute noch behaupten, aber tatsächlichhat sie mich einfach darin bestärkt, mehr auf mich zu hören. Und das habe ich dann auch getan.

Plötzlich stand ich da, 23 Jahre jung, getrennt, mit zwei Kindern, alleinerziehend. Der Stempel, der mir aufgedrückt worden war, war prägnant. Aber ich war nicht traurig darüber, denn es zeigte auch etwas.

Es zeigte, dass ich den Mut hatte, Nein zu sagen. Nein zu einem Leben, das mich unglücklich machte. Zutiefst unglücklich. Meine Seele war verletzt. Die fehlende Aufrichtigkeit, das fehlende Selbstwertgefühl, das Gefühl, nicht als Frau gesehen zu werden, haben mich gekränkt und verletzt. Eine 23-jährige Frau möchte auch als Frau gesehen und begehrt werden, vielleicht auch nur angelächelt. All das hatte mir unendlich gefehlt. Deshalb war ich froh, dass ich diesen Mut hatte. Natürlich war mein Leben ganz anders als das meiner früheren Schulfreundinnen oder das meiner Bekannten. Während meine Freundinnen am Wochenende feierten und zwei Tage Erholung brauchten, suchte ich verzweifelt nach einer Bleibe für mich und meine Mädels.

Ich möchte keine Frau ermutigen, ihren Mann bei der ersten (oder zweiten oder dritten) kleinen Krise Hals über Kopf zu verlassen. Das möchte ich ausdrücklich sagen und das meine ich auch so. Viel zu oft werden Beziehungen weggeworfen, die vielleicht noch eine Chance hätten. Ich habe das hier nicht im Detail ausgeführt, weil ich einfach finde, dass es gewisse Geschichten gibt, die privat sind und nicht in die Öffentlichkeit gehören. Ich kann aber sagen, dass es bei uns nicht nur eine, zwei oder drei kleine Krisen waren.

Wenn man unglücklich ist, sollte man als erstes versuchen den Ursprung dafür herauszufinden. Was ist der ausschlaggebende Punkt für meine Traurigkeit? Handelt es sich um eine kurze Enttäuschung, weil mir das Weihnachtsgeschenk meines Mannes nicht gefallen hat oder handelt es sich um eine tiefe Traurigkeit, eine Enttäuschung, weil er mich seit Monaten oder Jahren nicht mehr richtig angesehen, mir zugehört oder mich angelächelt hat? Stimmt etwas grundsätzlich in der Beziehung nicht oder kommt es gar zu Eskalationen? Das muss nicht immer körperlich sein. Emotionale Gewalt trifft einen oft viel brutaler und verheilt nicht so schnell wie ein blauer Fleck. Sie hinterlässt Spuren. Spuren, die sich durch das ganze Leben ziehen können, wenn sie nicht aufgearbeitet werden.

All diese Fragen muss man sich stellen, bevor man eine so weitreichende Entscheidung trifft. Mir war von Anfang an klar, dass ich diese Entscheidung nicht nur für mich treffe. Ich hatte zwei Kinder. Meine jüngere Tochter hat damals noch nicht viel mitbekommen. Meine große Tochter war noch keine vier Jahre alt. Sie sagte zu mir im Familienurlaub: „Mama, warum macht der Papa eigentlich nie was mit uns? Wenn er uns nicht liebhat, können wir ja ausziehen, dann hast du wenigstens nicht mehr so viel Wäsche." Das waren Worte, die mich sehr trafen. In diesem Moment wurde mir gleichzeitig kalt und warm. Meine kleine Tochter macht sich Sorgen, dass mein Mann mir zur Last fällt. Natürlich sehr oberflächlich gedacht, aber sollte ein Kind überhaupt über so etwas nachdenken? Nein! Ich habe mit ihr nie darüber gesprochen. Ich habe sie nie in unsere Auseinandersetzungen hineingezogen. Ganz im Gegenteil. Wir haben immer versucht, das nicht vor den Kindern auszutragen. Natürlich bekommen Kinder viel mit. Natürlich haben sie Ohren, die alles hören können, was sie wollen. Aber mir war bis dahin nicht bewusst, dass meine Tochter so viel mitbekommt.

Was sie da gesagt hat, waren genau die Worte, die ich schon mindestens ein Jahr vorher gefühlt habe. Er war nicht da. Er hat nichts mit uns gemacht. Die Worte meiner Tochter trafen mich tief. Gleichzeitig merkte ich, dass plötzlich eine Last von mir abfiel. Ich habe immer versucht, den Kindern etwas vorzumachen. Das Bild einer perfekten Familie aufrechtzuerhalten, aber spätestens bei den Sonntagsausflügen, die wir statt mit ihm mit meiner Freundin gemacht haben, haben sie irgendwann gemerkt, dass es nicht wie in einer „normalen Familie" ist. Denn während er mit seinen Kumpels am Angelteich saß, bin ich mit meiner Freundin und ihren Kindern durch die Wälder gestampft und habe alle Indoorspielplätze in der Umgebung kennengelernt oder wir sind zusammen durch die Kinos gezogen, um jeden Disneyfilm zu sehen, der gerade auf dem Markt war. Wie naiv war ich eigentlich zu glauben, dass meine Töchter von all dem nichts mitbekommen würden?

Von diesem Moment an machte ich mir große Vorwürfe. Ihre Welt war zerbrochen. Ihre kleine heile Welt. Und wessen Schuld war das? Unsere. Zwei erwachsene Menschen, die nicht in der Lage waren, diese Ehe so aufrecht zu erhalten, dass dieses kleine, zarte, sensible Mädchen mit dem Gefühl aufwachsen konnte, dass ihre Eltern einander lieben. Ich fühlte mich schlecht. War es richtig, was ich getan hatte? Hätte ich diese Farce weiterspielen sollen? Den Kindern zuliebe? Gleichzeitig fragte ich mich, wie es wäre, wenn ich zurückgehen würde. Wir wären genau an dem Punkt, an dem wir schon einmal waren. Nein, meine kurzen Zweifel wurden zerstreut, als ich meine Kinder plötzlich losgelöst und fröhlich bei meiner Freundin im Garten spielen sah. Ich war mir sicher, dass ich es schaffen würde. Mein Entschluss stand fest und es gab nichts mehr daran zu rütteln. Ich würde es schaffen, ihnen ein tolles Zuhause zu geben, in dem sie sich wohlfühlen. Einen Ort, an dem sie sicher und behütet aufwachsen können, ohne das Gefühl zu haben, etwas zu vermissen oder nicht dazuzugehören. Im Grunde waren wir ja von Anfang an allein. Die Erziehung habe ich zu 95 % übernommen und auch zu allen wichtigen Terminen oder Veranstaltungen bin ich immer alleine gegangen. Die Erzieherin im Kindergarten lernte meinen Ex-Mann erst kennen, als wir bereits getrennt waren. Von da an hat er alle zwei Wochen freitags die Kinder abgeholt. Vorher war nur ich da.

Ich weiß, dass die Entscheidung, mich zu trennen, auch meine Kinder geprägt hat. Sie sind Scheidungskinder. Das muss ich mir eingestehen. Diesen Vorwurf werde ich mir irgendwann von meinen Töchtern gefallen lassen müssen. Ich habe diese Entscheidung getroffen. Ich allein. Aber im Nachhinein kann ich sagen, dass es mir heute hundertmal besser geht als damals, als ich noch verheiratet war.

Alleinerziehende Mutter zu sein bedeutet quasi zwei Vollzeitjobs gleichzeitig zu haben. Ich glaube, ich spreche jeder Mutter aus der Seele, wenn ich sage, dass ein Kind zu haben schon ein Vollzeitjob mit Überstunden ist. Wenn man dann noch mehrere Kinder hat, multipliziert sich das proportional. Es ist wie ein Drahtseilakt. Eine Gratwanderung zwischen Beruf, Karriere und Familie. Oft hat man das Gefühl, zu stolpern oder vom Seil zu fallen, aber irgendetwas hält einen, wie ein kleiner Karabinerhaken am Hosenbund. Es ist die Liebe der Kinder, die einen jeden Tag aufstehen lässt und dafür sorgt, dass man funktioniert. Als alleinerziehende Mutter hatte ich oft das Gefühl, vollkommen allein auf der Welt zu sein. Alle Entscheidungen muss man alleine treffen, alle Aufgaben bleiben an einem hängen. Mit der Entscheidung, alleinerziehend zu sein, verdoppelt sich auch die Aufmerksamkeit, die man den Kindern schenken muss. Denn man kann jetzt nicht einfach sagen „Geh mal kurz zu Papa, der liest das mit dir." Nein, dafür ist die Mama alleine da. Alleinerziehend zu sein ist eine riesige Verantwortung. Eine Verantwortung, die immer größer wird, denn mit zunehmendem Alter der Kinder wachsen nicht nur die Ansprüche, sondern auch die Möglichkeiten, die Gefahren und das Umfeld. Die Kinder werden selbständiger, gehen eigene Wege, lernen Menschen kennen, mit denen sie Zeit verbringen. Die daraus resultierende „Arbeit" einer Mutter ist enorm. Wir alle wollen das Beste für unsere Kinder und versuchen, sie täglich zu beschützen. Aber seien wir ehrlich, das kostet Kraft. Sehr viel Kraft. Es ist wie ein Marathon, der nie aufhört. Zu wissen, dass man für alles verantwortlich ist und es keinen doppelten Boden gibt, zehrt an den Nerven. Es gibt sicher glückliche Fälle, in denen eine Trennung so glimpflich verläuft, dass der Vater auch danach absolut präsent ist. Bei uns war das leider nicht so.

Eine alleinerziehende Mutter ist in der Gesellschaft nicht unbedingt gut angesehen. Das würde natürlich niemand in ihrem Umfeld unterschreiben. Man redet um den heißen Brei herum. Das habe ich selbst zur Genüge erlebt. Mir wurde geraten, mich nicht zu trennen. Die Geschichten gingen so: „Du hast doch alles, was du brauchst", bis hin zu: „Such dir doch jemanden zum Spaß, dein Mann braucht das nicht zu wissen. Hauptsache du trennst dich nicht." Ich möchte nicht wissen, wie viele aus dem Umfeld über eine Alleinerziehende schon gesagt haben „Meine Güte, die sieht ja gestresst aus, schafft die das alles?" oder „Meine Güte, die ist so allein, die Arme." oder auch „Meine Güte, den Kindern fehlt der Vater." Alles Sprüche, die ich schon hundertmal gehört habe. Sprüche, die mir nie über die Lippen kommen würden.

Überhaupt haben wir ein Riesenproblem in unserer Gesellschaft. Nicht nur, dass Menschen, die nicht der Norm entsprechen, schnell einen Stempel aufgedrückt bekommen und meist ausgegrenzt werden, nein, wir Menschen urteilen auch unheimlich gerne. Dabei ist egal, ob es um Ab- oder Aufwertung geht, wobei auffällig ist, dass Aufwertungen seitens anderer Personen in unserer Gesellschaft sehr selten vorkommen. Abwerten ist viel einfacher. Abwerten, das ist ein Volkssport. Das finde ich schlimm. Ich finde es auch schlimm, wenn eine Frau, die eine Entscheidung trifft, dafür bewertet wird.

Nicht jeder muss eine solche Entscheidung gut finden. Nicht jeder ist bereit zu akzeptieren, dass eine Frau sich dafür entscheidet, ihre Kinder alleine zu erziehen. Dennoch sollte diese Frau keine Ablehnung, sondern Ermutigung erfahren. Frauen, die diesen Weg gehen, aus welchen Gründen auch immer, wollen kein Mitleid. Sie wollen nur respektiert und nicht verurteilt werden. Alleinerziehende sollen keine Außenseiter sein, kein Abschaum der Gesellschaft. Natürlich ist es schwierig, wenn eine Frau mit zwei Kindern allein ist. Der Vermieter hat Angst, dass er die Miete nicht bekommt, der Arbeitgeber hat Angst, dass sie oft fehlt, weil vielleicht eines der Kinder krank wird. Der Nächste hat Angst, dass der Mann nicht mehr zum Einkaufen kommt, weil er eigentlich der Kunde war. In was für einer Welt leben wir? In was für einer Welt werden Frauen immer noch danach beurteilt, ob sie mit einem Mann zusammenleben oder nicht?

Das ist ungerecht. Eigentlich ist es anmaßend.

Alleinerziehend zu sein bedeutet nicht immer, dass die Frau einen Fehler gemacht hat. Wie viele Männer gehen ihren Frauen fremd? Wie viele Männer verlassen ihre Frauen, noch bevor die Kinder auf der Welt sind? Sie wollen nichts von ihrer Verantwortung wissen. Sie haben es leicht in dieser Beziehung. Männer können immer wieder von vorne anfangen, egal was passiert. Es gibt heute immer mehr Männer, die nicht nur ein- oder zweimal eine neue Familie gründen, sondern gleich drei- oder viermal. Die erste Frau hat es natürlich immer am schwersten, denn bei der vierten Frau und dem vierten oder fünften Kind ist meistens kein Geld mehr da, um sie zu ernähren. Diese Frau, die vielleicht die besten Jahre ihres Lebens für diesen Mann geopfert hat, steht dann da. Im besten Fall bekommt sie Unterhaltsvorschuss und kann sich mit einem Halbtagsjob über Wasser halten, muss aber immer darauf hoffen, dass ihre Familie oder Freundinnen sie unterstützen. Ist das gerecht? *Ist das gerecht?* Gibt es in dieser Situation überhaupt ein Richtig oder Falsch? Die Schuldfrage an sich sollte nicht das Thema sein. Viel wichtiger ist es, Ursachenforschung zu betreiben. Woran ist die Beziehung gescheitert?

Warum haben wir nicht zueinander gefunden? Wieso konnten wir nicht füreinander da sein? Doch die meisten alleinerziehenden Frauen haben gar keine Zeit, darüber nachzudenken. Denn oft bedeutet die Entscheidung, sich zu trennen oder verlassen zu werden, einen nackten Kampf ums Überleben. 24 Stunden am Tag, 7 Tage die Woche, 18 Jahre lang. Oder darüber hinaus.

Aus meiner Erfahrung kann ich sagen, ich habe diesen Kampf nie bereut. Seit ich Mutter bin, gebe ich jeden Tag mein Bestes für meine Kinder. Ich weiß, dass ich keine perfekte Mutter bin, aber durch die Trennung habe ich zu mir selbst gefunden und konnte endlich wieder eine glückliche Mutter sein. Ich hoffe sehr, dass meine Kinder das verstehen, wenn sie erwachsen sind, und mir keine Vorwürfe machen. Meine Kinder mussten durch die Trennung, die ich gewählt habe, einen anderen Lebensweg gehen. Sie mussten sicher öfter stark sein als Kinder, die von Anfang an mit beiden Elternteilen aufwachsen. Meine Kinder sahen mich weinen, auch wenn ich es versuchte zu verbergen, wenn ich dachte, ich wüsste nicht mehr weiter. Meine Kinder haben von klein auf gesehen, dass von Nichts nichts kommt und dass ich mir das, was wir heute haben, hart erkämpfen musste. Viele werden jetzt sagen, das hätte nicht sein müssen. Aber es musste sein. Ich möchte behaupten, dass es für meine Kinder nicht nur Nachteile hatte, aber das ist alles Spekulation und Kaffeesatzleserei. Das wahre Ausmaß meiner Entscheidung wird sich erst zeigen, wenn meine Kinder erwachsen sind. Denn auch dann werde ich sie nach bestem Wissen und Gewissen begleiten. Weil ich ihre Mutter bin.

Weil ihr mein Leben seid

Seit einiger Zeit schreibe ich an der x-ten Fassung dieses Buches. Mit den sich ständig ändernden Lebensumständen, die ich zum Teil nicht näher beschreiben möchte oder kann, ändert sich auch mein Plan für dieses Buch immer wieder ein wenig. Das Grundgerüst steht und nicht zuletzt ist mein Leben, wie ich es bis heute lebe und gelebt habe, die Vorlage Nr. 1.

Was sich nicht ändert, egal wie hell oder dunkel die Tage sind, egal, was uns wieder einmal zu Boden reißt: Ihr seid da. Ihr seid meine Familie. Diese mittlerweile vier wunderbaren Chaoten, die meinen Alltag und mein Leben bereichern. Diese vier kleinen Herzen, die eigentlich zu mir gehören und doch außerhalb meiner Brust schlagen. Als ich dieses Buch begonnen habe, wart Ihr zu dritt. Eure kleine Schwester kam vor vier Jahren dazu. Ungeplant und doch geliebt bereichert sie uns seit ihrer Ankunft, so wie ihr es schon lange Tag für Tag tut.

Und dann bist du da. Du, der Mann meines Lebens. Meine Stütze, meine Zuversicht, mein doppeltes Segel in stürmischen Zeiten. Du bist unser Kapitän und zeigst uns die Richtung. Noch nie, aber auch wirklich noch nie, habe ich in meinem Leben so viel Halt gespürt wie bei dir. Auch wenn wir ins Wanken geraten, verlieren wir nie den Boden unter den Füßen. Wir haben uns. Wir geben uns Halt. Wir wissen, dass wir uns aufeinander verlassen können. Leicht kann jeder. Einfach kann jeder. Wir haben von Anfang an jede Hürde gemeistert.

Wenn ich die Liebe zu dir und unserer Familie in Worte fassen müsste, würde eine E-Mail nicht ausreichen. Auch nicht ein ganzes Buch. Was ich für dich empfinde, ist tiefer und ernster als alles, was ich kenne. Dieser eine Moment in diesem Jahr, das schon so lange vorbei ist, als ich dachte, ich hätte dich verloren.

Als ich dachte, du hättest dich gegen mich entschieden, das war bis dahin neben dem Tod meines Großvaters der schlimmste Moment in meinem Leben. Dass ich mich Dir so öffnen konnte, grenzt an ein Wunder. Du hast mir gezeigt, dass es sich lohnt, zu lieben. Ich liebe Dich mit jeder Faser meines Seins. Ich bin jeden Tag und jede Nacht dankbar, einen so wunderbaren Mann an meiner Seite zu haben. Auch wenn es nicht immer einfach ist und es auf den ersten Blick so aussieht. Wir werden diese Herausforderungen meistern. Wir werden auch diese Zeit meistern. Wir wissen, wofür wir all die Opfer bringen, wofür wir all das tun.

Es tut mir so weh, nicht bei dir und den Kindern sein zu können. Ich schaue mir unsere Fotos an und sehe einfach nur eine glückliche Familie. Glücklich zusammen, in wunderbaren Momenten. Ich sehe Dich lachen und denke jedes Mal: „Das ist mein Mann. Der Mann, auf den ich unendlich stolz sein kann."

Ich weiß, was du alles auf dich nimmst. Ich weiß, welchen Tribut du dafür zahlst. Nichts auf der Welt kann das wieder gut machen. Aber eines verspreche ich dir. Nie in meinem Leben werde ich vergessen, welche Liebe du mir schenkst und wie glücklich du mich machst, indem du mich einfach so liebst, wie ich bin. Du bist mein Seelenverwandter, mein Verbündeter und darüber hinaus der beste Freund, den man sich wünschen kann. Unsere Kinder können sich glücklich schätzen, einen solchen Vater als Vorbild zu haben.

Dass du heute so lieben kannst, ist nicht selbstverständlich. Was du in deinem bisherigen Leben erlebt und durchgemacht hast, wünscht man niemandem. Weißt du, was ich an dir am meisten bewundere? Trotz deiner Traumata, trotz all der Enttäuschungen hast du nie den Mut verloren. Du hast es nicht als Ausrede benutzt. Du hast dein Leben selbst in die Hand genommen und auch dem letzten Zweifler bewiesen, dass man trotz einer schlimmen Vergangenheit etwas aus seinem Leben machen kann. Deshalb bist du nicht nur meine größte Inspiration, sondern auch mein Held. Auch an unserer Liebe und unserem Zusammensein wurde oft gezweifelt. Aber wir beide tun uns gut. Wir heilen uns gegenseitig. Du bist meine Medizin, wenn ich krank bin. Ich danke dir für alles, was du uns und unserer Familie gegeben hast.

Was war, zählt nicht. Was zählt, ist das Hier und Jetzt.

Ich liebe Euch. Ihr seid mein Leben.

Muttergefühle – eine Achterbahnfahrt in Endlosschleife

16 Jahre bin ich nun Mutter. 16 Jahre voller Ereignisse, die mich gefordert, geprägt und gestärkt haben. Als ich mit 19 Jahren im Kreißsaal lag und ziemlich still mein erstes Kind zur Welt brachte, hätte ich nicht im Traum daran gedacht, dass ich 16 Jahre später als vierfache Mutter vor meinem Laptop sitze und ein Buch schreibe. Unfassbar.

Die Gefühle und Empfindungen, die eine Mutter im Laufe ihres Lebens durchlebt, gleichen dem Farbspektrum eines Regenbogens. Jede Facette ist anders. Die Farben ändern sich mit der Position, aus der man den Regenbogen betrachtet.

Jung und unerfahren sprang ich ins kalte Wasser, an jenem Montagmorgen im September 2007. Vom ersten Moment an war dieses kleine, hilflose Wesen plötzlich mein neuer Lebensmittelpunkt. Ich fühlte mich vollkommen. Noch nie in meinem Leben habe ich so viel Liebe gespürt. Ich war nicht mehr derselbe Mensch. Wer das nicht erlebt hat, kann dieses Gefühl nicht nachvollziehen. Klingt krass, ist aber genau so.

Aber eines war auch klar, mein Leben war auch nicht mehr so wie 24 Stunden zuvor. Über Muttergefühle hat man schon viel gelesen. Dieses romantische Paralleluniversum, in dem die Wolken rosa sind und einem selbst eine Atombombe nichts anhaben kann. Doch die Realität sieht anders aus.

Noch im Krankenhaus spürte ich die volle Ladung Hormone. Die Neugier auf das neue Menschenkind war natürlich groß. So strömten Leute aus unserem Umfeld ungefragt ins Zimmer und wollten sie in den Arm nehmen.

Das hat mich schon damals sehr genervt. Innerlich brodelte es in mir, ich wollte einfach nur meine Ruhe mit meiner Kleinen haben. Der Vater des Kindes glänzte durch Abwesenheit, die Geburt war für ihn sehr anstrengend und traumatisierend. Im Nachhinein möchte ich ihm keinen Vorwurf machen. Wir waren jung. Wir waren unvorbereitet und woher sollten wir wissen, wie Elternschaft funktioniert? Jeder geht anders mit neuen Situationen um. Ich dachte damals, wir wären reif. Reif für unser Alter. Aber einer von uns war es definitiv noch nicht. Wen ich damit meine, lasse ich an dieser Stelle offen. Meine Freundin, Hannahs Patentante, war zum Glück auch bei der Geburt an meiner Seite und hat mich unterstützt.

Hannah wurde am 3.9.2007 geboren. Damals war es noch üblich, dass man nach einer Geburt drei bis vier Tage im Krankenhaus bleibt, vor allem beim ersten Kind. Ich habe das dankbar angenommen, obwohl mir die Schwestern wenig geholfen haben. Dank meiner Erfahrung als große Schwester konnte ich wickeln, baden, anziehen, beruhigen, trösten und den Rest erledigte der Mutterinstinkt. Der vierte Tag nach der Geburt wäre eigentlich Entlassungstag gewesen. *Wäre.* Wäre da nicht die Gelbsucht gewesen.

Hannah sah aus wie das Kind einer Mallorquinerin. Es war vorbei. Emotional. Die in den letzten Tagen aufgebaute Bindung und der Milcheinschuss ließen mich in einem tiefen Meer von Tränen versinken. So eine depressive Stimmung hatte ich noch nie erlebt. Mein kleiner Wurm wurde mitgenommen und in einen Brutkasten mit UV-Licht gelegt. Das brach mir das Herz. Ich wurde nur zum Stillen gerufen und die eine Stunde Pause am Tag wurde eingeläutet. So hatte ich mir meinen Geburtstag nicht vorgestellt.

Vier Tage nach der Geburt wurde ich 20. Aber diese Tatsache interessierte kaum jemanden. Ich fühlte mich einsam, verlassen und nutzlos. Mein Freund machte lieber eine Spritztour mit seinem besten Freund und kündigte nur an, dass er abends „kurz" vorbeikommen würde. Das Tal wurde tiefer und tiefer. Die Tränen wurden von Stunde zu Stunde mehr. Ein Besuch meiner Mutter mit meiner Oma und meiner Schwester munterte mich dann vorübergehend auf. Aber eigentlich wollte ich nur zu meinem Baby. Oder weinen. Oder im Boden versinken. Aber bitte mit meinem Baby.

Das war die erste Situation, in der mir klar wurde, dass Muttersein und Muttergefühle wenig mit rosaroten Wolken zu tun haben. Es ist ein ständiger Kampf zwischen Liebe, Vertrauen, Sehnsucht und der unbändigen Angst, etwas falsch zu machen.

Nach einem Tag war der Spuk Gott sei Dank vorbei und ich durfte mit meinem Babymädchen nach Hause. Doch die Freude währte nicht lange. Das Sprichwort „Es braucht ein Dorf, um ein Kind zu erziehen" war mir bekannt. Seine Bedeutung wurde mir erst in den folgenden Tagen, Wochen, Monaten und Jahren bewusst.

In meiner „Mutterfindungsphase", wie ich sie heute salopp nenne, stand eines ganz oben auf der Tagesordnung: Jeder weiß alles besser. Was das mit einem macht, hängt ganz klar von der nervlichen und psychischen Konstitution einer jeden Frau ab. Das Selbstbewusstsein spielt bei mir sicher eine große Rolle. Ich kann jeder frischgebackenen Mutter nur den guten Rat geben, auf ihr Bauchgefühl zu hören. Wenn du etwas nicht willst, dann sag es. Wenn du dich nicht wohl fühlst, dann sag es. Du musst dich nicht über deine Bedürfnisse hinwegsetzen, um anderen zu gefallen. Damit tust du dir und deinem Kind keinen Gefallen. Denn wenn du gestresst bist, überträgt sich das auch auf dein Kind. Höre auf dein Bauchgefühl und fühle dich nicht schlecht, wenn du es ausdrückst. Die Menschen, die dich lieben und respektieren, werden das verstehen. Alle anderen sind es nicht wert, dass du sie in diese heilige Blase lässt. Es mag hart klingen, aber von dem Moment an, in dem dein Kind geboren wurde, ist es deine Verantwortung, es zu beschützen. Mit allen dir zur Verfügung stehenden Mitteln. Das fängt im Kleinen an. Damit, dass du deine Privatsphäre so schützt, dass es sich wohlfühlt.

Wir haben damals bei den Großeltern meines Freundes gewohnt. Eine abgeschlossene Wohnung, aber das war kein Hindernis.

Alle waren in Hannah verliebt. Alle wollten sie einsperren. Aber keiner fragte, was ich eigentlich wollte. Ständig stand jemand auf der Matte, gab mir ungefragt Tipps, belehrte mich, dass ich dies und jenes nicht machen könne und dass es vor 20 Jahren noch ganz anders gewesen sei. Wenn ich dann abends meinem Freund davon erzählt habe, hat er nur müde gelächelt und gesagt, ich soll mich nicht so anstellen. Die meinen es doch nur gut.

Die meinen es nur gut. Ein Satz, der mich damals ziemlich schnell von 0 auf 100 gebracht hat. Ich hätte mir damals einfach ein bisschen Verständnis gewünscht. War das zu viel verlangt? Zeit für mich. Zeit, mich ohne gut- gemeinte Ratschläge voll und ganz auf meine Rolle als Mutter einzulassen. Ich war so jung. Ich war so naiv und tollpatschig. Damals fühlte ich mich nicht so, aber im Nachhinein kann ich sagen, dass ich es war. Der Wust an Ratschlägen und Erziehungstipps hat mich einfach erschlagen. Die schlaflosen Nächte haben mir Kraft und meinen sonst so ausgeprägten Durchsetzungswillen geraubt.

Ich habe Jahre gebraucht, um mich aus diesem Bann zu befreien. Besser gesagt, um zu erkennen, dass mein Mutterinstinkt eigentlich ganz gut funktioniert und ich glücklicher, entspannter und freier bin, wenn ich meinen Willen auch offen kommuniziere.

Erst nach der Trennung konnte ich mich befreien. Die Trennung war für mich nicht nur ein Befreiungsschlag, sondern auch eine Chance, in meine Rolle als Mutter hineinzuwachsen. Im wahrsten Sinne des Wortes. Nicht, dass mein damaliger Mann eine große Unterstützung gewesen wäre, aber von dem Tag an, an dem ich offiziell ausgezogen bin, war es Realität. Ich war alleinerziehend. Mit gerade mal 24 Jahren stand ich vor dem Nichts. Ich brauche niemandem zu erzählen, dass man in diesem Alter, mit zwei kleinen Kindern und einem normalen Job noch kein Vermögen angehäuft hat. Ein paar Euro waren auf dem Sparbuch, ein paar Habseligkeiten konnte ich verkaufen, aber das war es auch schon.

Ich arbeitete damals in einer kleinen Kinderboutique und hatte zum Glück eine sehr nette Chefin. Sie zeigte Verständnis für meine Situation und war bereit, mich mehr einzubinden, damit ich mehr Geld verdienen konnte. An Fleiß hatte es mir noch nie gemangelt. Das sah meine damalige Chefin und würdigte es.

Ich würde lügen, wenn ich sagen würde, dass ich in dieser Zeit nicht das eine oder andere Mal Angst hatte. Es gab Tage, an denen bin ich mit 10 Euro und meinen Pfandflaschen zu Aldi gegangen und musste schauen, was ich jetzt kaufe. Ich habe mich geschämt, meine Kinder in so eine Situation gebracht zu haben. Aber was war die Alternative? Ein Leben lang unglücklich zu sein? Mich selbst zu verlieren? Die Kinder in einem Elternhaus aufwachsen lassen, das nicht von Liebe erfüllt ist, sondern von Kälte, Distanz und Unzufriedenheit? All das wäre sinnlos gewesen.

Nur eine glückliche Mutter ist eine gute Mutter. Das wusste ich schon mit 24. Ich hatte das beste Vorbild im Freundeskreis und in der Familie. Zusammenbleiben wegen der Kinder. Ein Trend, den ich nie verstanden habe. Ein Modell, bei dem sich keiner der Beteiligten wirklich wohl fühlt, so hart das auch klingt. In meinen Augen ist das verschwendete Lebenszeit. Sicher gibt es Paare, bei denen es funktioniert, aber ich gebe zu bedenken, dass Kinder mehr mitbekommen, als man denkt. Ehrlichkeit sollte in einer Beziehung neben Treue an erster Stelle stehen. Viele vergessen jedoch, dass man auch zu seinen Kindern eine Beziehung hat, nicht nur zum Partner.

Meine Kinder waren bei der Trennung noch sehr klein. Sie erinnern sich heute nicht mehr an die kurze Zeit, in der wir mit ihrem Vater zusammenlebten. Hannah hat früh verstanden, dass Mama nicht glücklich ist. So hat sie im Dezember vor der Trennung auf dem Skilift zu mir gesagt: „Mama, wenn du nicht glücklich bist, dann musst du dich trennen. Papa macht lieber alles alleine und mit seinen Freunden." Das waren Worte, die ich nie vergessen werde. Bis zu diesem Zeitpunkt dachte ich, dass sie in ihrer rosaroten Blase lebte und von unseren Auseinan-

dersetzungen und Streitereien nichts mitbekam. Weit gefehlt.
Ihre Worte haben mir die Augen geöffnet. Dass so ein kleiner
Mensch solche Antennen hat und genau merkt, wenn es mir
nicht gut geht, das hat mich einerseits schockiert und andererseits berührt. Deshalb kann ich nur an die Mütter appellieren,
die jahrelang mit sich kämpfen und versuchen, ihren Kindern
eine heile Welt vorzugaukeln. Ich weiß aber auch, dass es nicht
einfach ist. Viele Frauen stehen an diesem Scheideweg und würden gerne gehen. Sie hätten gerne den Mut, alles hinter sich zu
lassen. Aber sie können es nicht, weil sie meist emotional und
finanziell zu 100 % von ihrem Partner abhängig sind.

In der heutigen Zeit ist es leider oft so, dass Frauen nicht in
der Situation sind, so unabhängig zu sein, dass sie diesen Schritt
jederzeit gehen könnten. Wir reden alle von Gleichberechtigung,
Female Empowerment und Gleichstellung in der Gesellschaft.
Aber seien wir ehrlich, in wie vielen Fällen trifft das zu? Meistens
ist es doch so, dass der Mann derjenige ist, der besser verdient.
Frauen leisten den Großteil der Care-Arbeit. Schließlich arbeitet
die Frau nur Teilzeit und der Mann Vollzeit. Dass diese Care-
Arbeit einem zusätzlichen Job gleichkommt, ist den wenigsten
Vätern bewusst. Durch die Teilzeitbeschäftigung der Mutter wird
es ihr in den seltensten Fällen möglich sein, Karriere zu machen
und auch nur annähernd so viel Geld zu verdienen wie er. Das
bedeutet also nicht nur finanzielle Abhängigkeit, sondern auch
eine Art Unterwerfung, schließlich muss die Frau dankbar sein,
dass sie nur Teilzeit arbeiten muss. Aber was passiert, wenn
sich die Frau trennt? Im schlimmsten Fall hat der Mann allein
eine Immobilie gekauft und Altersvorsorge betrieben und steht
nun gut da. Die Frau hingegen hat jahrelang mietfrei gewohnt,
Essen und Kleidung bekommen und vielleicht noch den einen
oder anderen Urlaub. Was sie jetzt erwartet, ist die Realität. Sie
steht vor dem Nichts und muss sich entscheiden, ob sie bereit
ist, wieder bei null anzufangen. Viele Frauen trauen sich auch
nicht, den Kindesvater in Bezug auf Unterhalt in die Pflicht zu
nehmen. Doch lass es gesagt sein, es ist dein gutes Recht. Der

Unterhalt steht nicht dir zu (es sei denn du bekommst Trennungsunterhalt), sondern euren gemeinsamen Kindern.

Lass dich beraten und bestehe darauf, was euren Kindern zusteht. Ich kann jede Frau verstehen, die diesen Schritt scheut. Ich kann verstehen, dass eine so elementare Veränderung Angst macht. Was werden die anderen denken? Werde ich verurteilt? Wie nehmen es die Kinder auf? Fragen, die ich mir auch gestellt habe. Aber was die anderen denken, ist mir (mittlerweile) völlig egal. Denn die anderen leben nicht mein Leben. Die anderen müssen auch nicht jeden Tag damit aufstehen und wieder damit schlafen gehen. Die, die verurteilen, die haben in deinem Leben nichts zu suchen. Die, die versuchen, dir einzureden, dass du das einfach hinnehmen musst, die sind die falschen Wegbegleiter. Glaub mir. Die Menschen, die es gut mit dir meinen, die werden dich unterstützen, egal wie du dich entscheidest. Die Zeit meiner Trennung war ein Wendepunkt in meinem Leben. Hier trennte sich die Spreu vom Weizen. Es gibt keine Freunde, die beiden Seiten treu sein können. Es gibt nur zwei Lager. Es gibt selten Neutralität. Ein Sprichwort, das mir sehr gefällt: In der Krise lernt man seine wahren Weggefährten kennen. Denn nur wer in der Krise bei dir steht, hat es auch verdient, dich in guten Zeiten zu begleiten. Wahrer können Worte nicht sein. Erst in der Krise zeigt sich, wer deine wahren Freunde sind.

Den Weg, den ich damals gegangen bin, würde ich jederzeit wieder gehen. Ohne Einschränkungen. Nur viel eher. Es hat mich Mut gekostet und ich musste meine Komfortzone verlassen. Ich habe viel geweint, gelitten und getrauert. Nicht um die Liebe, nicht um die Beziehung, die gescheitert ist. Ich habe verstanden, dass ich nicht retten kann, was nicht zu retten ist. Ich habe geweint um die Jahre, die wir verloren haben. Ich habe um die Tage geweint, an denen ich frustriert und unglücklich durch die Welt gelaufen bin, um etwas aufrechtzuerhalten, das längst gescheitert war. Ich habe darunter gelitten, dass ich die perfekte Bilderbuchfamilie nicht aufrechterhalten konnte, weil sie nicht für uns bestimmt war. Aber diese Erkenntnis habe ich erst heute. Heute habe ich die Reife, das alles zu verstehen.

Die ersten Jahre nach der Trennung waren geprägt von falschem Hass, Enttäuschung und Kapitulation. Das ist die Summe aus mangelnder Kommunikation, Unverständnis und Machtkämpfen. Ich habe nie verstanden, dass mein Gegenüber sich nicht entscheiden konnte. Auf der einen Seite die gescheiterte Ehe und Beziehung, auf der anderen die Elternrolle. Und eines ist sicher: Wenn man mir etwas vorwerfen will, dann nicht, dass ich nicht alles für meine Kinder gebe. Aber ich hatte immer das Gefühl, dass das nicht anerkannt wird. Bis ich irgendwann verstanden habe, dass das gar nicht sein muss. Denn es ist völlig egal, ob es anerkannt wird oder nicht. Wichtig ist nur, dass meine Kinder wissen, dass sie bei mir immer an erster Stelle stehen.

Ich gebe mein Bestes, jeden Tag aufs Neue. Das ist genug. Mein Glück hängt nicht von der Anerkennung eines Menschen ab, der das nicht zu schätzen weiß. Nach mehr als 13 Jahren sind wir an einem Punkt angelangt, an dem es ruhig geworden ist. Jeder lebt sein Leben. Man muss nicht mehr vor Gericht, um eine Schulanmeldung oder einen Pass zu bekommen. Wir haben alle irgendwie unsere Ruhe. Den Kindern geht es gut. Sehr gut. Das war und ist für mich die Hauptsache. Irgendwann werden sie diese Jahre verarbeiten wollen, sollen und müssen. Wenn es so weit ist, werde ich an ihrer Seite sein. Bis dahin sollen sie erwachsen und frei sein, in dem Wissen, dass sie geliebt werden. Von ihrer Mutter, von ihren Geschwistern und von allen, die sie lieben. Sie haben einen wunderbaren Mann in ihrem Leben, der sie liebt, als wären alle vier seine eigenen Kinder. Er macht keinen Unterschied in seiner Liebe zu den Kindern und sie kennen es auch gar nicht anders. Sie schauen zu ihm auf und sind dankbar, dass er in ihrem Leben ist und sie so viel von ihm lernen dürfen.

An dieser Stelle möchte ich auch darüber sprechen, dass dies absolut nicht selbstverständlich ist. Als geschiedene Frau einen Mann zu finden, der es ernst mit einem meint, entspricht schon einem Sechser im Lotto. Wenn dieser Mann dann noch die Kinder aus erster Ehe annimmt, als wären es seine eigenen, dann ist das wie ein Eurojackpot-Gewinn. Dafür bin ich unendlich dankbar, denn eines war mir immer klar: Wenn mich ein Mann vor die Wahl stellt, er oder die Kinder, zieht er den Kürzeren. Aber das stand bei uns nie zur Debatte. Mich gab es immer nur mit den Kindern.

Neben diesen negativen Gefühlen gibt es noch ganz andere, die die größte Rolle spielen. Es klingt abgedroschen, aber ich habe diese unbändige, unaufhaltsame Liebe zu meinen Kindern. Ich war nie die Art Mutter, die ihre Kinder gerne abgibt. Ich habe mit 16, 17, 18 Jahren genug gefeiert. Ab dem Tag, an dem ich Mutter wurde, war das für mich kein Thema mehr.

Ich weiß, dass viele Frauen mit sich hadern. Will ich Kinder bekommen? Will ich mich binden? Will ich diese Verantwortung? Das kann ich niemandem abnehmen. Ich kann auch nicht sagen, dass es immer einfach ist. Was ich aber weiß, ist, dass ich diese Liebe, die ich für jedes meiner Kinder empfinde, noch nie in meinem Leben gespürt habe. Diese tiefe Verbundenheit, das Gefühl, ohne sie nicht ganz zu sein, nichts hat mich je so erfüllt.

Es heißt: „Man wächst mit seinen Aufgaben!" Ja, verdammt, das stimmt. Heute weiß ich, dass ich selbst noch ein Kind war, als ich Mutter wurde. Ein sehr reifes und verantwortungsbewusstes Kind, aber ich war 19. Man muss nicht alles sofort können. Es ist okay, wenn es mit dem Stillen nicht klappt. Es ist okay, wenn man Haushalt und Kind nicht sofort unter einen Hut bekommt. Es ist auch okay, wenn abends mal eine Tiefkühlpizza im Ofen landet und es ist auch okay, wenn man vor lauter Erschöpfung mal ungeduscht ins Bett geht und den zweiten Tag hintereinander ein vollgesaugtes T-Shirt trägt.

Nicht in Ordnung ist es, wenn andere mit dem Finger auf einen zeigen. Es ist nicht in Ordnung, wenn der Druck der Außenwelt an einem nagt. Niemand ist perfekt. Am wenigsten die, die das von sich behaupten. So viel sei gesagt. In Zeiten von Insta, TikTok und Co. wird der öffentliche Druck noch größer. Gott, bin ich froh, dass es Social Media damals noch nicht gab. Diese perfekt aufgeräumten Wohnungen, beige-weiße Kinderzimmer, die an eine Ikea- oder Höffner-Ausstellung erinnern. Leider habe ich keine Bilder mehr von Hannahs erstem Zimmer, aber so war es bestimmt nicht. Sauber. Winnie Puuh, Mickey Maus und wie sie alle heißen zierten ihr Bett, an den Wänden hingen bunte Tiere und noch buntere Lampen von diesem bekannten schwedischen Kaufhaus. Soll ich dir was sagen? Das war Hannah sowas von egal. Denn der schönste Platz war sowieso auf Mamas Brust. Was ich damit sagen will:

Mach dein Ding. Entscheide selbst.

Wenn du unsicher bist, gibt es einen zuverlässigen Trick. Wirf eine Münze. Natürlich denken jetzt viele „Ja klar, ich lasse eine Münze über wichtige Dinge entscheiden." Nein, falsch. Denn eigentlich brauchst du die Münze gar nicht. Denn bevor du die Münze wieder aufgefangen und angeschaut hast, hast du deine Entscheidung schon getroffen. Denn insgeheim wünschst du dir ein bestimmtes Ergebnis. Du hast es mit dem Münz-Trick nur herausgelockt.

Ein großes Phänomen des Mutterseins ist der Machtkampf ene ganz besondere Disziplin. Ich nenne die Teilnehmerinnen an diesem Machtkampf auch liebevoll die Mamimafia.

Mit jedem Kind und jedem weiteren Jahr, in dem ich tiefer in meine Mutterrolle hineinwuchs, wurden die Anhängerinnen immer extremer. Klingt hart, ist es auch. Da gibt es nichts zu beschönigen. Gut, ich war noch nie die Art von Freundin oder Mutter, die vom Schwangerschaftsyoga zum Pekip-Kurs und später zur musikalischen Früherziehung hüpft und mit allen gut befreundet ist. Eigentlich hasse ich große Elterntreffen. Dieses Potpourri aus besserwisserischen und überbesorgten Eltern ist oft zu viel für meine Nerven. Denn eine Eigenschaft habe ich mir aus meiner jungen Mutterschaft bewahrt: Gelassenheit. Die ist ehrlicherweise heutzutage eher eine Seltenheit geworden.

Während sich Dinkel-Dörte und Veggie-Volker (die Namen sind frei erfunden und sollen nur die Extreme verdeutlichen) auf Elternabenden über die Bio-Zertifizierung des Schulmittagessens streiten oder Helikopter-Heike sich über fehlende Rundum-Fallschutzmatten am Klettergerüst aufregt, sitze ich meist mit einer oder zwei Mitstreiterinnen ganz entspannt da und schaue mir das Spektakel an. Genau genommen fehlt nur das Popcorn. Ich nehme zur Kenntnis, dass mein Kind bei der Klassenlehrerin in guten Händen ist, zahle brav meine 10 Euro Kopiergeld und bin froh, wenn ich den Raum verlasse, ohne einen der heiß begehrten Posten (Ironie off). Hat meist gut geklappt, ist aber auch schon in die Hose gegangen. Eben wegen solcher Machtwort-Maritas, die entweder zu antiautoritär erziehen oder meinen, wir wären auf einem Eliteinternat mit Bundeswehrausbildung. Am liebsten aber sind mir die Ich-mach-mein-verkorkstes-Leben-an-meinen-Kindern-wieder-gut-Mütter. Die, die sich schon beim Kennenlernabend in der Grundschule über die Voraussetzungen für den Übertritt aufs Gymnasium informieren und sich nach zusätzlichen Lernmaterialien für eine altersgerechte, aber zielgerichtete Förderung sehnen. Du und ich, wir beide und einige andere lachen an dieser Stelle. Wenn es nicht so lustig wäre, wäre es fast traurig.

Wenn du nicht zum Feindbild der Mamimafia werden möchtest, solltest du Folgendes beherzigen. Mache niemals auch nur irgendeinen Fehler. Sag niemals, du hast dein Kind nur vier Monate gestillt, es jetzt Folgemilch bekommt und du Beikost einführst, wenn es 6,5 Monate alt ist. Tu das nicht. Vermeide es außerdem, von Kindersitzen zu sprechen, die nicht rückwärtsgerichtet montiert sind, neudeutsch Reboarder, und erwähne bloß nicht, dass dein Kind Turnschuhe statt Barfußschuhe trägt. Und dann gibt es noch dieses eine Wort, das du in Gegenwart solcher Eltern niemals – und wenn ich niemals sage, meine ich niemals – erwähnen darfst: Zucker. Sag niemals, dass du deinem Kind vor der Pubertät Zucker, Kekse oder gar Schokolade gibst. Das könnte böse enden. Manchmal frage ich mich, ob diese Mütter auch so erzogen wurden. Ich meine, was waren das noch Zeiten, als Kindergeburtstage kurz und knapp vor der Schule besprochen wurden und die einzige Frage an die Eltern war, ob es Nuggets oder Burger im Happy Meal geben sollte. Heute musst du teilweise erst einmal eine Datenschutzerklärung abgeben, sicherstellen, dass die Geburtstagstorte vegan, zucker- und laktosefrei ist und die Einladung auf ökozertifiziertem Papier mit wasserbasierter Tinte geschrieben wurde. Genau so habe ich es schon erlebt. Als ich einer Mutter damals die Sitzschale für mein Kind überreichte, fragte sie mich, ob diese denn auch TÜV zertifiziert sei. Mein Blick? Den kannst du dir vorstellen.

Mein bisher interessantestes Gespräch auf einem Elternabend hatte ich mit einer Mutter, die mich quasi ans Kreuz nageln wollte, als ich ihr erzählte, dass es bei unserem Kindergeburtstag Süßigkeiten und Kuchen gibt. Ich meine, Süßigkeiten – wir reden nicht von Koffein, Drogen oder Alkohol. Die Abneigung gegen diese außergewöhnliche Speise lag nicht etwa an einer Allergie, am Zucker oder gar an der Gelatine. Nein, das Kind bekam aus erzieherischen Gründen keine Süßigkeiten mehr. Gar keine. Auf unbestimmte Zeit. Dann schlug sie mir vor, ich solle ihr doch statt Kuchen eine Reiswaffel geben und statt Süßigkeiten ein paar Nüsse in die Geschenktüte legen. Wie gerne hätte ich meinen Blick in diesem Moment gesehen. Damals fehlten mir die Argumente. Heute würde ich nicht mehr schweigen. Sogar jetzt, während ich diese Zeilen schreibe, schüttle ich den Kopf. Wenn ich es nicht besser wüsste, könnte man meinen, es sei nie passiert. Ist es aber doch.

Ich ziehe meinen Hut vor den Müttern, die bei solchen Ereignissen ruhig bleiben können. Mein Temperament und mein Gerechtigkeitssinn machen es mir immer verdammt schwer, mich da zurückzuhalten. Aber auch ich bin ruhiger geworden, besonnener, und versuche, auf Angriffe mit Witz und Verstand zu kontern.

Ich habe schon so viele Sprüche einstecken müssen, weil ich als Alleinerziehende Vollzeit arbeite. „Was, du hast keine Elternzeit? Das geht doch nicht. Dein Kind braucht dich doch. Das hat später bestimmt eine Störung oder ist verhaltensauffällig." Sagen wir mal so, ich habe gelernt zu atmen. Tief zu atmen, ganz lange. In meinem Kopf hätte ich die richtige Antwort gehabt. Aber meine gute Kinderstube verbot mir, sie auszusprechen. So antwortete ich auf dieses überaus nette Kompliment nur mit den Worten: „Tja, was will man machen? Lass dir bloß kein Huhn auf den Teller fliegen. Stell dir vor, sonst müsste mein verhaltensgestörtes Kind auch noch hungern."

Ich sage mir immer, ich will freundlich und zuvorkommend sein, aber ganz ehrlich? Manche Menschen machen es einem verdammt schwer. Da wird Selbstbeherrschung zur Königsdisziplin.

Ich verstehe auch einfach nicht, was die Leute davon haben. Wer gibt ihnen das Recht, über das Leben anderer zu urteilen? Es gibt kein Buch (okay, außer der Bibel), in dem steht, wie man sein Leben zu leben hat. Kein Richter dieser Welt verurteilt dich, weil du nach der Geburt wieder arbeitest. Diese Maßlosigkeit und Hemmungslosigkeit anderer Menschen macht mich oft fassungslos.

Ich werde nie verstehen, was die Menschen davon haben, sich ständig zu bekriegen. Wäre das Leben nicht viel einfacher, schöner, produktiver und friedlicher, wenn wir alle an einem Strang ziehen könnten? Sich selbst zurückzunehmen ist eine große Herausforderung. Das erfordert so viel. Um ehrlich zu sein, manchmal ertappe ich mich dabei, dass ich es nicht kann und mein Wille oder meine Meinung zu sehr dominieren. Aber ich habe tatsächlich gelernt, bis drei zu zählen, bevor es aus mir herausbricht. Die Erfolgschancen stehen 1:5, würde ich sagen.

Ich habe mal einen guten Spruch gehört, der mir seitdem immer wieder einfällt. „Wenn du nichts Nettes zu sagen hast, lass es einfach." Das ist ein guter Leitsatz. Er hat sich schon einige Male als sehr nützlich erwiesen und mich vor sinnlosen und ausufernden Diskussionen mit Clanmitgliedern bewahrt. Aber natürlich gibt es auch Momente, in denen der Spruch nur halb so gut funktioniert. In diesen Situationen bin ich aber auch schon über mich hinausgewachsen. So musste ich mich einmal bei einem Elternabend als Küken ohne Ahnung und ohne nennenswerten Erziehungsstil angreifen lassen. Meine Argumentation war dem Angriff entsprechend noch recht menschlich. Ich erklärte dann, dass es doch im Auge des Betrachters liegen müsse, welcher Erziehungsstil zielführend sei. Innerlich brodelte es. Wenn ich etwas nicht ertragen kann, dann ist es, wenn jemand sagt, ich sei keine gute Mutter. Aber nachdem ich den ersten Ausbruch meiner ungeheuren Wut unter Kontrolle hatte, kam mir der Gedanke, dass diese Frau wahrscheinlich gar kein Problem mit mir hat, sondern mit sich selbst. Sie projiziert ihre Gefühle in dieser Situation auf mich und lässt ihre Angst, Unsicherheit oder Unwissenheit an mir aus. Mein Ärger war schnell verflogen und die Situation ließ mich nach kurzer Zeit kalt.

Was ich damit sagen will? Nicht jede Handlung verdient eine Reaktion. Manchmal, eigentlich ziemlich oft, ist es so, dass man in solchen Situationen an seine Grenzen stößt. Es ist wichtig, seine Grenzen zu kennen und sie zu respektieren.

Wichtig ist, dass du dich selbst nicht verlierst und dich von solchen Menschen nicht aus der Reserve locken lässt. Du bist nicht das Problem. Mir hilft auch immer der Gedanke daran, was das Ziel dieser Auseinandersetzung ist. Ich werde einen solchen Menschen nicht missionieren oder ihm eine neue Sichtweise geben können, also ist das Ziel Schadensbegrenzung.

Wenn es um die eigenen Kinder geht, werden wir alle zu Löwenmüttern. Sie sind das Wichtigste, was wir haben. Mit der Geburt werden wir unweigerlich zu kleinen Glucken, die über ihre Küken wachen. Viele Mütter haben in ihrem Leben zu wenig Selbstliebe erfahren. Die eigenen Zweifel, Kämpfe und Auseinandersetzungen führen dazu, dass die Unzufriedenheit mit dem eigenen Leben auf andere projiziert wird. Der häufigste Grund für einen Mangel an Selbstliebe liegt in der Kindheit. Viele Erwachsenen bekamen in ihrer Kindheit falsche Überzeugungen vermittelt. Ihnen wurde eingetrichtert, dass sie nur geliebt werden, wenn sie perfekt sind. So wurde ihr seelisches Grundbedürfnis verletzt und sie errichteten sich einen Schutzmechanismus. Was diese Menschen aber vergessen? Sie sind keine Kinder mehr. Und: Jeder Mensch ist liebenswert.

Dieser Irrglaube prägt. Als Kind, als Jugendlicher, als Erwachsener. Diese Menschen Iversuchen dann, ihre eigene Kindheit in ihren Kindern wieder gut zu machen. Nicht wenige schießen dabei übers Ziel hinaus. Das führt dann dazu, dass andere Menschen verletzt werden. In diesem Fall eine andere Mutter.

Wieder ein gutes Beispiel dafür, wie wichtig es ist, Traumata aus der Kindheit oder eine falsche Prägung durch das Elternhaus oder das Umfeld zu verarbeiten und aufzuarbeiten. Ich wiederhole mich ungern, aber du solltest es dir und deinen Mitmenschen wert sein. Achte auf dich und deine Seele. Du musst dein ganzes Leben mit deinem Kopf, mit deinem Gedankenkarussell, leben. Sorge dafür, dass es ein guter Ort ist. Sorge dafür, dass es dir gut geht. Denn nur dann strahlst du das auch aus und deine Kinder und Mitmenschen werden es spüren.

Der 06. Juni 2018 und die Sekunden, die alles veränderten

Der 06.06.2018 war ein Mittwoch. Ein warmer Sommertag mitten im Juni. Innerhalb weniger Sekunden war nichts mehr wie es vorher war.

Ein Auto. Eine Frau. Ein paar Sekunden und alles änderte sich. Eigentlich war ich nur auf dem Weg nach Hause, die Sonne lachte, der Verkehr war mäßig. Die A3 Richtung Würzburg war bekannt dafür, dass es auch mal Stau gibt. Doch plötzlich sah die Welt ganz anders aus. Es gab einen Knall und viel Rauch. Mein Auto schleuderte einige Meter über die Fahrbahn. Insgesamt drehte es sich fünfmal, bis es neben der Lärmschutzwand an der Leitplanke zum Stehen kam. Das klingt im ersten Moment gar nicht so schlimm. Allerdings sah die Realität ganz anders aus.

Das Erste, woran ich mich erinnern kann, ist Rauch, viel Rauch, es roch übel nach verbranntem Gummi und Plastik, es war stinkender Rauch. So etwas hatte ich in meinem Leben noch nie gerochen. Dumpf hörte ich eine Stimme über die Freisprechanlage meines Autos. „Brauchen Sie Hilfe? Hallo? Geht es Ihnen gut? Wir schicken einen Krankenwagen." Ich konnte nicht antworten. Ich war wie gelähmt. In Filmen konnte ich mich nie in genau diese Situation hineinversetzen, aber jetzt fühlte ich mich als wäre ich mittendrin und spielte die Hauptrolle.

Das Nächste, woran ich mich erinnern kann, ist die Notärztin, die vergeblich versuchte, mir einen Zugang zu legen. Ich kann heute nicht mehr sagen, wie lange was davon gedauert hat. Mein Zeitgefühl war verloren. Die Notärztin redete immer wieder auf mich ein, fragte mich Dinge, aber ich hörte alles nur in einem großen Nachhall. Der Knall der Airbags klang noch in meinen Ohren. Ein Fiepen, ein Rauschen, es war wie in einem außerordentlich schlechten Film. Wie ferngesteuert murmelte ich etwas von meiner Blutgruppe und dass ich eine Gerinnungsstörung hätte. Wieder war ich weg. Ein Karussell in meinem Kopf. Mein

Bein war taub und schmerzte dennoch. Wie konnte das sein? So einen Schmerz hatte ich noch nie zuvor gespürt. Mein Körper war warm, aber ich konnte mich nicht bewegen. Panisch und doch benommen teilte ich der Ärztin mit, dass ich weder meinen Arm, noch mein Bein spürte. Als ich wieder zu mir kam, waren die Feuerwehrleute gerade dabei, mich aus dem Auto zu schneiden. „Bitte nicht bewegen, wir decken Sie zu." Ich nahm das zur Kenntnis, konnte mich aber ohnehin nicht bewegen. Auf die Wärme, die mich durchströmte, folgte eine unglaubliche Kälte, die schlimmer war als im tiefsten Winter. Im Hintergrund hörte ich das ohrenbetäubende Geräusch eines landenden Hubschraubers. Mein erster Gedanke war „Der ist bestimmt nicht für mich." Ich murmelte das leise vor mich hin, aber niemand hörte mir zu. Mein erster klarer Gedanke waren meine Kinder. Meine größte Angst war, dass sie jetzt ohne mich aufwachsen müssten und dass ich alles Wichtige verpassen würde. Die Einschulung von Louis, die Schulabschlüsse der Mädchen und dass ich nie mit ihnen ein Brautkleid aussuchen können würde. Ja, solche Gedanken gingen mir durch den Kopf. Ich weinte innerlich. Panik stieg in mir auf. Nicht weil ich mich schlecht fühlte, nein. Der Gedanke, gehen zu müssen, ohne mich von meinen Lieben verabschieden zu können, war für mich das Schlimmste. Ich begann zu hyperventilieren und nichts, was die Sanitäter oder die Ärztin sagten, konnte mich beruhigen. Auch das gute Zureden des Feuerwehrmannes, der mich stabilisieren sollte, half nicht. Dann wurde alles schwarz und ich war wieder bewusstlos.

Als ich das nächste Mal aufwachte, lag ich in einem Krankenwagen. Mein erster Gedanke war: „Puh, Glück gehabt, der Hubschrauber ist nichts für dich." Falsch gedacht. Kurz nach dem Aufwachen erkundigte ich mich nach meinem Mann, der an diesem Tag eigentlich einen Zehn-Stunden-Flug nach China antreten wollte. Ich war gerade auf dem Heimweg, nachdem ich ihn am Flughafen abgesetzt hatte, als dieser Unfall passierte. Auf meine Frage bekam ich keine Antwort. Der Arzt im Krankenwagen sagte zu jemandem: „Geben Sie mir das Propofol!"

Bei mir schrillten die Alarmglocken. Spätestens seit Michael Jackson weiß jeder, was Propofol ist. Aber ich konnte mich weder bewegen noch ein Gespräch führen. Gefühlt nahm mich niemand wahr. Ich spürte nur die Wärme, die meinen Körper durchströmte. Ohne ein Schluchzen, ohne einen Laut liefen mir Tränen über die Wangen.

Fühlte es sich so an zu sterben? Würde ich noch einmal aufwachen? Oder war es das jetzt? 31 Jahre alt, Mutter von 3 Kindern. Die Ungewissheit darüber, ob ich meine Familie jemals wiedersehen würde, verschwand mit mir in der Tiefe. Innerhalb von Sekunden, als das Propofol durch meine Adern floss.

Was dann geschah, weiß ich nur aus Erzählungen. Ich wurde mit dem Hubschrauber in die Uni-Klinik Würzburg geflogen. Dort wachte ich auf, wusste jedoch nicht, wo ich war. Ich würgte, bekam keine Luft. Irgendetwas piepte. Es dauerte gefühlte Ewigkeiten, bis jemand kam. Panisch fuchtelte ich mit den Armen, aber ich war verkabelt und hatte mehrere Zugänge. Eine Krankenschwester versuchte, mich zu beruhigen und rief eine weitere Person, die mich extubieren sollte. Ich konnte meine Augen nicht öffnen. Sie versuchten es immer wieder. In diesem Moment hatte ich zum zweiten Mal Todesangst. Es fühlte sich an wie Stunden, bis endlich jemand kam und mir den Schlauch aus dem Hals zog. Wo war ich? In diesen Momenten fühlte ich mich hilfloser denn je. Ich kann diese Leere nicht in Worte fassen, die ihr gerecht werden. Auch so etwas hatte ich noch nie zuvor gefühlt. Ein seltsamer Geruch hielt sich fest in meiner Nase. Es war der Geruch des Airbags, der bei dem Unfall aufgegangen war. Ekelhaft. Den werde ich nie vergessen. So viele Fragen schwirrten in meinem Kopf, ich wusste immer noch nicht, was passiert war, aber ich weiß noch, dass ich sofort wieder eingeschlafen bin. Ich war erschöpft. Alles tat weh und ich hatte nicht einmal die Kraft, meinen Arm zu bewegen, um mir die Tränen wegzuwischen, die wie von selbst kullerten und mir über die geschwollenen Wangen liefen. Aus ein paar Tränen entwickelte sich ein Weinkrampf. Ich glaube, ich habe noch nie in meinem Leben so viel und so bitterlich geweint. Alle Versuche der Schwestern, mich zu trösten, schlugen fehl. Ich weinte nicht aus Schmerz. Ich weinte aus Freude, Erleichterung, Dankbarkeit. Ich weinte vor Glück darüber, dass ich noch lebte. Ich lebte!

Als die Schwester mit dem Telefon kam und es mir ans Ohr hielt, wurde ich für einen Moment still. Ich hörte, wer dran war. Es war mein Mann. Ich hörte an seiner Stimme, wie er versuchte, stark zu sein, aber auch er war ein nervliches Wrack. Er konnte nicht viel sagen, ich auch nicht. Wir weinten eine Weile zusammen am Telefon, bis ich vor Erschöpfung wieder einschlief. Irgendwann in der Nacht, ich hatte jedes Gefühl für Ort und Zeit verloren, mich dann aber so weit gefangen, dass ich die Schwestern fragen konnte, was überhaupt passiert war. Ich selbst hatte keinerlei Erinnerung. Die Schwestern konnten mir natürlich nur bruchstückhaft erzählen, was sie von der Polizei wussten.

Da lag ich nun auf der Intensivstation des Würburger Klinikums. Angeschlossen an Schläuche und Apparate, voller Medikamente, einer Halskrause, einem verbundenen Bein und vielen Schürfwunden. Über 100 Kilometer von unserem damaligen zu Hause entfernt. In den folgenden Tagen ging ich durch jedes Tal der Tränen, das ich finden konnte. Gleichzeitig überkam mich ein nahezu überwältigendes Gefühl der Dankbarkeit darüber, noch am Leben zu sein. Die Gewissheit, dass ich offensichtlich nur heilbare Schäden davongetragen hatte, verdankte ich meinem Auto. Der menschliche Körper ist ein Wunder.

Was mit meiner Seele geschehen war, stand auf einem anderen Blatt. Sie war von dem Moment an, als ich aufwachte, zu gleichen Teilen mit Sorgen, Ängsten und Panik gefüllt. Diese wenigen Sekunden im Juni 2018, in denen ein leichtsinniger Autofahrer beschloss, ohne Rücksicht auf Verluste zu fahren – und das nicht nur symbolisch, sondern im wahrsten Sinne des Wortes – als gäbe es kein Morgen mehr, haben mein Leben verändert und beinahe dafür gesorgt, dass ich kein Morgen mehr erlebe. Wenn man bedenkt, wie die rücksichtslose Entscheidung eines anderen, Familien zerstören kann, dann ist es jeden Tag ein Wunder, dass wir in unsere Autos steigen und unseren Mitmenschen im Straßenverkehr so sehr vertrauen, ja, sogar unser Leben in ihre Hände legen. Es brauchte viel Zeit, viele Tränen und eine Therapie, bis ich wieder halbwegs normal schlafen, geschweige denn leben konnte. Ich hatte schreckliche Verlustängste um meine Kinder, Panikattacken im Auto. Ich hatte Angst vor zu enger Kleidung. Aus dem Nichts musste ich mir während einer Autofahrt ein Kleid regelrecht vom Leib reißen, weil ich Angst hatte zu ersticken. Wer so eine Situation noch nicht erlebt hat, kann es, glaube ich, nicht nachempfinden. Diese Hilflosigkeit ist mit nichts zu beschreiben. Vor allem ist sie aber für einen so willensstarken Menschen wie mich eins: schwer anzunehmen. Die komplette Kontrolle über dich und dein Leben zu verlieren ist unfassbar schlimm. Nicht nur einmal hatte ich Todesangst. Diese Momente fühlen sich an, als würde das Herz gleich den Körper verlassen, zwei Hände den Hals strangulieren und ein Hundert-Kilo-Sumoringer auf deiner Brust sitzen. Dir ist kalt und heiß zugleich und alle Gliedmaßen zittern. Doch auch hier hatte ich schnell die Erkenntnis, dass Annehmen, Verarbeiten und damit Umgehen der einzige Weg ist. Verdrängen und sich dagegen Aufbäumen bringen rein gar nichts. Solltest du auch Probleme mit Panikattacken haben, kann ich dir nur empfehlen, dir professionelle Hilfe zu suchen. Im Internet gibt es Hotlines, die zumindest in Notfallsituationen direkt erreichbar sind und du einen Ansprechpartner hast. Heute weiß ich eines: Alles im Leben geschieht aus einem bestimmten Grund. Alles hat auch etwas Positives. Ich habe erkannt, egal wie tief das Tal ist, es gibt immer einen Weg heraus. Ich bin dankbar für dieses Leben. Dankbar für diese neue Chance, die mir mein Schutzengel gegeben hat. Dankbar für jeden Morgen, für jeden Abend. Ich bin sogar dankbar für diese Panikattacken. Denn ohne sie wäre ich den Weg der Therapie nie gegangen. Ohne die Therapie hätte ich tief in mir vergrabene Traumata ein Leben lang mit mir rumgeschleppt.

Heute kann ich wieder lachen, ohne Todesangst Auto fahren und meine Kinder wieder Fahrrad fahren lassen. Nach dem Unfall aber gab es eine Zeit, in der ich nicht mehr ich selbst war. Mein Leben war geprägt von schlaflosen Nächten, Weinkrämpfen und der ständigen Angst, dass etwas passieren könnte. Das habe ich überwunden. Zum einen, weil ich gemerkt habe, wie schön das Leben ist, wobei das allein nicht ausreicht, um eine schwere Angstattacke zu überwinden. Vielmehr ist mir klar geworden, dass meine Angst eigentlich gar nicht real ist. Angst wird genährt von Fantasien und Gedankenwahnsinn. Ich habe verstanden, dass ich ihr keinen Raum geben darf, mein Leben zu bestimmen. Angst kann ein guter Indikator sein, verstehe mich nicht falsch.

Ab und zu, wenn wir auf der Autobahn fahren, überkommt mich wieder dieses Gefühl, das ich aus dieser schweren Zeit kenne. Aber je mehr ich mich mit diesem Gefühl auseinandersetze, desto mehr hilft es mir. Deshalb hilft es mir auch sehr, diese Zeilen zu schreiben, es ist eine Form der Heilung. Die Auseinandersetzung ist für mich Heilung. Diese Zeilen sollen dir und vielleicht noch dem einen oder anderen mehr Mut machen. Sie helfen mir, meine Gedanken zu sortieren, nicht greifbare Gefühle verschwinden, aber nicht ganz, sie werden in eine Schublade gesteckt. Es gibt keinen Grund, in ständiger Angst und Sorge zu leben. Ich habe eine tolle Familie und tolle Freunde und es ist noch nicht an der Zeit zu gehen. Ich habe noch so viele Pläne, und die wollen gelebt werden. Es ist so wichtig, sich bewusst zu machen, dass das Leben lebenswert und schön ist. Natürlich gibt es auch Schattenseiten, wie diesen Unfall. Aber auch die dunkelste Stunde hat etwas Gutes, denn ohne sie, ohne die Angstattacken, die Panikzustände und meine damalige psychische Situation wäre ich nie auf die Idee gekommen, eine Therapie zu machen.

In der Therapie habe ich so viel über mich gelernt. Ich habe gemerkt, wie viele Dinge aus meiner Kindheit mich unbewusst beeinflussen. Genauso unbewusst habe ich sie an meine Kinder weitergegeben. Auch die Ängste. In diesen schlimmen Momenten war ich nicht einmal in der Lage, meine Gefühle mit meiner Familie zu teilen. Ich glaube, mein Mann und meine Kinder wissen bis heute nicht, wie schlecht es mir innerlich ging. Die äußeren Wunden sind schnell verheilt. Geblieben sind ein paar Narben am Bein und gelegentliche Schmerzen am Schlüsselbein bei Wetterumschwüngen. Bei meinen Kindern und meinem Mann kann ich mich heute nur in aller Form entschuldigen. Sie wissen es nicht besser. Sie haben alles, was ich immer getan habe, als „normal" empfunden. Ich möchte nie wieder das Gefühl haben, nicht die beste Version meiner selbst zu sein. Deshalb, genau deshalb sage ich mir immer wieder: „Mach's gut, Angst, hier ist kein Platz für dich!" Ich habe Besseres mit meinem Leben zu tun.

Hannah

Weißt du eigentlich, dass du der Mensch bist, der meinem Leben einen Sinn gegeben hat?

Weißt du eigentlich, dass du der Mensch bist, der mir gezeigt hat, was wahre Liebe bedeuten kann?

Weißt du eigentlich, dass ich nächtelang an deinem Bett saß und nicht aufhören konnte, dich anzusehen?

Weißt du eigentlich, dass ich manchmal vor Stolz weinen möchte, wenn ich dich ansehe?

Weißt du eigentlich, dass du mir ähnlicher bist, als dir manchmal lieb ist?

Weißt du eigentlich, dass DU die besten Omeletts machst und ich mich jedes Mal freue, wenn du mir eins machst?

Ich hoffe, du weißt, wie unglaublich stolz ich auf dich bin und wie sehr ich dich liebe.

Ich hoffe, du weißt, wie sehr wir beide verbunden sind. Auf Neudeutsch würde man sagen: Du hast mich zur Mama gemacht.

Das ist richtig. Du hast mich zu einer Mutter gemacht. Du hast mir mit dem Tag deiner Geburt das größte Geschenk gemacht. Meine Pläne waren andere, aber wer braucht schon Pläne? Ich bin mit dir groß geworden. Aufgewachsen. Ich weiß, wie es ist, die Älteste unter lauter Kindern zu sein. Alles andere als einfach. Das bescheinigen dir sicher alle Erstgeborenen. Aber was soll ich dir sagen? Es ist eine Lektion fürs Leben. Ich kenne wenige Jugendliche, um genau zu sein, die in deinem Alter so verantwortungsbewusst und gewissenhaft sind. Ich spreche nicht davon, dass du daran denkst, den Müll rauszubringen oder dein Zimmer aufzuräumen. Ich spreche von der echten Verantwortung, die du übernimmst. Du bist so eine große Stütze für mich. Wenn es mir schlecht ging, und das war in den letzten zwei Jahren leider oft der Fall, dann warst du da. Wie selbstverständlich hast du gekocht, aufgeräumt, dich um deine Geschwister gekümmert und sie im Zaum gehalten. Bemerkenswert. Wirklich. Vieles an dir erinnert mich an mich selbst, als ich in deinem Alter war. Ich habe meine kleine Schwester, die zwölf Jahre jünger ist als ich, überall mit hingeschleppt. Ich bin damals mit meinen Freundinnen mit ihr auf den Spielplatz oder ins Schwimmbad gegangen. Ich habe sie gewickelt, gefüttert, ins Bett gebracht. Sie und ich, wir haben heute noch eine besondere Verbindung. Genauso wie du zu deinen Geschwistern.

Natürlich mögen sie es selten, wenn du sie daran erinnerst, aufzuräumen oder die Wäsche wegzuräumen. Und sie mögen es auch nicht, wenn du auf dem Weg nach unten den lebendigen Wecker spielst. Aber was soll ich dir sagen? Sie lieben dich und sie werden dir ihr Leben lang dankbar sein, dass du so bist, wie du bist.

Wir haben auch schwere Zeiten durchgemacht. Ich weiß auch, dass ich dir, als du klein warst, mehr abverlangt habe, als ich hätte tun sollen. Die Trennung, der Umzug, die Schulwechsel. Aber eines sollst du wissen: Jeden Schritt, den ich gegangen bin, habe ich gemacht, damit du glücklich sein kannst. Ich wünsche dir nichts mehr, als dass du ein glückliches und erfülltes Leben führen kannst. Du bist die Nummer eins. Du bist der Grundstein unserer Familie. Eine große Rolle. Eine tragende. Aber genau diese Rolle macht dich stark für dein Leben.

All die Kämpfe, die wir beide geführt haben, nennen wir sie pubertäres Machtgehabe, waren notwendig. Sie dienten dazu, dass du erkennst, wer du bist, was du sein willst und dass ich dir nie etwas Böses wollte.

Ich erinnere mich nur dunkel an all die Diskussionen, die fliegenden Türen, das Chaos, meine Wut und deine Wut. Aber was ich heute noch spüre, ist die Verletzung in den Momenten, in denen ich dachte, ich würde dich verlieren. Diese Verbindung, die wir haben. Es war, als wären wir uns eine Zeit lang fremd gewesen. Sonst kenne ich dich in- und auswendig. Ich bin froh, dass sich mit der Stabilisierung deiner Hormone unser Verhältnis wieder entspannt hat. Natürlich gibt es hier und da noch kurze Aussetzer, aber ich spüre wieder, wie nah du mir bist. Ich bin froh und dankbar, dass ich dich auf all deinen Wegen begleiten darf. Ich bin zutiefst glücklich darüber, dass du mit meiner Entscheidung für deinen Papi, wie du ihn nennst, immer einverstanden warst. Ich bin ihm so dankbar, dass er nie einen Unterschied gemacht hat, obwohl du nicht sein leibliches Kind bist. Euch beide zusammen mit deiner Schwester und den beiden Kleinen zu sehen, erfüllt mich mit purem Glück. Aber tief in deinem Inneren hast du damals auch gespürt, dass mit Papi jemand in unser Leben getreten ist, der uns von ganzem Herzen liebt. Wenn ich einmal nicht mehr bin, und seien wir ehrlich, dieser Tag wird kommen, dann sollst du wissen, dass ich dich und deine Geschwister liebe. Dass mein Leben einzig den Sinn hatte, zu lieben und euch aufwachsen zu sehen. Mein größter Wunsch ist es, dass ihr glückliche, ehrliche, einfühlsame und selbstbewusste Menschen werdet. Du als Älteste hast sicher immer den schwersten Job, denn wenn ich nicht mehr da bin, bist du diejenige, die das Schiff auf Kurs bringen muss. Ich hoffe, und das ist auch mein einziger wirklicher Wunsch in meinem Leben, dass ich so alt werde, dass ich euch und eure zukünftigen Kinder so lange begleiten kann, dass ihr alleine und ohne Sorgen leben könnt. Ich möchte dir zu deinem Schulabschluss gratulieren, dich mit deinem ersten Auto durch die Gegend fahren sehen, dich zum Altar führen, dich im Krankenhaus besuchen, mein Enkelkind auf dieser Welt willkommen heißen und sehen, wie du glücklich und zufrieden lebst. Weißt du, wie jede Mutter habe ich dich geformt. Wie jedes Kind hast du es angenommen und versucht, das Beste daraus zu machen. Ob etwas davon richtig oder falsch ist, werden wir vielleicht nie erfahren, aber ich kann Dir heute sagen, dass ich mein Bestes gegeben habe, damit du ein glücklicher und zufriedener Mensch wirst.

Verliere deine Ziele nie aus den Augen. Höre nie auf, an sie zu glauben. Lerne, über den Tellerrand zu schauen. Ich weiß, es ist schwer für dich, es war auch schwer für mich, als ich in deinem Alter war. Aber es wird besser und manchmal muss man einfach die Kontrolle abgeben.

Hör nie, wirklich nie auf, ein guter Mensch zu sein. Es kann dir noch so viel Schlimmes in deinem Leben passieren, du hast ein gutes Herz und das darfst du dir nie nehmen lassen. Schütze es wie deinen Augapfel. Dein Herz ist dein Wegweiser, wenn dein Verstand nicht mehr weiterweiß.

Celine alias Liniboo

Ach, Linchen, meine kleine Chaos-Queen. Das Ex-Sandwich-Kind, das keines mehr ist, weil aus drei Kindern vier geworden sind. Du hast ein Herz aus Gold. Du bist gutmütig, zurückhaltend, ein bisschen verpeilt und doch schlau vom Haaransatz bis zum kleinen Zeh. Ich liebe deine Zuversicht und deine Begeisterung, wenn dir etwas gefällt. Wenn du singst, kommen mir die Tränen. Du berührst jeden Zentimeter meines Körpers. Ich kann kaum glauben, dass ich dich erschaffen habe und dass dir ein so großes Talent geschenkt wurde. Ich hoffe, du wirst deine Stimme nie verlieren. Symbolisch gesprochen. Du kannst etwas, was nur wenige Menschen können. Mit deiner Stimme Menschen berühren. Das ist eine Gabe. Nimm sie an und nutze sie. Es wird noch eine Weile dauern, bis du das verstehst. Du bist ein besonderer Mensch. Du, meine zweite Tochter.

Deine Geburt war anstrengend. Du hattest es verdammt eilig. Abends habe ich die Küche geputzt, dein Vater schlief schon. Als ich von der Leiter stieg, fing es plötzlich an zu tröpfeln. Zuerst dachte ich, ich hätte in die Hose gemacht, erst später wurde ich eines Besseren belehrt. Plötzlich merkte ich, wie ich nach und nach Wehen bekam. Ich wusste nicht, wie sich das anfühlt. Bei Hannah hatte ich eine Einleitung bekommen. Als dann unter der Dusche die Wehen alle vier Minuten kamen, habe ich deinen Vater geweckt. Er war nicht amüsiert. Mürrisch zog er sich an, rief seine Oma an, die auf Hannah aufpassen sollte, und begriff den Ernst der Lage noch nicht. Meine Wehen kamen in immer kürzeren Abständen und mittlerweile musste ich sie schon laut veratmen. Die Panik stand ihr ins Gesicht geschrieben. Nachdem seine Oma eingetroffen war, watschelte ich zur Haustür. Anstatt mir zu helfen, rannte er nach vorne und begann, das Auto mit Handtüchern auszulegen. Er hatte Angst, dass sein Auto verschmutzt werden würde.

Zum Glück war der Weg zum Krankenhaus nicht weit. Allerdings musste er wegen einer Großbaustelle auf einem Ausweichparkplatz parken. Wunderbar, wenn man vor Schmerzen kaum laufen kann. Schritt für Schritt schleppte ich mich zum Eingang. Zwischendurch musste ich immer wieder stehen bleiben. An der Tür angekommen sagte die Dame von der Nachtrezeption, dass wir am falschen Eingang seien und noch einmal ums Haus gehen müssten. Der Weg glich einer Odyssee. Irgendwann, nach zehn Stationen und kaum einer Wehenpause, kamen wir im Kreißsaal an. Die Hebamme kannte ich noch von Hannahs Geburt. Eine sehr nette Frau. Meinen Wunsch nach einer Epiduralanästhesie nahm sie zur Kenntnis, machte mir jedoch wenig Hoffnung. Ich bekam ein CTG und dann untersuchte sie mich. Zu diesem Zeitpunkt war mein Muttermund acht Zentimeter weit geöffnet. PDA ausgeschlossen. Ich fluchte und schrie und gab meinem damaligen Mann die Schuld an allem. Wie sehr habe ich ihn in diesem Moment gehasst. Die Hebamme gab mir Buscopan, das war so wirksam wie eine Packung Smarties. Dann schlug sie mir vor, in die Badewanne zu gehen. Das würde mich entspannen. Klar, bei 36,5 Grad Wassertemperatur unter Schmerzen in der Wanne zu liegen und halb zu erfrieren, das hatte ich mir schon immer gewünscht. Aber ich war noch verdammt jung und habe mich nicht getraut, meinen Willen über den der Hebamme zu stellen. Dein Vater hat mir eingeredet, ich solle auf die Hebamme hören. Ihm war die Wanne sehr lieb, er hatte sowieso nichts übrig für Geburten und all dem, was dazugehört. Die für ihn unangenehmen Gerüche blieben in der Wanne aus. Ich bat darum, das Wasser etwas wärmer zu machen. Die Kälte verkrampfte mich am ganzen Körper. Ich wollte raus aus der Wanne, aber das war nicht mehr möglich. Ich hatte schon Presswehen und schrie aus Leibeskräften. Im Gegensatz zu Hannahs Geburt, bei der ich keinen Ton herausbrachte, war es jetzt genau das Gegenteil. Ich hatte das Gefühl, alles herausschreien zu müssen. Auch Beschimpfungen für den Kindsvater. Nach nur drei Presswehen warst du da. Unsere wunderschöne zweite Tochter. Noch keine Minute alt, hatten wir noch keinen Namen für dich. Dein Vater tat sich schwer. Ich fand Celine schon lange schön und der Name passte auch gut zu dir, also wurdest du Celine.

Nach 45 Minuten warst du da. Zwischendurch hatte ich das Gefühl zu sterben, aber die Belohnung war alle Schmerzen wert. Du warst bezaubernd und ich konnte es kaum erwarten, dich deiner großen Schwester vorzustellen. Ich erspare dir die Enttäuschungen, die ich nach deiner Geburt mit meiner Familie und deinem Vater hatte. Das ist Vergangenheit. Aber du sollst wissen, dass ich dich vom ersten Tag an geliebt habe. Bedingungslos. Für zwei. Mehr war nicht nötig. Du warst mein kleiner Liniboo vom ersten Atemzug an.

Die vergangenen Jahre waren turbulent. Viele Hürden mussten überwunden werden. Vieles ist dir nicht leichtgefallen. Aber was soll ich dir sagen? Du hast nie aufgegeben und deinen Weg gefunden. Du bist über dich hinausgewachsen. Egal welche Lebenssituation dich herausgefordert hat, du hast sie gemeistert. Ich weiß auch, dass deine Rolle in der Familie nicht einfach ist. Wir alle haben immer viel von dir erwartet. Einerseits bist du die kleine Schwester, die drei Jahre jünger ist und trotzdem schon Verantwortung trägt, aber du bist auch die große Schwester für zwei kleine, manchmal nervige Geschwister. Ich verstehe jeden deiner Tränenausbrüche. Ich verstehe dich, wenn du auch mal keine Lust hast. So geht es jedem Teenager irgendwann. Aber was ich auch weiß? Wir schaffen das zusammen. Ganz sicher. Als ich mit dir schwanger war, hatte ich eine ganz große Sorge. Nämlich, ob ich mein zweites Kind genauso lieben kann wie mein erstes. Was soll ich sagen? Diese Gedanken waren vollkommen umsonst. Die Liebe vervielfacht sich mit jedem Kind. Man liebt jedes seiner Kinder anders, aber keines weniger oder mehr als das andere.

Ich liebe dich genauso wie deine Geschwister. Ich kann mir ein Leben ohne dich an meiner Seite nicht vorstellen. Du gibst mir oft so viel Lebensmut und Antrieb, wenn ich eigentlich erschöpft und müde bin. Du weißt gar nicht, wie sehr du gebraucht wirst.

Oft hast du das Gefühl, nicht verstanden zu werden. Auch das ist ein Symptom der Pubertät, auch das kenne ich nur zu gut. Aber lass dir eines gesagt sein, ich brauche dich und du bist ein Teil meines Glücks.

Ich wünsche dir für deine Zukunft, dass der Weg, den du jetzt noch nicht klar siehst, dir irgendwann den Antrieb gibt, durchzustarten. Ich wünsche dir von ganzem Herzen, dass du deine Gabe von Gott irgendwann wieder mit Leidenschaft füllst und all die Menschen, die dein zauberhaftes Wesen nicht zu schätzen wissen, einfach stehen lässt. Ich bin so glücklich, dass du mir geschenkt wurdest. Ich fühle mich dir und deinem Herzen so nahe. Ich spüre, wie sehr du mich liebst, und das erfüllt mich mit Stolz. Lass dich nicht verbiegen von Menschen, die dir einen falschen Weg zeigen wollen. Dein Herz wird dir den richtigen Weg weisen. Ich freue mich auf die Zukunft mit dir, auf die lustigen Momente, auf die Tränen, die ich vergießen werde, wenn du Schritt für Schritt erwachsen wirst. Ich bin gespannt, wohin dich dein Weg einmal führen wird. Was aus dir wird. Du hast so viele Möglichkeiten. Mir ist wichtig, dich zu begleiten, dir zur Seite zu stehen und auch, wenn es mal nicht so gut läuft, dein erster Ansprechpartner zu sein.

Du bist so besonders so anders als deine Geschwister. Aber glaub mir, mir entgeht nichts. Ich sehe den kleinen Teufel in dir, aber ich nehme auch den kleinen Engel wahr. Deine rebellische Seite balancierst du perfekt mit deinem Sanftmut aus. In dir schlummert so viel Kreatives, das ist ganz klar dein Teil von mir.

Es tut mir manchmal weh, wenn ich sehe, dass diese Eigenschaften in der Schule überhaupt nicht angesprochen werden. Wie viel mehr Menschen könnten sich entfalten, wenn die Persönlichkeit im Vordergrund stünde. Aber ich weiß ganz genau, dass du trotzdem einen Weg finden wirst, diese besondere Art zu leben. Ich helfe dir gerne dabei, ich kann dir mit meiner Erfahrung vielleicht ein kleiner Wegweiser sein, aber dein Kompass ist dein Herz. Du wirst schnell merken, ob die Richtung stimmt.

Du kannst dich vom Leben treiben lassen und darauf warten, dass dir irgendein Impuls gefällt, nur lass dich nie vom Strom mitreißen. Das passt nicht zu dir. Du bist einzigartig. Lass dir nichts anderes einreden.

Liebe das Leben, vergiss nie, wie sehr ich dich liebe und wie sehr du von allen geliebt wirst. Das wird die Grundlage für alles sein. Komme, was da wolle. Bleib bei deinen Geschwistern. Sie sind die ersten und besten Freunde, die dir das Leben geschenkt hat. In ihnen fließt dasselbe Blut. Ihr seid alle unter meinem Herzen aufgewachsen, das verbindet. Ihr müsst mir alle versprechen, dass ihr, egal wie alt ich werde, die Liebe, die ich euch geschenkt habe, in alle Himmelsrichtungen tragen werdet. Wenn es schwierig wird und ihr nicht mehr weiter wisst, dann überlegt, was ich sagen würde. Liebe ist die Antwort auf alles.

Louis aka Loubiboo

März 2015. Aufregende und harte Wochen liegen hinter uns. Starke Blutungen in der 22. Woche mit wenig Aussicht auf eine Überlebenschance für den kleinen Mann, Wehen und ein verkürzter Muttermund ab der 24. Woche, Krankenhausaufenthalte, viele Tränen und lange 16 Wochen strikte Bettruhe hatten mich an ganz neue Grenzen gebracht. Mit vielem hatte ich gerechnet, als ich am 8.9.2014, einen Tag nach meinem Geburtstag, einen Schwangerschaftstest machte, aber nicht mit so viel Drama. Nach Lungenreifung und Wehenhemmern lag ich da. Ein ständiges Hin und Her zwischen zu Hause und Krankenhaus. Mein Muttermund schwankte zwischen 0,8 und 0,4 cm. Wenn ich mich viel bewegte, bezahlte ich das mit Wehen. Ich war also ans Bett gefesselt und kannte das Fernsehprogramm auswendig. Warum hatte es der kleine Mann in mir so schwer? Warum war das Schönste, was eine Frau in ihrem Leben erschaffen kann, so schmerzhaft? Wir kennen die Antwort bis heute nicht. Alle um uns herum fieberten mit – und bekamen es mit mir zu tun. Auch bei mir lagen die Nerven blank, wobei ich dennoch alles tat, was in meiner Macht stand. So sehr ich auch um jeden Tag kämpfte, mein Körper und mein Geist wollten nicht mehr. Es war eine Zerreißprobe. Bevor ich in der Woche vor der Geburt wieder nach Hause durfte, lag ich schon zweimal im Kreißsaal. Nicht aus Juckreiz, sondern mit Wehen, fingerdurchlässigem Muttermund und gefülltem PDA-Bogen. Das CTG ging bis 120, die Herztöne des Kindes waren immer grenzwertig. Auch beim Vater lagen die Nerven blank. Eines wussten wir. Fehlalarm. Am 24.3.2015 wurden wir endlich nach Hause entlassen. Es war der Tag der Germanwings-Katastrophe. Das werde ich nie vergessen. Diese Tragödie hat mich so erschüttert, bewegt und fassungslos gemacht, dass ich sofort wieder Wehen bekommen habe. Eigentlich war mein erster Gedanke: „In so eine Welt bringst du jetzt noch ein drittes Kind?" Ich wurde an diesem

Tag mit Wehen und 1 cm Muttermund mit den Worten entlassen: „Du hast es nicht weit, wenn es losgeht!" Froh, im eigenen Bett zu entbinden, packte ich noch einmal meine Tasche und ließ mich abholen. Zu Hause schlief ich dann so gut es ging mit den beiden anderen Mäusen, Hannah und Celine.

In der Nacht vom 28.03. auf den 29.03. wurde die Uhr umgestellt. Seit dieser Nacht hatte ich wieder oder besser gesagt immer noch Wehen. Für meinen Geschmack etwas zu viel. Mein Mann und ich haben sowieso kein Auge zugetan und so beschlossen wir um 4.30 Uhr ins Krankenhaus zu fahren, immer im Hinterkopf, dass es eigentlich viel zu früh für den kleinen Mann ist. Zu diesem Zeitpunkt war ich bei Schwangerschaftswoche 32+0. Im Krankenhaus angekommen wurden wir von einer sehr netten Hebamme empfangen. Sie verstand meine Sorge und versuchte, mich zu beruhigen. Sie schlug vor, dass sie mich erst einmal an ein CTG anschließt und mich dann untersucht. Gesagt, getan. Das CTG sah aus wie das Panorama des Wilden Kaisers. Ich hatte mich also nicht geirrt. Die Untersuchung brachte dann Klarheit. 5 cm Muttermund geöffnet. „Gut", sagte die Hebamme. „Jetzt halten wir nichts mehr auf. Das wird ein Sonntagskind." Voller Vorfreude und doch ängstlich, wie es ihm wohl gehen würde, bereitete ich mich darauf vor, meinen Sohn auf die Welt zu bringen. Um das Ganze in Schwung zu bringen, sollte ich laufen gehen. So watschelte ich dann also an der Hand meines Mannes durch die Gänge und stieg Treppe um Treppe. Um 10:00 Uhr war wieder ein CTG geplant und mein einziger und größter Wunsch für diese Geburt war eine PDA. Die Geburt von Celine war sehr dramatisch und schnell. Das möchte ich nicht noch einmal erleben. Die Wehen wurden nicht stärker. Zurück im Kreißsaal kam die Ernüchterung. Auf dem CTG wurden die Wehen plötzlich weniger. Am Muttermund tat sich nichts. Inzwischen hatte die liebe Hebamme, die uns aufgenommen hatte, Feierabend und ausgerechnet die, die ich nicht leiden konnte, war nun die zuständige Hebamme. Sie rief den Arzt und was dann geschah, hätte ich nie für möglich gehalten. Der diensthabende Arzt schickte mich nach Hause. Mit einem

5 cm offenen Muttermund! Die korrekten Worte waren: „Frau Fortmann, 5 cm Muttermund offen und seit Wochen Wehen, da laufen Sie noch drei Wochen rum!"

Ich war sauer. Richtig sauer. Ich habe mir eine Geburt immer wie einen Skilanglauf vorgestellt. Am Anfang läuft man motiviert los, man braucht Kondition, um durchzuhalten, mit jedem Meter Richtung Ziel lässt die Kraft nach, aber man bleibt motiviert. Die Worte dieses Arztes waren für mich, als hätte man mich nach mehr als der Hälfte der Strecke wieder an den Start geschickt. Ziemlich beleidigt, ja, fast schmollend verließen wir völlig übermüdet den Kreißsaal und machten uns auf den Weg nach Hause. Mein Mann legte sich erst einmal völlig erschöpft hin. Ich brauchte ein Ventil und beschloss, meine Küche von oben bis unten so gründlich zu putzen wie noch nie zuvor. (Fun Fact: Genau das Gleiche habe ich vor Celines Geburt gemacht.) Als ich meine Putzaktion beendet hatte, kamen gerade die Mädels von ihrem Papa-Wochenende zurück. Geistesgegenwärtig rief ich meine Mutter an und bat sie, meine Schwester Leah zu uns zu bringen, denn wenn wir noch einmal ins Krankenhaus müssten, hätten wir keine Zeit, die Kinder wegzubringen. Gesagt, getan. Meine Mutter brachte meine Schwester gegen 19 Uhr. Da wir in der Nacht zuvor wenig geschlafen hatten, gingen mein Mann und ich um 20:15 Uhr ins Bett, pünktlich zum Blockbuster. An diesem Abend lief Django Unchained und mein Mann wollte diesen Film schon lange sehen. Ich bekam nicht einmal mehr den Vorspann mit und war sofort eingeschlafen. Doch keine Viertelstunde später wurde ich von einem unsagbaren Schmerz geweckt. Es fühlte sich an, als würde jemand mit einer Schraubzwinge mein Becken gewaltsam auseinander drücken. Ich musste auf die Toilette und bekam neben den Wehen, die von null auf hundert kamen, den Durchfall meines Lebens. In diesem Moment habe ich nur gebetet, dass ich mein Kind nicht zu Hause bekomme. Ich rief nach meinem Mann und er starrte mich fassungslos an. Die Schmerzen, die ich in diesem Moment hatte, waren mit nichts zu vergleichen. Ich kramte nach meiner Hose und meinen Schuhen und sagte zu meinem Mann, dass wir sofort aufbrechen müssten. „Jetzt wirklich? Kein falscher Alarm?" Er schaute ziemlich verdutzt und geschockt. Ich sah ihn an und antwortete nur kurz und knapp: „JETZT!" Während die Wehen gefühlt alle 30 Sekunden kamen und ich mich unter dem nicht nachlassenden Schmerz anzog, hatte ich die ganze Zeit nur einen Gedanken im Kopf. Hoffentlich schaffen wir es ins Krankenhaus. Ich quälte mich die Treppe hinunter und versuchte, so leise wie möglich meine Jacke anzuziehen. Ich wollte die Kinder nicht erschrecken, zumal ich schon genug Angst für uns alle zusammen hatte. Als ich dann nach meinem Mann rief, der in der Küche stand und ich ihn beim Ausräumen des Geschirrspülers erwischte, brach es aus mir heraus. Ich war nicht mehr Herrin meiner Sinne. Er hatte den Ernst der Lage nicht begriffen. Der Schmerz, die Angst um mein Kind und die Hilflosigkeit brachten mich um den Verstand. Nach meiner kurzen und knackigen Ansage verstand mein Mann, dass es höchste Zeit war. Ich suchte nach einer Möglichkeit, mich ins Auto zu hieven und schaffte es mit seiner Hilfe. Er war so durch den Wind, dass er mich fragte, wohin er jetzt fahren solle. Ich antwortete: „Vielleicht dorthin, wo wir schon 25-mal waren" Mein Puls war gefühlte 180. Im Auto rief ich im Kreißsaal an, die liebe Hebamme vom Morgen nahm ab. Ich sagte ihr, dass sie schnell nach unten kommen solle, da ich es alleine nicht nach oben schaffen würde. Es war 20.54 Uhr, als wir im Krankenhaus ankamen, standen der Arzt und die Hebamme mit einer Liege am Eingang. Mein Mann fragte mich, was er mit dem Auto machen solle. „Parken!" Die Hebamme und der Arzt holten mich aus dem Auto und brachten mich im Eiltempo zum Aufzug, die Hebamme lotste den Arzt auf dem kürzesten Weg in den Kreißsaal. Ich hatte das Gefühl, noch im Fahrstuhl zu gebären. Inzwischen hatte ich Presswehen. Immer wieder sagte ich mir „Jetzt kommt er auf die Welt." Mein Gefühl hatte mich nicht getäuscht. Im Kreißsaal angekommen hatte ich immer noch Presswehen. Die Hebamme bat mich auf das Entbindungsbett. Die Kinderärzte waren von der Hebamme verständigt worden. Sie brauchten drei Minuten. Ich wollte nicht, dass er auf die Welt kommt, bevor sie da sind. Kaum war das CTG angeschlossen, war das Köpfchen auch schon da. Eine Wehe später war unser Louis geboren. 21.04 Uhr. Ich wartete auf seinen ersten Schrei, der mich nach einer gefühlten Ewigkeit von meiner Anspannung erlöste. Vorerst.

Währenddessen kam mein Mann über den Flur gelaufen. Ein anderer Arzt auf dem Flur sagte ihm, dass Louis schon geboren sei und er sich beeilen solle. Er ging hinein und sah seinen Sohn. Ganz blau und mit deformiertem Kopf. Er atmete selbstständig. Die Lungen waren reif, aber er zitterte am ganzen Körper. Kurz nach meinem Mann kamen die Kinderärzte ins Zimmer. Sie nahmen ihn von meiner Brust. Er war keine zwei Minuten alt, als sie ihn von mir trennten. Es folgte ein langes Schweigen. Sie untersuchten ihn, legten ihn nach der Erstversorgung in den vorbereiteten Inkubator und fuhren mit ihm wortlos in die Kinderklinik. Es waren schreckliche und vielleicht die schlimmsten Momente meines Lebens. Ich schickte meinen Mann gleich hinterher. Die Hebamme kümmerte sich um mich und versuchte, mich zu beruhigen. Da es meine dritte Geburt war, brauchte ich einen Tropf mit Oxytocin, damit sich die Gebärmutter zusammenzieht. Ich verlor viel Blut und sie rief noch einmal den Arzt, damit er mich untersuchte. Ich sollte mich ausruhen und beruhigen. Nachdem der Tropf gelaufen war und die Hebamme zur nächsten Geburt eilte, kletterte ich aus dem Bett und watschelte ins Badezimmer. Ich war ziemlich wackelig auf den Beinen, aber die Sehnsucht und die Sorge um mein Kind trieben mich an. Ich duschte kurz, steckte mir vier der berühmten Surfbretter in die Netzhose und machte mich auf den Weg zum Flur. Kaum drei Schritte gegangen lief ich der Hebamme in die Arme. Ich holte mir eine Standpauke und ihre Aufforderung wieder ins Bett zu gehen ab, verneinte aber. Sie verstand meine Beweggründe und schloss mit mir den Kompromiss, dass ich im Rollstuhl hinübergebracht würde. Im Zimmer angekommen, sah ich meinen Mann in Tränen aufgelöst am Inkubator stehen. Auch mir liefen die Tränen über das Gesicht und ich konnte nicht glauben, dass mein Sohn dort verkabelt in diesem Kasten lag. Wir hielten uns an den Händen und weinten zusammen. Alle Dämme brachen. Die Anspannung der letzten Wochen und Monate fiel von uns ab. Aber die nächste Zeit war nicht viel besser. Der diensthabende Arzt und die Krankenschwester erklärten uns alles. Es fielen Worte wie Anpassungsschwierigkeiten, die Nieren funktionieren (noch) nicht, schlechte Blutzuckerwerte und Beatmung. Vorerst. Sie wollten ihm erst einmal Ruhe gönnen. Die nächsten Tage würden alles zeigen. Zum Schluss sagte der Arzt, er sei stark. Da wusste ich: Er ist ein Kämpfer. Aufgeben ist keine Option. Niemals.

Die nächsten Stunden erlebte ich wie im Trance. Bis 1 Uhr standen wir am Brutkasten. Dann verließen mich die Kräfte. Ich blutete so stark, dass es mir trotz der Surfbretter an den Beinen herunterlief. Die Schwester brachte mich wieder in den Kreißsaal zur Untersuchung, aber Gott sei Dank war alles in Ordnung. Sie sagte, ich solle mich jetzt endlich beruhigen und versuchen zu schlafen. Aber in diesem Moment fühlte es sich an, als hätte man mir das Herz aus der Brust gerissen. Mein Baby lag 100 Meter von mir entfernt in einer kleinen Kiste, ohne jeglichen Körperkontakt. Aber ich gab nach und folgte der Krankenschwester in das Zimmer, wo die Milchpumpe auf mich wartete. Ich kam meiner Pump-Pflicht nach und legte mich aufs Bett, fand aber keine Ruhe und so schlich ich mich über den Flur zurück zur Intensivstation. Die Nachtschwester war abgelenkt und mir blieben unnötige Diskussionen erspart. In der Kinderklinik angekommen öffnete die Nachtschwester wortlos und verständnisvoll nickend die Tür. Ich watschelte direkt zu meinem Sohn. Viel konnte ich nicht tun, ich durfte ihn nicht in den Arm nehmen. Aber ich hielt seine Hand. Die ganze Nacht. Eigentlich müsste er jetzt auf meiner Brust liegen. Er zitterte am ganzen Körper, war aufgebläht und sah schon ganz anders aus als kurz nach der Geburt. Ich weinte leise, wischte mir die Tränen mit dem Ärmel ab. Ich liebte diesen kleinen Kerl schon so sehr, dass es mir das Herz brach, ihn so sehen zu müssen und nichts tun zu können. Ich saß dort bis in die frühen Morgenstunden. Irgendwann ging ich auf mein Zimmer, und ich kann heute nicht mehr beschreiben, was ich fühlte. Ich wollte bei ihm sein, aber mein Körper schrie nach Schlaf. Es war der Beginn schwerer Wochen. Zwischen Sorgen, Ängsten, Zerrissenheit und der Angst, allem nicht gerecht werden zu können, war da eigentlich die Freude über das neue Familienmitglied. Eltern, die schon einmal ein Kind auf der Intensivstation hatten, wissen, welche Achterbahn der Gefühle man in einer solchen Situation durchlebt. Kein Tag gleicht dem anderen. Die Gefühle sind ein ständiges Auf und Ab. Es ist schwer, eine solche Zeit unbeschadet zu überstehen. Doch der eigentliche Schmerz, der in der Seele zurückbleibt, macht sich erst viel später bemerkbar. In dieser besonderen, anstrengenden Zeit funktioniert man einfach. Mal besser, mal schlechter.

Nun war ich also Mutter von drei Kindern und hatte einen Sohn acht Wochen zu früh innerhalb von 15 Minuten zur Welt gebracht, während sein Vater noch parkte. Das könnte das Drehbuch für einen Film sein. War es aber nicht. Es war mein Leben. Die Realität. Wie mein Sohn hatte auch ich Anpassungsschwierigkeiten. Nach außen hin funktionierte ich. Am Sonntagabend entbunden, saß ich dienstags um 8.30 Uhr wieder in meinem Büro, machte Abrechnungen und beantwortete E-Mails. Selbst und ständig. Meine Selbstständigkeit war Fluch und Segen zugleich. Sie gab mir Flexibilität, die man als dreifache Mutter sicherlich gut gebrauchen kann. Doch sie bedeutete gleichzeitig Druck und Verantwortung, was mich besonders im Hormonchaos zart an den Rande des Wahnsinns brachte. Unser Alltag war von nun an ein anderer. Genau genommen war nichts mehr wie es vorher war. Morgens habe ich die Mädels fertig gemacht und weggebracht. Auch damals bin ich schon den Anhängerinnen der Mamimafia begegnet. Meist um zehn vor Acht am Schultor. „Du siehst aber fertig aus", „dein Kind ist alleine im Krankenhaus? Hast du da kein schlechtes Gewissen?" waren nur einige der Konfrontationen, die man morgens um 7:50 Uhr nicht braucht. Doch ich ließ mir vor den fleischgewordenen Monstern nichts anmerken, lieferte meine Kinder ab, lächelte müde und stieg in mein Auto. Ein paar Tränchen kullerten. Irgendwo mussten die Gefühle ja hin.

Der Weg zum Krankenhaus war schnell gefahren, dort habe ich meinen kleinen, hilflosen und an Kabel angeschlossenen Sohn intensiv geknuddelt, sondiert, frisch gemacht und dann wieder ins Bett gelegt. Anschließend wieder zurück, schnell nach Hause, Büro, kochen, Mädels abholen, Hausaufgaben, Nachmittagsprogramm und wieder ins Krankenhaus. Danach wieder nach Hause, Abendessen kochen, Kinder ins Bett bringen, Haushalt machen und irgendwann mal durchatmen. In der Zwischenzeit war der Papa im Krankenhaus. Wenn er dann nach Hause kam und alles erledigt war, bin ich wieder hingefahren. Anders habe ich es nicht ausgehalten. Ich hatte so ein schlechtes Gewissen, das brauchten mir die lieben Mütter vor der Schule nicht erst einreden. Natürlich wusste ich, dass er in guten Händen ist, aber ich war seine Mutter und musste mich um mein Kind kümmern. Er war so klein, so hilflos, so zerbrechlich. Ich hatte immer das Gefühl, dass ich ihn allein lasse, denn er brauchte mich so sehr. Jedes Mal, wenn ich vom Krankenhaus nach Hause kam, liefen mir dicke Tränen über das Gesicht. Bevor ich wieder nach Hause kam, weinte ich kurz bitterlich, schlimmer als ein kleines Kind, dann hatte ich mich wieder im Griff. Ich wollte niemandem zeigen, wie schlecht es mir ging. Mein Mann merkte, wie es mir ging, aber wir hatten eine stillschweigende Übereinkunft, nicht darüber zu reden. Auch er fühlte sich hilflos. Vier lange Wochen war das unser Alltag. Die vier emotionalsten Wochen meines Lebens. Vier Wochen, in denen ich über mich hinausgewachsen bin. Heute, im Nachhinein, grenzt es an ein Wunder, dass ich nicht zusammengebrochen bin. Ganz im Gegenteil. Es hat mich stärker gemacht. Das ist Teil unserer Geschichte. Die von Louis und mir und die unserer gar nicht mehr so kleinen Patchwork-Familie. Meine Geschichte auf dem Weg zu dem, was ich heute bin. Ich bin fest davon überzeugt, dass Louis mich ausgewählt hat, weil er wusste, dass wir es gemeinsam schaffen können. Dafür danke ich ihm. Ich liebe ihn so sehr. Unser kleiner Kämpfer.

Er ist immer noch unser kleiner Loubi, wobei klein nicht mehr wirklich klein ist. Bald bist du zehn Jahre alt und nach deinen

Worten ein junger Mann. Ein Schelm vor dem Herrn. Einfühlsam, liebevoll, selbstbewusst und neunmalklug. Zum Glück ist er unversehrt. Er ist mit zehn Monaten gelaufen und hat uns alle ganz schnell um den Finger gewickelt. Wir können uns gar nicht vorstellen, wie es ohne ihn wäre. Unser Hahn im Korb. Du hast es nicht leicht. Zwischen vier Frauen aufwachsen ist nicht einfach. Meine Theorie ist, dass er entweder ein Frauenversteher oder ein Frauenhasser wird. Bei seinem Charme vermute ich eher das erste. Ich hoffe es. Ich würde mich sehr freuen, einmal eine charmante, kluge Schwiegertochter zu haben. Vor allem freue ich mich darauf, dich in meiner Rolle als Jungenmama aufwachsen zu sehen. Oft schaue ich dich an und kann gar nicht glauben, dass ich deine Mutter bin. Ein blonder Sohn, das hast du deinem Vater zu verdanken. Du bist perfekt, so wie du bist. Und doch kann ich mein Glück manchmal nicht fassen. Nach zwei Mädchen war es etwas ganz Besonderes, einen Jungen zu bekommen. Ich sehe so viel Liebe in dir. Dein holpriger Start ins Leben hat dich nicht nur stark gemacht, sondern dir auch ganz besondere Antennen verliehen. Du merkst, wenn es jemandem nicht gut geht. Du bist einfühlsam und mitfühlend. Du bist so weise für dein Alter und verstehst schon so viel vom Leben. Meine Aufgabe ist es, einen guten Menschen aus dir zu machen. Einen Mann, wie ich ihn mir für deine Schwestern wünsche. Es ist mir wichtig, dass du respektvoll mit deinen Mitmenschen umgehst. Lerne aber auch, dich nicht immer zu ducken. Du kannst auch mit ausgefahrenen Ellenbogen durchs Leben gehen. Lass nicht zu, dass deine Mitmenschen deine Gutmütigkeit ausnutzen. Schütze dein gutes Herz. Solange ich kann, werde ich es tun. Solange ich lebe, werde ich Tag und Nacht für dich da sein. Das sollst du wissen. Mein Sohn.

Rosa aka Rosaboo

Wenn man es genau nimmt, dürfte es dich gar nicht geben. Entgegen allen Berechnungen und dem Pearl Index ist deine Existenz reiner Zufall. Was für ein Geschenk Gottes, dass es anders gekommen ist, als es irgendein Index will. Als ich von dir erfuhr, fiel ich aus allen Wolken. Ich hatte meinen ständig anhaltenden Heißhunger darauf geschoben, dass ich mit dem Rauchen aufgehört hatte. Wer dachte schon an eine Schwangerschaft, ich hatte ja die Spirale – die Hormonspirale. Jedenfalls musste ich deinem Vater von dir erzählen. Einziges Problem? Er war in China, ganze 8.700 Kilometer von mir entfernt. Und das nicht nur für ein paar Tage, sondern für mehrere Wochen. Nach dem Besuch beim Frauenarzt wurde mir heiß und kalt zugleich. Unsere Familienplanung war – nicht zuletzt wegen der traumatischen Schwangerschaft und Geburt deines Bruders – bereits abgeschlossen. Auch wenn ich es mir lange nicht eingestehen wollte, ich hatte ein tiefsitzendes Trauma von seiner Geburt. Doch das war ein ganz anderes Thema. Ich wusste nicht, was ich denken sollte. Für einen ganz kurzen Moment hatte ich Angst, eine weitere Schwangerschaft nicht zu überstehen. Die deines Bruders hatte mir Kräfte abverlangt, von denen ich nicht mal wusste, dass ich sie hatte. Der Stein in meinem Magen war groß, die Sorgen noch größer. Aber nie, wirklich nie, habe ich daran gedacht, dass ich dich nicht bekommen könnte. Am Abend des Geburtstages deines Vaters habe ich mir dann ein Herz gefasst und ihm von dir erzählt. Das hat eine Weile gedauert. Ziemlich gespannt auf seine Reaktion und seine damit verbundenen Emotionen wartete ich am anderen Ende der Telefonleitung auf eine Antwort. Er hat bestimmt nicht nur einmal geschluckt. Aber ziemlich schnell war klar, dass es so, wie es nun ist, wohl sein soll. Ich kann seine Gedanken nur erahnen. Waren meine von Beginn an auch nicht nur positiv, doch nach einer kurzen „Verdauungsphase" freute er sich sehr.

Bevor ich mit dir schwanger wurde, hatte ich oft das Gefühl, dass etwas fehlt. Wenn wir unterwegs waren, drehte ich mich um, obwohl alle da waren, wenn wir am Tisch saßen, hatte ich das Gefühl, dass jemand fehlt. Heute weiß ich, dass du es warst. Du bist der beste Beweis dafür, dass das Leben die Pläne schreibt und niemand sonst.

Die Schwangerschaft mit dir war anstrengend. Unzählige Krankenhausaufenthalte, vorzeitige Wehen, drohende Geburt in der 29. Woche, Fehlalarm über Fehlalarm. Du hast es wirklich spannend gemacht. Alle haben in dieser Zeit mitgefiebert. Deine Geschwister hatten es nicht leicht. Ich durfte nur liegen, nur wenig machen. Ich habe im wahrsten Sinne des Wortes „gebrütet". Du warst damals schon eine kleine Diva. Das hast du beibehalten. Als du dann an einem verregneten Samstag im August geboren wurdest, war unser Glück perfekt. Vorher hast du es mir noch einmal richtig schwer gemacht. Trotz Einleitung und bereits einsetzender Wehen hast du lange auf dich warten lassen. Eigentlich habe ich bei deiner Geburt oft geflucht und gedacht, ich sterbe, denn die Schmerzen waren trotz PDA nicht von dieser Welt. Ich hatte beides erlebt und kannte den Unterschied. Von allen vier Kindern hast du am längsten in meinem Bauch ausgeharrt. Alle Kinder kamen vor der 36. Woche zur Welt, du genau bei 35+0. Für 40 Wochen Schwangerschaft bin ich einfach nicht gemacht. Nach ziemlich langen acht Stunden hast du das Licht der Welt erblickt. Vom ersten Moment an hast du alle in Deinen Bann gezogen. Mit deiner Geburt war unser Familienglück komplett.

Hatte ich vorher nicht gewusst, dass noch etwas fehlt, hast du diese Lücke spontan geschlossen. Du bist das fehlende Puzzleteil. Du bist das vierte Blatt unseres Glücksklees. Ich hatte keine Ahnung, wie es ist, Mutter von vier Kindern zu sein. Von dem Moment an, als ich dich zum ersten Mal in meinen Armen hielt, wusste ich, dass ich genau das wollte. Alle Zweifel waren verschwunden. Ich fühlte mich stark und unbesiegbar, ich hatte zum vierten Mal dieses Wunder vollbracht. Du hast dir einen ganz besonderen Tag für deinen Geburtstag ausgesucht. Wenn du dich beeilt hättest, hättest du deinen eigenen Geburtstag gehabt, aber das wolltest du nicht. Du wolltest deinen Geburtstag mit deiner Schwester Celine teilen. Jetzt seid ihr für immer verbunden. Meine beiden stolzen, mutigen und warmherzigen Löwenmädchen. Ihr seid beide so wunderbar energisch und ausdauernd und ich bin gespannt, ob ihr euch auch später noch so ähnlich sein werdet. Ich hoffe, dass eure besondere Verbindung ein Leben lang hält. Wenn ihr volljährig seid, dürft ihr ausschweifende Partys feiern und das werdet ihr, da bin ich mir sicher.

Ich kann dir gar nicht sagen, wie glücklich ich bin, dich in meinem Leben zu haben. Du kommst in den Raum und die Sonne geht auf. Das klingt sehr romantisch, aber es ist die Realität. Dein Wesen ist fröhlich, aufgeschlossen und ziemlich lustig. Jeden Tag freue ich mich, wenn du aufstehst und mich mit „Guten Morgen Mama, hast du gut geschlafen?" begrüßt. Du bist so anhänglich und brauchst unsere Nähe wie die Luft zum Atmen. In deinem Bett schlafen? Daran denkst du gar nicht. Das ist in Ordnung. Irgendwann willst du nicht mal mehr mit mir kuscheln, deshalb genieße ich die Nähe und die Zweisamkeit so lange es geht. Du lernst schneller, als uns lieb ist, wie Ironie funktioniert und welche Sprüche du interpretieren kannst. Legendär sind deine Rufe durchs Haus, wenn du deine Geschwister rufst, oder deine witzigen Kommentare, die du von irgendwem aufgeschnappt hast. Eigentlich bist du ja schon erwachsen, sagst du. Wir müssen es nur noch anerkennen. Manchmal denke ich wirklich, du bist eine weise alte Person, gefangen in einem jungen Körper. Seit geraumer Zeit gibt es einige Momente die gelinde gesagt schwierig sind.

Was mir schon ganz früh an dir aufgefallen ist? Du hast ganz feinfühlige Sensoren. Du spürst, wenn es einem nicht gut geht. Du fühlst, was in deinem Körper los ist. Du sagst, was nicht stimmt und besonders sensibel reagierst du auf Dinge, die du nicht einschätzen kannst.

Es ist nicht einfach. Ehrlicherweise sogar richtig bescheiden. Oft weiß ich gar nicht, wie ich damit umgehen soll. Von null auf hundert in drei Sekunden, das trifft nicht nur auf einen nigel-nagelneuen Porsche zu, nein, das ist auch eines deiner Attribute. In diesen Momenten fühle ich mich hilflos und verloren, weil ich deinen Bedürfnissen nicht nachkommen kann. Ich kann, obwohl ich sonst darin sehr gut bin, deine Gefühle nicht nach-empfinden und reagiere nicht immer gerecht. Der Alltag sorgt dafür, dass wir für diese Momente nicht gewappnet sind. Wie auch? Im Supermarkt gerade an der Kasse stehend ist eigentlich keine Zeit für einen Gefühlssturm dieser Art. Doch was mich das Leben gelehrt hat? Ich muss mir diese Zeit nehmen. Von Jahr zu Jahr merke ich, wie ich in meiner Rolle als Mutter wachse und „reifer" werde. Dinge, die bei deinen älteren Geschwistern noch keine Rolle gespielt haben, sind nun präsent. Genau in solchen Situationen fühle ich mich doppelt schlecht, weil ich dann denke, sie hätten es genauso verdient. Doch ich habe zu deren Zeit nicht weniger nach bestem Wissen und Gewissen gehandelt. Ich wusste es einfach nicht besser. Deine besondere Art und all die Hürden, die uns jeden Tag begegnen, lassen also nicht nur dich heranwachsen, sondern sorgen auch dafür, dass ich weiter und weiter wachse.

Weißt du, was das Besondere an dir ist? Dein reines Herz. Du spürst, wie sehr wir dich alle lieben. Du saugst die Zuneigung auf. Ich beneide dich um deine Unbekümmertheit und deinen unverstellten Blick auf die Welt. Du lernst jeden Tag von deinen Geschwistern, du ahmst nach, du erwiderst und hast schon in deinem jungen Alter deinen eigenen Charakter. Dein Wille ist stark. Du wirst dir nie die Butter vom Brot nehmen lassen, da bin ich mir sicher. Mein kleines blondes Energiebündel. Hatte ich nach deiner Geburt noch gehofft, dass du wie ich dunkelhaarig wirst, so hast du unbewusst den Wunsch deines Papas erfüllt und bist von Monat zu Monat heller geworden. Wenn ich ehrlich bin, kann ich mir dich heute gar nicht mehr dunkelhaarig vor-stellen. Schon als Baby konntest du mit deinen Augen sprechen, wusstest genau, was du wolltest, und wir haben dich auch ohne Worte verstanden. Heute beherrschst du die Kombination von

Mimik und Gestik schon perfekt. Wir scherzen darüber, aber als Schauspielerin wärst du sicher erfolgreich. Für mich zählt, dass du von Herzen glücklich bist. Du hast den klaren Vorteil, dass du als Nesthäkchen von allen auf Händen getragen wirst. Dein Wunsch ist uns Befehl. Das weißt du danz genau. Wir werden dich durch dein Leben begleiten, dir die Richtung weisen, dir zur Seite stehen, wenn es schwierig wird. Ich freue mich darauf, dass wir von Jahr zu Jahr mehr zusammenwachsen und ich miterleben kann, wie du dich von einem kleinen Nesthäkchen zu einer jungen Dame entwickelst. Wenn du dann irgendwann in die Pubertät kommst, bin ich nach drei überstandenen Pubertäten deiner Geschwister auf alles vorbereitet. Dann kann mich wahrscheinlich nicht mehr viel schocken. Aber egal was kommt, wir sind zusammen. Das zählt. Eines ist sicher, wenn es dich nicht gäbe, hätte die Welt etwas verpasst. Danke, dass du dich durchgebissen hast, meine kleine aufgeweckte Löwin. Es warten noch viele Abenteuer auf uns und es ist einfach wunderbar, dass du dich entschieden hast, ein Teil davon zu sein.

Mama

Ich sitze hier vor meinem Laptop und noch bevor ich anfange, diese Worte zu schreiben, kommen mir die Tränen. In meinem Manuskript, das ich gerade tippe, beginnen diese Worte, ganz unbewusst, auf Seite 65. Zumindest in meinem Manuskript. Im Buch wird es nicht so sein, doch beim Schreiben dieser Zeilen hat es für mich eine Bedeutung. Ein Zeichen, denn 1965 ist dein Geburtsjahr. Ich muss nicht nach Worten suchen, um über dich zu schreiben. Ich habe schon lange darüber nachgedacht, was die allererste Erinnerung ist, die ich an dich, an uns habe. Ich erinnere mich noch ganz genau an unsere Wohnung in der Bergischen Landstraße in Düsseldorf. Ich weiß noch genau, wie du damals, hochschwanger mit meiner Schwester Sarah, meine Tasche gepackt hast, Papa mich ins Auto geladen hat und ihr mich zu Oma und Opa ins Krankenhaus zur Geburt gefahren habt. Da war ich drei. Davor sind es Bruchstücke, kleine Details, die ab und zu auftauchen, aber ich glaube, mit drei hat meine bewusste Wahrnehmung unseres gemeinsamen Lebens begonnen. Wenn ich das auf meine Kinder projiziere, eigentlich schade. Denn wie viele schöne Momente habe ich oder haben wir mit ihnen erlebt, bevor sie drei Jahre alt waren.

Vielleicht war es bei mir auch eine Art Selbstschutz, denn für dich und wahrscheinlich auch für mich waren die ersten Jahre meines Lebens nicht einfach. Du wurdest betrogen, belogen und verlassen. Aber du hast nicht aufgegeben und dich nicht unterkriegen lassen. Du hast mich beschützt und immer dafür gesorgt, dass ich in Liebe und Geborgenheit aufwachsen konnte. Wenn ich an meine Kindheit zurückdenke, gibt es nichts Schlechtes. Ich habe schöne Erinnerungen an gemeinsame Ausflüge mit Oma und Opa, an unsere Zeit auf dem Campingplatz, an unsere Sommerferien dort. In der Pubertät fühlte ich mich missverstanden. Heute weiß ich: Du hattest es einfach nicht leicht mit der Konstellation. Sarah war nicht einfach, dann war da noch Leah als Nesthäkchen. Du hast jeden Tag einen Spagat gemacht. Ich kann das heute so gut nachfühlen, aber damals wollte ich das natürlich nicht sehen. Ich fühlte mich ungeliebt und unwichtig. Ich weiß, dass du mir dieses Gefühl nie geben wolltest. Das war nie deine Absicht. Aber ich war damals noch nicht reif genug, um darüber zu sprechen. Vielleicht habe ich unbewusst immer den Unterschied gespürt, dass ich irgendwie die andere war, die mit dem anderen Vater, und habe das als Ausrede benutzt, um all die schlechten Gefühle zu erklären. Ich wünschte, ich hätte es einfach einmal gesagt.

Heute, viele, viele Jahre später, stehe ich an einem ganz anderen Punkt in meinem Leben. Ich habe gelernt, über mich selbst nachzudenken und in meiner Therapie habe ich genau das aufgearbeitet. Heute weiß ich, dass du mich liebst, dass du mir nie wehtun wolltest, aber dass das Leben manchmal einfach so ist.

Ich möchte dir heute nur eines sagen. Ich bin dir dankbar, dass du immer versucht hast, mich vor allem zu schützen, was mir nicht guttut. Ich weiß, wie schwer es dir in vielen Momenten deines Lebens gefallen ist, ich weiß, dass du einen ständigen Kampf mit dir selbst geführt hast und dass du dir vieles in deinem Leben anders gewünscht hättest. Ich weiß, wie sehr du das Leben liebst und wie gerne du lachst. Ich genieße es sehr, wenn wir zusammen sind und wir uns über alles lustig machen können. Ich bin dir von Herzen dankbar für alles, was du mir mit auf den Weg gegeben hast. Du hast mich zu einer selbstbewussten und ehrgeizigen Frau erzogen. Du hast mich mit deiner gutmütigen und herzensguten Art geprägt und mir gezeigt, dass Familie das Wichtigste ist. Ich bin so dankbar, dass du mir mein Leben geschenkt hast und dass ich dich an meiner Seite habe. Wie gerne hätte ich dich einfach öfter bei mir, denn von Jahr zu Jahr wird mir bewusster, dass wir alle nicht ewig leben werden. Auch wenn ich in meinem Leben nicht immer direkt den richtigen Weg gefunden habe, hast du mich für die Umwege nicht verurteilt. Irgendwie geht es immer weiter. Und damit hast du Recht. Ich wünsche mir noch unzählige Jahre, in denen wir als Mutter und Tochter gemeinsame Erinnerungen schaffen können.

Egal, ob wir bis zu den Knien im Schlamm auf dem Konzertgelände stehen oder uns vor Lachen den Bauch verrenken. Viel zu selten sehen wir uns. Hier bestimmt leider der Alltag das Wann, aber nichts gibt mir vor, wie sehr ich dich vermissen kann und wie sehr du mir fehlst. Je älter man wird, desto mehr merkt man, wie kostbar und unwiederbringlich die gemeinsame Zeit ist. Du verpasst so viel von deinen Enkeln, du fehlst als Oma. Und doch erfüllt mich jeder gemeinsame Tag mit Glück, weil ich genau weiß, dass ich die Liebe zu meinen Kindern auch ein Stück weit dir verdanke. Ich liebe meine Kinder genauso, wie du mich geliebt hast, und ich nehme so oft die Ratschläge und Dinge, die du mir beigebracht hast, in Anspruch. Ich bin dankbar, dass ich eine glückliche und zufriedene Kindheit hatte. Du hast mich zu dem Menschen gemacht, der ich heute bin. Mama, ich wünsche dir für jeden Tag deines Lebens nur das Beste. Denn ohne dich und deine Entscheidung für mich könnte ich dieses Leben nicht leben. Ich liebe dich.

Opa

Wie fängt man an, über einen Menschen zu schreiben, der einem die Welt bedeutet hat, der aber nicht mehr da ist? Vor den nächsten Zeilen habe ich mich lange gedrückt. Nicht, weil mir die richtigen Worte fehlen, nein, sondern weil ich jetzt schon weiß, wie viele Tränen ich vergießen werde, wenn ich an unsere gemeinsame Zeit denke. Jedes Wort, das ich schreibe, beinhaltet Schmerz und Freude zugleich. Die gemeinsame Zeit hat mir so viel gegeben, aber der Gedanke, dass weder ich noch meine Familie jemals wieder eine Minute mit dir verbringen können, zerreißt mir das Herz. Das kann nur verstehen, wer es selbst erlebt hat.

Ich war und bin ein richtiges Oma- und Opa-Kind. Als ältestes Einzelkind war ich die erste Enkelin. Mein Großvater erfüllte alle Klischees eines Großvaters. Wenn ich sage alle, dann meine ich das auch so. Alle Eigenschaften, die einem in den Sinn kommen, wenn man an einen Großvater denkt, besaß er. Es sind so viele schöne und tiefe Erinnerungen, die ich an ihn habe. Wenn ich all diese Gedanken und Momente zu Papier bringen würde, würde ein Buch nicht reichen. Großvater mochte schon damals meine Texte und hat mich immer ermutigt, noch ein paar Zeilen mehr zu schreiben. Aber jetzt, Opa, mein geliebter Opa, widme ich dir diese Zeilen.

Lieber Großvater,

wo soll ich anfangen? So viele Jahre meines Lebens muss ich nun ohne dich leben. Mehr als die Hälfte meines Lebens habe ich dich vermisst. Viele Menschen müssen ohne Großeltern aufwachsen. Aber du warst einer unter vielen.

Oft ertappe ich mich dabei, wie ich darüber nachdenke, was du heute zu mir sagen würdest, wenn du noch hier wärst. Wärst du stolz auf mich? Welche Beziehung hättest du zu meinen Kindern? Ich glaube, du wärst der glücklichste Urgroßvater überhaupt, mit so einer Schar von Urenkeln.

Du hast mich geprägt. Du warst mir Vorbild, Mentor und bester Freund. Du hast mir zugehört, mich unterrichtet, mich beraten, mit mir hemmungslos gelacht und immer, wirklich immer ein offenes Ohr gehabt. Wie sehr hätte ich mir das für meine Kinder gewünscht. Wie sehr fehlst du ihnen, auch wenn sie es nicht wissen können. Alles, was du mir beigebracht hast, versuche ich meinen Kindern mit auf den Lebensweg zu geben. All diese Emotionen, Gefühle und die Geborgenheit, die ich seit Jahren versuche zu bewahren und für sie Stück für Stück in ihr Leben zu lassen. Ich bin so glücklich und dankbar für die Liebe, die du mir gegeben hast. Die Schandtaten, die Oma in den Wahnsinn getrieben haben, und die immer gute Laune, an die ich mich erinnere. Auch Deine Liebe zur Musik hat mich geprägt. Deine Leidenschaft für das Akkordeon und die Orgel. Mit einer Engelsgeduld hast du mir „Für Elise", „Ode an die Freude" und andere Melodien beigebracht. Immer, wirklich immer, habe ich dich dafür verehrt. „Musik ist die Sprache der Seele", hast du einmal gesagt. Musik kann uns in schweren Zeiten helfen, in guten Zeiten erfreuen und in traurigen Zeiten trösten. Warum habe ich an diese musikalischen Anfänge nicht mehr angeknüpft? Wer Celine heute singen hören würde, dem würden Freudentränen in die Augen schießen, genauso wie damals, als ich im Chor der Liebfrauenschule beim Weihnachtskonzert gesungen habe. Mit dem kleinen Unterschied, dass Celine um Klassen besser ist. Noch eine Gemeinsamkeit zwischen uns beiden. Ich mag von Außen hart und unnahbar wirken, doch ich bin verdammt nah am Wasser gebaut. Ich werde nie vergessen, wie du bei Heinz-Erhardt-Filmen geweint hast wie ein Schlosshund oder wenn Willi Wuff in seinen Filmen für Liebe sorgte und überhaupt immer, wenn irgendwo etwas Schönes passierte. Du wolltest Liebe schenken und nichts mehr, als ein harmonisches, mit Liebe gefülltes Leben. Ich weiß nicht viel über deine Kindheit und was dir früher wiederfahren ist, doch ich ahne, dass dies sicherlich nicht so liebevoll war, wie ich meine Kindheit in Erinnerung habe. Wahrscheinlich war dir deswegen auch so wichtig, dass ich eine behütete Kindheit bekomme.

Es sind ganz alltägliche Momente, keine großen Feste oder Geburtstage, an die ich mich besonders gerne erinnere. Es ist der Moment, als du mich aus dem Kindergarten abgeholt hast, mich ins Auto gesetzt hast und wir einfach mit Oma für drei Wochen in den Urlaub gefahren sind. Ohne Vorwarnung, ohne langes Reden. „Komm, wir erleben ein großes Abenteuer", hast du zu mir gesagt. Es war der Raststätten-Spielautomat mit den bunten Plüschtieren, den wir mit einer Mark nach der anderen fütterten, irgendwo im Nirgendwo, bei Celle, auf dem Weg in die Lüneburger Heide. Also auch deinetwegen komme ich heute kaum an diesen Dingern vorbei. Sehr zur Freude meiner Kinder.

Es ist der schwarze Lamy-Füller, den ich mir jetzt schon zum fünften Mal gekauft habe, weil du mir mit genau diesem Füller das richtige Schreiben beigebracht hast.

Noch heute benutze ich ein Löschblatt, damit nichts verschmiert.

Jedes Mal, wenn ich Pellkartoffeln schäle, habe ich deine Worte im Ohr: „Einen guten Kartoffelsalat macht man nur mit Pellkartoffeln! Merk dir das." Das habe ich mir gemerkt. Ich wäre nie auf die Idee gekommen, einen Kartoffelsalat anders zu machen.

Noch heute koche ich mein Gulasch genauso, wie du es mir mit sechs oder sieben Jahren beigebracht hast. Freudestrahlend saß ich damals auf deiner Arbeitsplatte und schaute dir zu.

Nach all den Jahren kann ich kein Mettbrötchen essen, ohne an dich zu denken. Legendär waren die von der Metzgerei Bäuning, wenn du mich von der Schule abgeholt hast. „Zwei Stück, mit Butter und Zwiebeln, Pfeffer und Salz, bitte!" Nach kurzer Zeit musstest du zu Frau Bäuning nichts mehr sagen. Am Mittwochmittag ab 12.30 Uhr standen zwei Mettbrötchen bereit, die wir nur noch abholen mussten. Zu Hause wurden sie dann noch mit Fondor verfeinert. Ich liebe es bis heute. Glutamat olé.

Ich glaube fest daran, dass meine Liebe zum Essen, zum guten Essen, von dir kommt. Mein Lieblingsgericht ist immer noch Linsensuppe. Ich koche sie genauso, wie du sie immer gekocht hast. Es gibt so viele Dinge, die ich heute noch genauso mache wie du.

Ich erinnere mich an die schrecklich kalten Winter. Mit deinem Bully sind wir mit Oma und Sarah nach Mettmann zum Schlittenfahren gefahren. Danach gab es eine heiße Tasse und einen heißen Tee im vorgewärmten Bully.

Du hast mir immer viele Möglichkeiten gegeben, ich selbst zu sein. Ich durfte mich ausprobieren, auch wenn du mich mit Argusaugen beobachtet hast. Zu meinem 13. Geburtstag sind wir auf den Verkehrsübungsplatz gefahren. Damals hast du mich einfach fahren lassen. Sicher auch ein Grund dafür, dass ich so wenig Fahrstunden brauchte. Nur leider hast du es nicht mehr erlebt, dass ich meinen Führerschein bestanden habe. An diesem Tag habe ich viel an dich gedacht. Du warst da.

Ich hatte so viel exklusive Zeit mit Oma und Dir, das hat mir einfach gutgetan. Ihr habt Euch Zeit genommen. Wie oft habe ich am Wochenende bei Euch geschlafen oder wir sind einfach nur weggefahren. Wie oft hast du mich selbst von der Hauptschule abgeholt und wir sind einfach losgefahren. Besonders gern erinnere ich mich an unsere Fahrradtouren. Ratingen, der blaue See, der Märchenwald, all das sehe ich vor meinem geistigen Auge. Als ich letzte Woche gelesen habe, dass der Märchenwald mit allem, was dazugehört, geschlossen wird, musste ich schlucken. Die Leibnitz-Kekse, die Apfelschorle, die du immer dabeihattest, ich kann sie förmlich schmecken. Auf dem Rückweg gab es noch ein kleines Eis in Ratingen Mitte, von dem Oma natürlich nichts wissen durfte. Sie wartete schon mit dem Mittagessen. Jeden Sonntag bekam ich von dir einen Heiermann (ein 5-Mark-Stück) Taschengeld. Damit sind wir dann zusammen ins Kino gegangen und haben uns jede Woche einen Disneyfilm im Ratinger Kino angesehen. Ich kannte sie alle. Das war unser Ritual. Jahrelang. Wenn es nicht das Kino war, dann war es eine andere Unternehmung. So hast du mir die Liebe zu Pferden vermittelt und mir das Kegeln beigebracht.

Wie stolz warst du, als ich wie Mama in die Liebfrauenschule ging. „Das ist viel besser als eine gemischte Schule", hast du mir damals gesagt. Auch wenn ich anfangs dagegen war, du solltest Recht behalten. Es war damals die beste Entscheidung meines Lebens. Wie gerne hätte ich dich bei meinem Abschluss dabeigehabt. Wie sehr hätte ich mich gefreut, wenn du das hättest erleben können. Es war mir so wichtig, dass du an meinem Leben teilhaben konntest. Ob ich dir das damals oft genug gesagt habe? Wahrscheinlich nicht. In der Jugend ist man noch nicht so weit, ständig über seine Gefühle zu sprechen. Überhaupt weiß man in der Jugend so wenig, behauptet aber immer das Gegenteil. Was würde ich heute dafür geben, dich noch einmal in den Arm nehmen zu können. Ich würde dich so fest drücken und dir immer wieder sagen, was für ein toller Mensch du warst.

Auch als es dir schon sehr schlecht ging und du von der Dialyse gebeutelt warst, hast du nie deinen Lebensmut verloren. Mobil zu sein bedeutete dir alles und so bist du, nachdem du deinen Führerschein wegen der vielen Medikamente und deren Nebenwirkungen abgeben musstest, einfach auf ein Mofa umgestiegen.

Aufgeben war für dich sowieso nie eine Option. Als es mit dem Messebau nicht mehr ging, hast du dir einfach einen Job bei der Messe Düsseldorf gesucht und dort Nachtschicht geschoben. „Es gibt immer einen Ausweg", hast du mir immer wieder gesagt. Damals war das für mich ein einfacher Satz. Heute ist es mein Lebensmotto.

Die Kinder fragen oft nach dir. Dann krame ich gerne in alten Kisten und suche die wenigen Fotos heraus, die ich habe. Leider habe ich so wenige Erinnerungen an dich. Damals war es nicht üblich, ständig Fotos zu machen. Wir waren weit entfernt von Smartphones. Aber die Bilder, die ich habe, die hüte ich wie meinen Augapfel.

Ich erinnere mich noch gut an die Zeit auf dem Zeltplatz an der Ruhr. An den Feldweg, auf dem du mir das Fahrradfahren beigebracht hast. An Oma, die abends die Plastikbadewanne mit Wasser aus dem Kochtopf füllte, damit wir baden konnten. Ich weiß noch genau, wie du Mama und Papa überredet hast, auf den Campingplatz in Herongen zu fahren, wo wir unbeschwerte Sommer verbracht haben. Diese Entscheidung für den Campingplatz hat auch mich geprägt. Ich habe dort Menschen kennen und lieben gelernt, die mich durch meine Jugend begleitet haben und zu denen ich heute noch Kontakt habe. Jahrelang hat Mama versucht, den Platz zu erhalten, doch irgendwann war es einfach zu viel und sie konnte es nicht mehr stemmen. Es war damals ein schwerer Schritt. Mit der Aufgabe des Platzes ist wieder ein Teil von dir gestorben. Da waren so viele Erinnerungen. Der Platz war ein Teil von dir. Wir mussten ihn damals räumen und mit jedem abtransportierten Anhänger wurde mein Herz schwerer. Es fühlte sich an wie ein Verrat an dir, aber für Mama wäre es eine zu große Anstrengung gewesen, den Platz weiter zu halten.

Als du damals meinen ersten Freund kennengelernt hast, hast du ihn beiseite genommen und gesagt: „Sie ist das größte Geschenk, das du bekommen konntest, pass gut auf sie auf und behandle sie gut, sonst werden wir es miteinander zu tun bekommen."
      Damals wusste ich noch nicht, dass wir nur noch wenige Jahre zusammen haben würden. Heute bedaure ich, dass ich in meiner Verliebtheit weniger Zeit mit dir und Oma verbracht habe. Heute wünschte ich, ich könnte dich noch einmal treffen.
      Ich erziehe meine Kinder nach den Werten, die du Mama und auch mir vermittelt hast. Du glaubst gar nicht, wie sehr ich all deine Worte verinnerlicht habe, die ich immer noch im Ohr habe. Sie sind wie ein Anker, an dem ich mich festhalte. Wenn es mir schlecht geht oder ich ins Wanken gerate, denke ich darüber nach, was du jetzt wohl sagen würdest.

Ich habe schon oft darüber nachgedacht, was du zu meinem Mann sagen würdest. Ich kann es mir vorstellen. Du würdest ihn lieben. Du würdest ihn schätzen für seinen Willen und seine Kraft, für seine aufrichtige und tiefe Liebe, die er mir und den Kindern entgegenbringt, und du würdest ihm dankbar sein, dass er die Aufgabe übernimmt, die du nicht mehr erfüllen kannst. Er kümmert sich um mich und die Kinder.

Weißt Du, Opa, er weiß, was du mir bedeutet hast. Er hilft mir, auf Oma aufzupassen, und er schätzt Mama sehr. Er hat schon oft gesagt, dass er dich gerne kennengelernt hätte. Ihr hättet euch viel zu erzählen, das ist sicher.

Aber was mir am meisten weh tut, ist nicht, dass ich dich nicht mehr besuchen oder anrufen kann, nein, es ist die Tatsache, dass mit jedem Jahr, das vergeht, die Erinnerungen an dich, an uns und an unsere gemeinsame Vergangenheit verblassen. Ich vergesse immer mehr, wie deine Stimme klingt, und ich ertappe mich dabei, wie ich versuche, sie nicht zu vergessen. Ich gebe mir große Mühe, mir Jahr für Jahr einzureden, dass die Zeit doch alle Wunden heilen muss und dass es nach all den Jahren doch nicht mehr so wehtun kann. Aber dem ist nicht so. So dankbar ich für all die schönen Momente mit dir bin, so wütend bin ich, dass du mich so früh verlassen hast. Dein Tod war für mich das traumatischste Erlebnis überhaupt. Noch nie war jemand in meinem Umfeld gestorben. Noch nie habe ich so weinen müssen. Ich wusste nicht, dass Herzschmerz und Trauer auch körperliche Schmerzen sein können. Du wusstest selbst, dass du nicht mehr nach Hause kommen würdest. Ich habe deinen telefonischen Abschied noch beiläufig abgetan. Früher durfte ich nicht zu dir, schließlich wartete eine Herzoperation auf dich und ich war erkältet. Heute würde ich alles dafür geben, dich noch einmal in die Arme schließen zu können. Du hast noch zu mir gesagt: „Wenn ich nicht mehr zurückkomme, dann verbrenne mich und die Oma soll mich als Streugut verwenden." Ich bin ausgeflippt. Seit Jahren denke ich krampfhaft darüber nach, was meine letzten Worte an dich waren. Ich kann mich nicht erinnern. Ich wünschte, ich wüsste es. Ich weiß auch nicht mehr, wie unsere letzte Begegnung war. Gedanken über Gedanken.

Aber was soll ich dir sagen? Eigentlich ist es auch egal. Denn selbst wenn ich mich erinnern würde, würde es nichts daran ändern, dass du nicht mehr da bist, dass ich nicht mehr mit dir reden kann, dass ich keinen Rat mehr von dir bekomme. Dein Tod ist Teil meines Lebens. Leider. Damit es mir besser geht, musste ich lernen, das zu akzeptieren. Immer, wenn ich längere Zeit nicht an dich gedacht habe, schäme ich mich. Dann denke ich, das kann doch nicht sein. Gerade weil du mir so viel bedeutest.

Aber weißt du, was wirklich wichtig ist? Dass du mich so sehr geliebt hast. Die Tatsache, dass ich dich so sehr geliebt habe. Was wirklich zählt, ist das, was du in unser aller Leben hinterlassen hast. Diese Wärme, wenn ich an dich denke, und dieser Schmerz, wenn ich dich heute, fast 20 Jahre nach deinem Tod, immer noch so sehr vermisse. Ich erinnere mich noch genau an deinen Geruch, wenn du morgens aus dem Bad kamst. Ich weiß noch genau, wie herzlich du mich immer umarmt und mir gesagt hast, ich solle niemals aufgeben. Dein größter Wunsch war es, mit mir auf meiner Hochzeit zu tanzen. Leider haben wir das nicht geschafft. Aber du warst da, das weiß ich. Und ich weiß auch, dass du auf uns aufpasst. Auf uns alle. Ich habe dir damals auf dem Sterbebett versprochen, dass ich auf Oma aufpassen werde. Dass ich für sie da bin. Das bin ich bis heute. Sie hat es nicht leicht ohne dich, aber die Kinder geben ihr einen solchen Halt wie Du ihn mir gegeben hast, all die wunderbaren 16 Jahre, die wir zusammen hatten. Es waren nur 16 Jahre, aber sie haben mein Leben verändert. Sie haben den Grundstein gelegt für die Zukunft, die du dir für mich gewünscht hast. Ich weiß genau, dass mich in jedem dieser 16 Jahre die Liebe begleitet hat. Meine Fröhlichkeit, meine positive Einstellung hast du mir mit auf den Weg gegeben. Ob man im Leben etwas richtig oder falsch macht, das weiß man nicht immer sofort. Ob du in deinen letzten Stunden daran gedacht hast, das werden wir nie erfahren. Aber eines will ich dir sagen: Du hast verdammt viel richtig gemacht.

Sicherlich wirst du auch deine Ecken und Kanten gehabt haben. Du wirst Oma genauso in den Wahnsinn getrieben haben, wie es mein Mann heute mit mir tut. Aber was soll ich dir sagen? Ich weiß das alles nicht mehr. Ich will es auch nicht mehr wissen. Ich will nicht darüber nachdenken, was vielleicht nicht so schön war. Dafür ist kein Platz in meinem Kopf und Herzen. Ich will jeden Moment, in dem ich an dich denke, mit positiven Gedanken füllen und für mich behalten. Wir reden oft über dich. Mama und ich schwelgen dann in Erinnerungen. Mama spricht nicht darüber, aber ich weiß, dass sie dich auch sehr vermisst.

Ich bin nicht oft an deinem Grab, aber das hat nichts mit dir zu tun, sondern damit, dass ich mit deinem Grab nicht dich verbinde, sondern das Leid und den Schmerz, den wir alle am Tag deiner Beerdigung und in der Zeit danach empfunden haben. Viel lieber blicke ich auf unser gemeinsames Foto und zünde eine Kerze an. In diesen Momenten habe ich das Gefühl, dass du da bist. Bei meinem Unfall, warst Du auch da. Du wolltest nicht, dass meine Kinder ohne Mutter aufwachsen. Du wolltest mich noch nicht bei dir haben. Die Zeit ist noch nicht gekommen. Aber wenn sie kommt, dann weiß ich, dass ich bei dir wieder gut aufgehoben bin und wir verdammt viel zu bereden haben.

Opa, du fehlst mir so sehr, auch wenn die Bilder immer blasser werden, du bist ein Teil von mir. In meinem Herzen. In meinen Kindern. Für immer.

In mir selbst

Wenn ich von der Vergangenheit schreibe, dann haben in meinem bisherigen Leben viele Menschen eine wichtige Rolle gespielt. Manche waren gut, manche eher eine Erfahrung. Immer dabei: Ich. Mein Ich. In all den Jahren habe ich oft über mein Sein und Werden nachgedacht. Ich vergleiche es gerne mit einem Rohling. Wenn man geboren wird, ist man unversehrt, unbeschädigt, aber dann kommt das Leben. Die ersten Macken, die ersten Schnitte, dann gibt es Menschen, die dich förmlich erdrücken, die nächsten ziehen an dir. Plötzlich ist der Rohling aus der Form geraten und existiert nicht mehr in seiner eigentlichen Form.

Dieses Bild passt sehr gut zu mir. Ich kann es sowohl auf meinen körperlichen als auch auf meinen seelischen Zustand übertragen.

In meiner Kindheit und Jugend habe ich mich in meinem Körper sehr wohl gefühlt. Das habe ich immer ausgestrahlt. Der Sport hat dafür gesorgt, dass ich durchtrainiert und schlank bin. Kleidergröße 32/34 auf 48-50 Kilo bei 1,70 cm Körpergröße. Der eine oder andere junge Mann fand das auch. An Komplimenten mangelte es mir nie. Ich genoss es, alles tragen zu können und mich trotzdem in allem wohlzufühlen. Damals betrachtete ich diesen Zustand als selbstverständlich, ohne zu wissen, wie sehr ich genau dieses Gefühl 20 Jahre später vermissen würde.

Was hatte sich verändert? Eine gute Frage, deren Beantwortung nicht so einfach ist. Vieles hat sich verändert. Ich habe mich verändert.

Als ich mit Hannah schwanger war, kamen die Kilos. Nicht fünf oder zehn, nein, 45 Kilo habe ich zugenommen. Im Aufruhr der Gefühle und meiner jugendlichen Unbekümmertheit störte mich das damals nicht. Nach der Geburt kam ich ohne große Mühe auf 75 Kilo, das war nicht optimal, auch nicht das, was ich mir gewünscht hatte, aber es war okay. Ich war ja kein junges Mädchen mehr. Plötzlich war ich eine erwachsene Frau und Mutter. Die Rundungen und weiblichen Kurven passten gut dazu. Meine Selbstzweifel waren damals noch sehr gering. Während Celines Schwangerschaft hatte ich so große Angst, wieder so extrem zuzunehmen, dass ich sehr diszipliniert war. Trotzdem hatte ich am Ende der Schwangerschaft zehn Kilo mehr auf der Waage. Mittlerweile konnte ich damit jedoch nicht mehr so gut umgehen. In meinem Bekanntenkreis wurde darüber locker gesprochen und ab und zu ein Witz gemacht. Ich ließ mir nicht anmerken, dass und wie weh das tat. Das eine oder andere Mal verkroch ich mich heimlich auf der Toilette und weinte leise. Worte können viel mehr wehtun als Schläge. Die feindseligen Worte, die ab und zu fielen, waren wie Nadelstiche, die nicht aufhörten, als wäre ich eine Voodoo-Puppe, die ab und zu gequält wurde.

Meine Fassade blieb, ich machte mich über mich selbst lustig, aber innerlich machte es etwas mit mir. Ich bin mir sicher, dass (fast) keiner von denen, die sich über mich, mein Aussehen oder mein Gewicht lustig machten, wusste, was in solchen Momenten in mir vorging. Nach außen hin wirke ich stark und selbstbewusst, aber auch ich habe Gefühle.

Ich ging mit meiner Freundin zum Aqua Zumba, lief Inliner und hangelte mich von einer Diät zur nächsten. In diversen Zeitschriften fand ich schließlich genügend Vorbilder. Wäre es nach all den bahnbrechenden Anleitungen gegangen, hätte ich innerhalb von zwei Wochen 40 Kilo abgenommen und wäre eigentlich nicht mehr existent. Aber oh Wunder, oh Wunder, es hat nicht funktioniert. Es war die Zeit während meiner dysfunktionalen ersten Ehe. Die ständigen Launen, Irrungen und Wirrungen zwischen uns machten die Sache auch nicht besser. Immer öfter kam auch aus dieser Ecke „Kritik" an meiner körperlichen Verfassung. Aber ich war so frustriert, dass ich weiter aß. Ich fand mich mit dem Zustand, der Unzufriedenheit und den dummen Sprüchen aus den eigenen Reihen ab. „Du warst doch eine Mogelpackung, als ihr zusammengekommen seid! Erst dünn machen und dann doppelt so viel!" Nur einer der Sprüche, die ich mir anhören musste. Meine innere Unzufriedenheit wurde immer größer. Es war eine Negativspirale, die sich nicht aufhalten ließ.

Den Ursprung dieser netten Sprüche, die mich von allen Seiten immer wieder erreichten, konnte ich mir zu diesem Zeitpunkt gut vorstellen. Wer denkt sich so etwas aus? Der Höhepunkt und der Tropfen, der das Fass schließlich zum Überlaufen brachte, war der Satz des Mannes, der eigentlich hinter mir stehen sollte, dann aber vor versammelter Herrenrunde in meinem Beisein sagte: „Was würde ich dafür geben, wenn ich meine Frau mal wieder gepflegt f***en könnte, aber sie hält ja nicht mal mehr den Arsch." In dem Moment wäre ich am liebsten im Boden versunken. Klar, in dieser Runde war Alkohol im Spiel. Männer wollen sich gerne profilieren und Sprüche klopfen. Aber ist das eine Entschuldigung dafür, seine Frau bis aufs Blut zu beleidigen und zu demütigen? Sie wie ein Tier im Zoo vorzuführen und zu demütigen? NEIN! Heute weiß ich, dass es keine Option ist, auch nur nach einer Entschuldigung für dieses Verhalten zu suchen. Heute weiß ich, dass sich keine Frau so etwas gefallen lassen muss. Kein Mann hat das Recht, dir so wehzutun, dich so tief in deiner Seele zu verletzen. Viel zu oft haben Frauen nicht den Mut zu sagen: „Stopp, bis hierher und nicht weiter!" Viel zu oft sind es finanzielle und emotionale Abhängigkeiten, die dafür sorgen, dass Frauen sich so etwas bieten lassen und darüber hinwegsehen. Sie können nicht so reagieren, wie sie es gerne würden. Nicht selten sind die Partner nicht nur emotional, sondern auch körperlich gewalttätig. Auch wenn man meint, Deutschland sei fortschrittlich und emanzipiert: Jede dritte Frau in Deutschland erlebt mindestens einmal in ihrem Leben psychische oder physische Gewalt. Ein Thema, das gerne totgeschwiegen wird. Auch von mir. Bis jetzt.

Nimm dein Telefonbuch und zähl nach. Jede dritte Frau ist betroffen. Man sieht es ihr nicht an. Traurig, schockierend und doch Realität. Ein solches Verhalten, egal ob durch den

Partner, die Eltern oder andere nahestehende Personen, ist eine emotionale Vergewaltigung. In Deutschland und auch in anderen Ländern ist das meines Wissens kein Straftatbestand. Sollte es aber sein. Ich wünschte, ich könnte all den Frauen, die nicht diesen Mut besitzen, gut zureden und ihnen zeigen, dass es einen Weg aus so einer Situation gibt. Aber oft sind die Situationen festgefahren und fühlen sich für die Betroffenen ausweglos an.

Während ich diese Worte schreibe, laufen mir Tränen über das Gesicht, denn auch ich habe so etwas schon erlebt. Ich bin mir zu 99 % sicher, dass niemand in meinem Umfeld so etwas gedacht hätte. Den Schmerz sieht man niemandem an. Schon gar nicht, wenn die Fassade gut gepflegt ist. Ich habe noch mit niemandem darüber gesprochen. Niemand weiß es. Und wenn ich sage niemandem, dann meine ich niemandem.

Nicht meiner besten Freundin, nicht meiner Mutter, nicht meinem Mann. Aber ich möchte dieses Tabu brechen, dass man nicht darüber spricht. Ich möchte meine Töchter davor bewahren, dass sie aus falscher Scham nicht erzählen, wenn ihnen etwas Schlimmes passiert ist. Ich habe nie darüber gesprochen, weil ich jahrelang die Schuld bei mir gesucht habe. Ich habe immer geglaubt, ich sei schuld an dem, was passiert ist. Heute, fast 20 Jahre später, weiß ich, dass in meiner Scham alles, wirklich alles falsch war. Lange verdrängt und in die hinterste Schublade verbannt ist da dieses Erlebnis, von dem ich mir geschworen hatte, es mit ins Grab zu nehmen. Aber die Situation hat sich geändert. Ich bin nicht mehr 15, 20 oder 25. Ich bin jetzt Mutter von vier Kindern und trage Verantwortung. Seit meiner Therapie, in der ich wirklich einiges aus meiner Vergangenheit aufgearbeitet habe, brennt es in mir und ich weiß ehrlich gesagt nicht, was mich letztendlich dazu gebracht hat, es immer noch niemandem zu erzählen. Vielleicht ist es die Angst vor dem Schmerz oder die Tatsache, dass meine Lieben mich dann mit anderen Augen sehen könnten. Ich weiß es nicht.

Es war im Sommer 2004, ich war 17 und befand mich gerade wieder einmal in einer Off-Phase meiner ach so geliebten Beziehung. Ich hatte herausgefunden, dass ich zum X-ten Mal betrogen worden war. Mein damaliges Ich war einerseits auf Rache aus, andererseits wollte ich mich ausprobieren, schließlich war ich seit vier Jahren in einer toxischen Beziehung gefangen.

Meine Suche nach Ablenkung nahm ihren Lauf. Eines Tages meldete sich ein auf den ersten Blick netter und gutaussehender junger Mann bei studiVZ. Er war etwas älter als ich und ich ließ mich von seinen liebevollen und schmeichelnden Worten beeindrucken. Was für eine willkommene Abwechslung nach all den Dramen und Verletzungen. Natürlich war ich, was meine Vorgeschichte betraf, meinem Gegenüber gegenüber nicht direkt offen. Aber das schien ihn zu interessieren. Er lud mich zum Essen ein, wir gingen spazieren, trafen uns in der Stadt, gingen ins Kino. Soweit alles normal. Natürlich ließ er es sich nicht nehmen, mir näher zu kommen. Ich hatte damals schon meine erste eigene Wohnung neben meinen Eltern. Das wusste er.

Aber ich war weit davon entfernt, ihn mit nach Hause zu nehmen. So kam nach einiger Zeit die Frage: „Willst du mit zu mir kommen?" Was hielt mich davon ab? Er war charmant, zuvorkommend und hatte immer ein Lächeln auf den Lippen. Und er tat Gutes. Er machte sein Freiwilliges Soziales Jahr in einem Altenheim und arbeitete nebenbei bei den Johannitern. Was hielt mich also davon ab? Beim nächsten Telefonat sagte ich zu. Die Woche über hatte ich viel zu tun. Ausbildung, Berufsschule, einkaufen und lernen, also verabredeten wir uns für den nächsten Samstag.

Er hatte mir schon oft erzählt, dass er sein eigenes Reich im Haus seiner Eltern hat und dass die total cool wären. Die Woche verging. Am besagten Samstag machte ich meinen Wochenendputz und zog mich an. Es war brütend heiß, also entschied ich mich für einen Rock und ein Top. Auch 20 Jahre später weiß ich noch genau, welche Ohrringe ich damals trug, welche Farbe der Rock hatte und welche Schuhe ich anhatte. Ich fuhr mit dem Zug nach Ratingen, von der Haltestelle holte er mich ab. Ganz gentleman-like mit einer Rose in der Hand. Ich fühlte mich geschmeichelt, nicht ahnend, dass das nur ein Teil seiner Masche war.

Zu Hause angekommen lief uns seine Schwester kurz über den Weg, er stellte mich als Bekannte vor und sie reagierte fast genervt auf meine Anwesenheit.

Er zog mich mehr oder weniger ein paar Stufen hinunter und führte mich in sein „Reich".

Ziemlich geschmacklos eingerichtet, die Spiegelfliesen an jeder Wand und das durchgesessene Sofa fielen mir sofort auf. „Typisch Mann", dachte ich. Trotzdem fragte ich mich, ob seine Mutter überhaupt ein Auge für Gemütlichkeit hatte. Er legte romantische Musik auf und spätestens da wusste ich, worauf er aus war.

Ich bin ein totaler Bauchmensch und wenn etwas nicht stimmt, meldet sich mein Bauch meistens als erstes. So auch in diesem Moment. Ich bat ihn, mir die Toilette zu zeigen, und verschwand kurz. In dem kleinen, tristen, fensterlosen Raum ließ ich mir dann kurz das Wasser über die Handgelenke laufen und fragte mich, was ich hier eigentlich mache. Ich ärgerte mich über mich selbst, denn eigentlich liebte ich doch diesen Idioten, der mir schon so oft wehgetan hatte, immer noch und wollte mich wirklich nur rächen. Mit dieser Erkenntnis ging ich zurück in das Zimmer. Ich setzte mich auf das Sofa und schlug vor, gemeinsam spazieren zu gehen. Er setzte sich neben mich. Seine Hand landete auf meinem Oberschenkel. Mein Vorschlag spazieren zu gehen wurde einfach ignoriert.

Er versuchte, seine Hand Stück für Stück unter meinen Rock zu schieben. Ich gab ihm zu verstehen, dass ich das nicht wollte, was ihn jedoch nicht wirklich interessierte. Er zwang mir einen Kuss auf und sprach von meiner Schönheit und meinen Reizen.

Ich weiß nicht warum, aber ich war wie gelähmt. Warum konnte ich nicht klar und deutlich sagen, was ich nicht wollte? Eines kam zum anderen und nun lag ich ziemlich unbekleidet unter ihm. Mir war nicht nur wegen der Sommerhitze heiß und kalt zugleich. Ich erwiderte seine Küsse nicht, drückte seinen Kopf von mir weg. Von seiner anfänglichen Zärtlichkeit war nicht mehr viel übrig. „Sei nicht so, sei nicht so!" Worte, die mich noch mehr in Schockstarre versetzten. Ich bat ihn, aufzuhören, sagte mehrmals nein, aber er ließ nicht von mir ab und änderte auch nichts an seinem Verhalten. Stattdessen wurde er wütend. Er drückte meine Handgelenke fest auf die Couch.

Mit meinen damals 48 Kilo wusste ich, dass ich nicht viel ausrichten konnte, er wog fast das Doppelte. In meinem Kopf lief ein ganz schlimmer Film und ich sah meinen einzigen Ausweg darin, es einfach über mich ergehen zu lassen. Er war grob, ja, fast brutal. Er kniff mir in die Brust, nahm mein Gesicht zwischen Daumen und Mittelfinger und hielt es so, dass ich keine Chance hatte, seinen Küssen zu entkommen. Sein Körpergewicht gab mir das Gefühl zu ersticken. Mein erster Gedanke war, dass er kein Kondom benutzt hatte. Ein Albtraum. Dass mir Tränen über das Gesicht liefen, störte ihn überhaupt nicht. Selbstverliebt betrachtete er sich in einem seiner vielen Spiegel und kam nach einer gefühlten Ewigkeit zum Ende. Wie lange, kann ich heute nicht mehr sagen. Aber es kam mir wie eine Ewigkeit vor. Eine Ewigkeit, in der ich dachte, ich würde sterben. Sicherlich habe ich zu diesem Zeitpunkt emotional schon einiges erlebt, aber dass ich so etwas einmal erleben würde, hätte ich im Traum nicht geglaubt. All die Schmerzen, all der Kummer und die Verletzungen waren nichts gegen diese Hilflosigkeit. Sichtlich erleichtert sprang er auf und ging ins Bad. Als wäre das, was gerade passiert war, normal.

In der Zwischenzeit zog ich mich schnell an und konnte es kaum erwarten, die Flucht zu ergreifen. Doch er kam schneller aus dem Bad, als mir lieb war. „Wo willst du hin?", fragte er mich. Wie vom Donner gerührt, dass die Situation für ihn die normalste der Welt zu sein schien, antwortete ich: „Ich habe vergessen, dass ich noch meiner Mutter helfen muss, sie hat schon angerufen!" Ich packte meine Tasche und wollte gehen. „Ich fahre dich." „Nein, das ist nicht nötig, ich treffe meine Mutter in Ratingen Mitte." „Dann fahre ich dich hin, das ist doch kein Problem." Doch, du Arschloch, das ist ein verdammt großes Problem. Es waren zwar nur sieben Minuten mit dem Auto, aber es waren die längsten sieben Minuten, die ich bis dahin erlebt hatte. Ich fühlte mich angeekelt, entehrt und selten empfand ich einen Menschen so abstoßend wie ihn. Für einen Moment dachte ich daran, ihm ins Lenkrad zu greifen, damit er gegen den nächsten Baum fährt. Tausend Szenarien gingen mir durch den Kopf, wie ich ihm am liebsten Schmerzen zufügen würde. Doch anstatt auch nur ein Wort herauszubringen, saß ich stumm wie ein Fisch neben diesem Arschloch.

Der Abschied war keiner. Ich sprang aus dem Auto und rannte zum Zug. Ungewollt liefen mir dicke Tränen übers Gesicht. Ich wollte stark sein. Ich wartete auf den Zug und weinte wie ein kleines Kind. Eine umsichtige Frau, die auch auf den Zug wartete, fragte mich, ob es mir gut ginge. Ich antwortete kurz und knapp mit „Ja". Was auch immer sie dachte, es war mir egal. Sie ließ von mir ab und setzte sich zum Glück woanders hin. Ich saß in einer Vierersitzgruppe und bemitleidete mich selbst. Mir war heiß und kalt, übel und schwindelig. Endlich an der Zielhaltestelle angekommen lief ich so schnell ich konnte nach Hause. An diesem sonnigen Sommertag starb ein kleines Stück von mir. Meine kleine heile Welt, in der es außer dem Tod meines Großvaters und den Seitensprüngen meines vermeintlichen Traummannes keine traumatischen geschweige denn gewalttätigen Erlebnisse gegeben hatte. Jedenfalls kein so schwerwiegendes. Ich rannte in den vierten Stock, riss hektisch die Tür auf und war nur froh, dass ich nicht meiner Mutter begegnet war. Ich stellte mich unter die Dusche und blieb ewig dort. Ich wollte mir die Haut abziehen, so sehr ekelte ich mich vor mir selbst. Ich spürte jeden Wassertropfen auf meiner Haut ganz intensiv, ähnlich wie wenn man Fieber hat und die Haut ganz empfindlich ist. Ich sank auf den Boden der Dusche und saß dort in Embryonalstellung. Ich stand erst wieder auf, als ich schon Schwimmhäute hatte. Ich stellte die Dusche ab und zitterte wie Espenlaub. Ich hüllte mich in meinen Bademantel und legte mich ins Bett. Das Sonnenlicht störte mich, ich stand wieder auf, verdunkelte das Zimmer, legte mich wieder aufs Bett und zog mir die Decke über das Gesicht. Ich weinte und weinte. Es tat mir leid, dass mir das passiert war. Ungläubig sagte ich immer wieder: „Nein, nein!" Am meisten ärgerte ich mich darüber, dass ich zu dumm war, um zu erkennen, was für ein Monster in ihm lauerte. Ich ließ mich von den Schmeicheleien blenden, war mit meiner liebeskranken Seele ein gefundenes Fressen. Mein Telefon klingelte und klingelte. Es versuchte, mich zu erreichen, aber ich ignorierte es. Spät am Abend griff ich wieder zum Telefon. Eine SMS von dem anderen Herzensbrecher: „Es tut mir leid, was ich Dir schon alles angetan habe. Du weißt, dass ich nur Dich liebe. Ich brauche Dich." Was für eine Farce. Vor Erschöpfung schlief ich ein. Ich wachte am nächsten Tag auf, als es schon wieder dunkel war. Mein Körper brauchte Ruhe und Schlaf. Ich aß eine Kleinigkeit, ging ins Bad und schlief weiter. Am Montagmorgen stand ich wie immer auf, machte mich fertig und fuhr zur Arbeit als wäre nichts passiert. Ich beschloss für mich, dass niemand von diesem Tag erfahren sollte. Niemandem durfte ich von diesem schrecklichen Erlebnis erzählen. Außer der Frauenärztin, bei der ich noch am selben Tag einen Termin für die Mittagspause bekam, um die Pille danach zu bekommen. Obwohl ich noch nicht volljährig war, gab sie sie mir. Sie hatte Mitleid. Ich hatte ihr die Details erspart, aber allein die Tatsache, was mir wiederfahren war, ließ sie erbleichen. Sicherlich steht das auch bei einer Ärztin nicht auf der üblichen Tagesordnung. Sie forderte mich auf, zur Polizei zu gehen, was ich aber verneinte. Die Mittagspause ging schnell vorüber und ich war froh, wenigstens eine ungewollte Schwangerschaft verhindert zu haben. Außerdem vereinbarte ich einen Termin für einen Test auf Geschlechtskrankheiten. Allein das auszusprechen, ließ mich ein paar Zentimeter schrumpfen, aber die Frauenärztin war sehr verständnisvoll und einfühlsam.

Zu keinem Zeitpunkt kam mir in den Sinn, dass ich ihn anzeigen wollte. Welch ein Widerspruch. Arbeitete ich doch Tag für Tag mit Gesetzen. Mein körpereigener Schutzmechanismus sorgte durch Verdrängung dafür, dass dieses Erlebnis in den Hintergrund rückte. Ich wollte dem Polizisten nicht sagen, wie sehr ich mich gedemütigt fühlte und wie sehr mir jede seiner Bewegungen wehtat. Anstatt es zu verarbeiten und ihn zur Rede zu stellen habe ich diesen Tag aus meinem Gedächtnis gelöscht. Ablenkung war meine Devise und so fiel ich ein weiteres Mal auf meinen untreuen Freund herein und glaubte ihm jedes seiner einstudierten Worte. Aber ich war nicht mehr dieselbe. An manchen Tagen konnte ich es besser verbergen, an anderen nicht. Ich war abgestumpft. Obwohl ich seine Lügen durchschaute, hatte ich weder Kraft noch Lust, mich dagegen aufzulehnen. Wir trieben vor uns hin. Körperliche Nähe war bei ihm kein Problem. Ich wusste, dass ich bei ihm keine Angst haben musste, dass er mir körperlich wehtun würde. Vom Emotionalen wollen wir gar nicht reden, das war eine andere Sache. Eines Nachts musste ich im Schlaf bitterlich weinen und alles noch einmal durchleben. Nachdem ich mich in seinen Armen wieder beruhigt hatte und er mir sagte, er habe noch nie jemanden so weinen sehen, habe ich es trotzdem abgestritten und einfach als Albtraum abgetan. Er tröstete mich und für einen kurzen Moment dachte ich daran, ihm alles zu erzählen. Aber ich habe mich dagegen entschieden. Ich hätte mich ihm gegenüber noch verletzlicher gemacht. Ich wusste nicht, wie lange seine Treue diesmal halten würde. Ich hatte genug davon, verletzt zu werden, das wusste ich schon damals in meinem traumatisierten Zustand. Diesmal war er nicht allein schuld an dieser gereizten und angespannten Gesamtsituation. Doch, wenn ich länger darüber nachdenke, irgendwie schon. Hätte er mich nicht betrogen, wäre es vielleicht nie so weit gekommen. Das waren damals meine Gedanken. Heute weiß ich, dass dieses Schulddenken völlig falsch war. Auch wenn er charakterlich ein Entgleisung war, konnte ich ihm absolut keine Schuld an dieser Sache geben.

Noch heute denke ich manchmal darüber nach, was passiert wäre, wenn ich an diesem Tag, in dieser Situation anders reagiert hätte. War ich leichte Beute? Habe ich falsche Signale gesetzt? Doch immer wieder komme ich zu der gleichen Erkenntnis: Spätestens beim ersten NEIN hätte er aufhören müssen. Aber es war ihm egal. War er triebgesteuert oder grundsätzlich psychisch gestört? Das werde ich wahrscheinlich nie herausfinden. Ich will es aber auch nicht. Denn es ändert weder das, was passiert ist, noch wie ich damit umgegangen bin.

Oft hat mich der Gedanke begleitet, dass ich durch meine Nichtanzeige verhindert habe, dass er belangt werden konnte. Ich fragte mich, mit wie vielen Frauen er vielleicht Ähnliches gemacht hat. Ich werde es nie erfahren. Und wenn ich es wüsste, wäre es noch schlimmer. Würde ich ihm heute begegnen, hätte ich die richtigen Worte. Wahrscheinlich aber würden sie ihn genauso wenig berühren wie mein Nein damals.

Es hat mich viel Überwindung gekostet, diesen Schritt hier zu wagen und davon zu erzählen. Ich stelle mir den Blick meines Mannes oder meiner Mutter vor, wenn sie an diese Stelle im Buch kommen. Sie müssen mich sowieso sehr lieben, wenn sie bis hierher lesen. Ich möchte nicht dabei sein, wenn sie diese Zeilen lesen. Die Scham ist immer noch da. Warum aber gerade jetzt? Das ist nicht so einfach zu erklären. Meine beiden ältesten Töchter sind in einem Alter, in dem das männliche Geschlecht langsam interessant wird. Ich bin froh und dankbar, dass sie so vernünftig und verantwortungsbewusst sind. Aber der Tag wird kommen, an dem das andere Geschlecht anklopft. Ehrlich gesagt habe ich große Angst davor, dass sie das Gleiche erleben müssen wie ich. Ich habe große Angst davor, dass ich sie nicht beschützen kann, weil sie liebestrunken die rosarote Brille tragen. Warum ich meine Mutter damals nicht ins Vertrauen gezogen habe? Ich weiß es nicht. Ich hoffe, dass meine Töchter durch ihre positive Art und ihr ehrliches Wesen einen ebenbürtigen Freund finden und anziehen. Mein größter Wunsch ist, dass ihr Wesen, ihr Charakter und ihr Körper so geliebt werden, wie sie es verdienen. Ich wünsche mir, dass man sie hört, wenn sie Stopp sagen, und dass niemand diese Grenze überschreitet. Vor allem hoffe ich, dass sie keinen Liebeskummer erleben müssen. Wie gerne würde ich meine Töchter davor bewahren, den Glauben an die Menschheit oder an das andere Geschlecht zu verlieren. Ich möchte nicht, dass sie diese Art von Angst und Furcht erleben müssen. Es gibt Momente, in denen ich Angst bekomme. Zum Beispiel, wenn Celine bauchfrei in die Schule gehen will und ich als „uncoole Mutter" mein Veto einlegen muss. Sie weiß nicht, warum ich so reagiere, aber genau in diesen Momenten kommt mein falsch getriggerter Gedanke: Bloß keinen Anreiz geben! Sie denkt sich nichts dabei, sie will nur dazugehören. Vor meinem inneren Auge sehe ich einen vermeintlichen Missbrauch, vor dem ich sie schützen möchte.

Genau an dieser Stelle ist es für mich eine Gratwanderung. Die Balance zu finden zwischen dem, was ich erlebt habe und meine Kinder beschützen zu wollen, aber sie auch nicht zu sehr zu beschützen. Geht das überhaupt? Zu sehr beschützen? Ja, ich glaube schon, aber ich wollte nie eine Helikoptermutter sein. Sie sollen ihre Erfahrungen machen und sich ausprobieren. Das habe ich ja auch lange vorher gemacht ohne Schaden zu nehmen. Ich brauchte diese Sturm und Drang-Phase genauso wie die Heulphasen in der Pubertät. Meine Mutter war da sehr entspannt. Dafür bin ich ihr heute noch dankbar.

Körperlich habe ich mich nach diesem Ereignis schnell wieder erholt, aber meine Seele litt immer und immer wieder. Verdrängen funktionierte eine Zeit lang, aber in bestimmten Situationen kam es einfach wieder hoch. Dunkelhaarige, groß gewachsene Sanitäter in Uniform lösen etwas in mir aus. Plötzlich ist mein

Puls auf 180 und mir bricht der kalte Schweiß aus. Ich will das nicht, aber es ist ein unbeschreiblich ekliges Gefühl. Genauso schlimm ist es für mich, wenn ich im Fernsehen Gewalt gegen Frauen sehe. Mir wird schlecht und ich möchte am liebsten weglaufen. Aber heute, durch meine Therapie und nach diesen Zeilen, geht es mir besser. Dieses Erlebnis prägt mich bis heute, auch in meiner Erziehung und in der Beziehung zu meinen Kindern. Das betrifft insbesondere meine Töchter.

Vor allem möchte ich meine Kinder beschützen. Andere Frauen. Ich möchte ihnen Mut machen, wenn ihnen jemals so etwas – und wenn vielleicht auch nur Ähnliches – passiert, das nicht zu verdrängen, sondern sich dem zu stellen. Sicherlich wird es für jede von ihnen schwer und ein großer Schritt sein, fremden Menschen zu erzählen, was passiert ist, aber solche kranken Menschen dürfen nicht ungestraft davonkommen. Vielleicht kann dadurch weiteres Leid verhindert werden.

Das ist der größte Vorwurf, den ich mir heute mache. Ich hoffe, dass durch mein Schweigen keine andere Frau leiden musste. Ich glaube fest daran, dass Karma alles richten wird. Hoffentlich auch in diesem Fall. Was ich mir in meinen Gedanken für ihn ausgedacht habe, überlasse ich deiner eigenen Fantasie.

Wenn meine Töchter eines Tages diese Zeilen lesen, werden sie mich hoffentlich etwas besser verstehen. Sie werden die überängstliche Mama nicht mehr in Frage stellen und meine Erfahrungen werden sie hoffentlich aufmerksam, aber nicht ängstlich machen. Angst ist ein schlechter Begleiter, aber Angst ist auch ein Schutzmechanismus. In diesem Fall unbedingt notwendig.

Ich möchte an jede Frau appellieren, sich nach einem Ereignis von Gewalt oder Belästigung – egal in welcher Form – Hilfe zu holen. Es gibt zahlreiche Angebote von Städten und Landkreisen, informiert euch und seid mutig! Steht für euch und euren Körper ein. Ihr müsst ein Leben lang darin wohnen.

Eine weitere Kerbe im Rohling

Ein Auslöser für weitere psychische Komplikationen, wie ich sie liebevoll nennen möchte, war der Tod meiner Freundin vor drei Jahren. Was das in mir ausgelöst hat, war wirklich schlimm, unerwartet und prägend. Am meisten tut mir der Verlust für ihren Sohn und ihren Mann leid. Doch ich musste eine Entscheidung treffen, die der eine oder andere vielleicht nicht nachvollziehen kann. Ich musste mich emotional völlig von der Situation abkoppeln. Jedes Mal, wenn ich mit ihrem Mann gesprochen oder geschrieben habe, ging es mir schlecht. Unglaublich schlecht. Ich hatte Albträume und fiel in meine alten Angstmuster zurück. Er kann nichts dafür, er hat sich diese Katastrophe ja nicht ausgesucht. Natürlich habe ich am Anfang ein offenes Ohr gehabt, habe versucht, ihm Ratschläge zu geben, aber jedes Mal hat es mir den Boden unter den Füßen weggezogen. Nach außen hin wirke ich auf die meisten Menschen stark und unverwüstlich, aber in meinem Inneren sah es ganz anders aus. Eins kam zum anderen. Falsche Erwartungen, unausgesprochene Gefühle, depressive Verstimmungen und das Leben, irgendwie.

Nach diesem Ereignis überkam mich der Wunsch, schnell ein neues Testament aufzusetzen, damit meine Kinder genau wissen, wie und was ich will, wenn ich sterbe. Ich wollte Hannah abends nicht mehr mit dem Hund Gassi gehen lassen, weil ich Angst hatte, dass ihr etwas zustoßen könnte. Wenn mein Mann auf Montage war, habe ich Blut und Wasser geschwitzt, bis er endlich wieder da war. Nicht nur einmal am Tag habe ich seinen Standort gecheckt, wenn er einmal wieder hunderte von Kilometer zurücklegen musste. Ich habe in meinem Kopf einen Notfallplan gemacht, für den Fall der Fälle. Für meinen Tod und für seinen Tod. Ich hatte Albträume davon, dass meine Kinder sterben. Immer auf eine andere Art. Mehrmals so schlimm, dass ich wieder eine Panikattacke bekam. Irgendwann habe ich für mich erkannt, dass es so nicht weitergehen kann. Ich kann mich nicht aus falscher Fürsorge für andere aufgeben und ins Unglück stürzen. Manchmal, nein, ziemlich oft bedeutet Selbstfürsorge die eigenen Bedürfnisse über die des anderen zu stellen. Man kann nicht jeden retten, man kann nicht für jeden da sein. Ich bin es gerne, habe immer ein offenes Ohr und versuche zu helfen, so gut ich kann, aber in diesem Fall konnte ich es einfach nicht. Es tut mir von Herzen leid, aber nach all den Jahren der Aufopferung für so viele Menschen musste ich an mich und meine Familie denken. Ich kenne keinen Egoismus. Ich stelle gerne das Glück und das Seelenheil meiner Mitmenschen in den Vordergrund, doch die vergangenen Monate hatten mich eines Besseren belehrt. Ich hatte in diesen Monaten neben dem Schmerz der Trauer so viel inneres Leid ertragen müssen, dass irgendwann der Punkt gekommen war, an dem es ein Ende haben musste. Diesmal musste ich mich für mich und meine Rettung entscheiden.

Ich weiß, dass meine Freundin da oben im Himmel das verstehen wird. Sie wird verstehen, dass es nicht anders geht, dass ich nicht anders handeln kann, und sie wird uns beide von dort oben beschützen. Manchmal rede ich mit ihr. Ich bin immer noch sehr wütend auf dich, wie du weggelaufen bist und was das alles mit sich gebracht hat. Ich bin mir sicher, dass du das nicht gewollt hättest. Du warst doch immer darauf bedacht, dass es allen gut geht. Dass mich ein solches Ereignis auf den kalten Boden der Tatsachen zurückholen würde, hätte ich heute vor zwei Jahren auch nicht gedacht. Es ist schon erstaunlich, was in so kurzer Zeit alles passieren kann. Ich bin heute auf einem guten Weg, mit den Schwierigkeiten umzugehen, die das Leben und die Gefühle so mit sich bringen. Ist es die unbändige Liebe zu meinem Mann und meiner Familie, die immer wieder dafür sorgt, dass mein Kopf über Wasser bleibt und ich nicht im Reigen meiner Gefühle und Ängste untergehe? Du hättest nicht gewollt, dass ich untergehe. Das weiß ich.

Chaos im Kopf

Die Menschen, die mir am nächsten stehen, haben eigentlich keine Ahnung, was in meinem Kopf vorgeht. Natürlich haben auch sie gemerkt, dass ich damit zu kämpfen habe, aber nicht bis ins kleinste angstbesetzte Detail. Ich bin noch nicht so weit, dass ich jeden Tag über meine Gefühle und Empfindungen sprechen kann. Mit mir selbst oder schriftlich schon, aber wenn ich mich anderen Menschen öffnen soll, dann wird es schwierig. Das ist sicher etwas, woran ich noch arbeiten muss. Meine Reflexion und die Verarbeitung meiner Erfahrungen mit mir selbst sind gut, aber nur, wenn mein Umfeld weiß, was mich bewegt, denn dann kann es auch darauf reagieren. Das ist auch ein Tipp, den ich dir mit auf den Weg geben kann. Sprich mit deinen Lieben, erzähl davon, was dich bewegt und hab keine Angst. Vieles in meinem Leben wäre sicher vermeidbar gewesen, wenn ich nur gesagt hätte, was ich wirklich denke, fühle und will.

Mangelnde Kommunikation ist leider einer der größten Fehler der Menschheit. Keine bahnbrechend neue Erkenntnis, ich weiß, aber ich werde nicht müde, es immer wieder zu sagen. Eine angemessene und ausreichende Kommunikation würde dafür sorgen, dass Mann und Frau besser miteinander auskommen. Punkt. Das betrifft jegliche Beziehungen. Kinder und Eltern, Mann und Frau, Chef und Chefin, Freund und Freundin. Ich entschuldige mich übrigens dafür, dass ich in diesem Buch nicht gendere. Ich möchte offen und klar kommunizieren, dass das nichts für mich ist. Ich wende mich an alle Menschen. Es ist mir völlig egal, welches Geschlecht jemand hat. Kein Grund für jemanden, sich benachteiligt zu fühlen. Ist unser Leben nicht schon kompliziert genug? Corona, sorry, eigentlich wollte ich das gar nicht thematisieren, hat mit uns viel gemacht, vor allem mit unseren Kindern. Neben dem Leid, das der Virus selbst über unsere Welt gebracht hat, und all den Toten gibt es die

Spätfolgen, die in unser aller Köpfen und Seelen geblieben sind. Die Isolation, die plötzliche Angst vor unseren Mitmenschen, das Gefühl, dass nichts mehr normal ist – nur ein Bruchteil dessen, was uns Menschen so seltsam gemacht hat. Monatelang waren meine Kinder zu Hause. Isoliert. Was für ein Glück, dass ich gleich vier hatte, so hatten sie wenigstens einander. Wenn ich heute an diese verrückte Zeit zurückdenke, wird mir schlecht. Ich weiß nicht, wie ich sie überstanden habe. Ich war ja erwachsen, konnte wenigstens einigermaßen rational denken und habe versucht, zu verstehen, was da los war. Meine Kinder hingegen verstanden nicht, warum sie plötzlich nicht mehr mit ihren Freunden spielen durften. Meine mittlere Tochter wurde um einen vernünftigen Start in die Realschule gebracht. Ganze sechs Wochen war sie in der Schule, als das Homeschooling eingeführt wurde. Wie soll ein neunjähriges Mädchen, das schon in der vierten Klasse kaum normalen Unterricht hatte, plötzlich wissen, wie der Hase in der Realschule läuft? Ich musste mit ansehen, wie die Lehrer in den „Schulstunden" mit den Schülerinnen Galgenmännchen spielten und die Hausaufgaben dann der eigentliche Unterricht waren. Selbstständig natürlich. Verzweiflung, Wut, Kapitulation. Das waren einige der Gefühle, die jeden Tag auf der Tagesordnung standen. Und was entstand daraus? Eine riesige Lücke, die erst wieder geschlossen werden muss. Aber wie soll das gehen? Den Kindern fehlt ein Jahr. Ein Jahr soziale Entwicklung, ein Jahr vernünftiger Schulstoff, ein Jahr Reife und das ganz egal wie alt sie waren. Louis fehlt ein ganzes Vorschuljahr. Wir alle wissen, wie wichtig und prägend das letzte Kindergartenjahr ist. Die ganzen Ausflüge, das Heranwachsen vom Kindergartenkind zum Schulkind, Dinge, die für die Entwicklung und das Verständnis des Kindes sehr wichtig sind. Ich möchte mir gar nicht vorstellen, wie es Kindern geht, die keine Geschwister haben oder in sozial schwachen Familien leben. Ohne eine gewisse soziale Stabilität ist die Gefahr psychischer Schäden sicher enorm. Nachdem Corona langsam zu unserer neuen „Normalität" wurde, die Kinder wieder zur Schule gehen durften und auch die letzten Politiker begriffen hatten, dass der eingeschlagene Weg der falsche war, wurden die Folgen dieser Zeit sichtbar.

Immer mehr Fälle von Gewalt, Hassrede, Ungerechtigkeit, Diskriminierung und Ausgrenzung wurden in den Schulen bekannt. Lehrer und Schulleiter waren hilflos und sich der Brisanz als Ergebnis dieser intensiven Zeit bewusst. Doch was tun? Verlorene Zeit lässt sich nicht aufholen. Das haben wir alle am eigenen Leib erfahren. Tatsache war, Celine wurde gemobbt.

Ein ohnehin sensibles und feinfühliges, aber immer fröhliches und gut gelauntes Mädchen wurde plötzlich systematisch fertiggemacht. Es dauerte eine Weile, bis sie sich öffnete. Sie kam immer öfter müde nach Hause, schlief, hatte Bauchschmerzen und zog sich zurück. Ich habe natürlich nachgefragt, aber sie hat sich nicht wirklich geäußert. Eines Tages am Mittagstisch brach es aus ihr heraus. Sie erzählte uns von den Schikanen, Beschimpfungen und Demütigungen, die sie erleben musste. Mir wurde gleichzeitig kalt und heiß. Richtig übel. Wie konnten diese halbwüchsigen Jungs meiner kleinen Tochter so etwas antun? Fassungslos ging ich ins Bett und bekam aber kein Auge zu. Am nächsten Tag fuhr ich als erstes zum Direktor. Einen Termin hatte ich nicht, was mir allerdings auch herzlich egal war. Auch die Sekretärin war für mich kein Hindernis. Der Direktor war aufgeschlossen und an einer konstruktiven Zusammenarbeit interessiert. Er versprach mir, dass er die Jungs zur Rede stellen und die Situation Konsequenzen nach sich ziehen würde.

Natürlich hatte Celine trotzdem Angst, weil sie jetzt befürchtete, dass die Jungs wegen der Konsequenzen noch gemeiner zu ihr sein würden. Und so geschah es auch. Sie ließen ihre Wut weiter an ihr aus. Kurz nach diesem Vorfall fand der erste Elternabend statt. Ich konnte es kaum erwarten und wollte die Eltern der Jungs unbedingt zur Rede stellen. Allerdings wurde mir an diesem Abend wieder einmal klar, warum so viele Kinder zu auffälligen Erwachsenen werden. Kinder werden nicht mit schlechten Manieren oder aggressivem Verhalten geboren. Als ich die einzige anwesende Mutter mit der Situation konfrontierte, stieß ich auf Widerstand. Ein armseliger Versuch, das Verhalten ihres Kindes zu rechtfertigen. Meine Tochter sei sensibel und solle sich nicht so aufführen. Sie hätte ihn im Gegenzug auf seine Beleidigungen schließlich auch beleidigt. Spätestens da wusste ich, dass kein noch so gutes Argument meinerseits zu einem nennenswerten Erfolg führen würde. Kinder kommen nicht als Arschlöcher auf die Welt. Das ist Fakt. Sie werden dazu. Das Thema Prägung hatte ich ja bereits aufgegriffen.

Wir als Eltern haben von Geburt an die Verantwortung, für unsere Kinder da zu sein. Sie geistig und körperlich so zu stärken, dass sie zu vernünftigen, individuellen Menschen heranwachsen. Natürlich gehen die Wertvorstellungen der Menschen auseinander. Die Bandbreite dessen, was wir uns für unsere Kinder wünschen, ist groß. Jeder Mensch hat andere Erwartungen an das Leben, wurde von seinem Elternhaus anders geprägt und gibt dies dann – gewollt oder ungewollt – weiter. Ausnahmen bestätigen die Regel, aber in den meisten Fällen ist es so. Kinder würden von sich aus nie Sprüche sagen wie: „Die kriegen die Kinder nur wegen des Kindergeldes" oder „Familien mit vielen Kindern sind asozial." Das sind Sprüche, die sie von ihren Eltern mitbekommen. Viele Eltern sind selbst so frustriert, dass sie ihre Erfüllung darin finden, sich in das Leben anderer einzumischen. Dabei spielt die Abwertung eine ganz große Rolle. Ich habe es schon erlebt, dass Kinder aus sozial schwachen Familien, Kinder, die privilegierter aufwachsen, beschimpft, verprügelt oder gemobbt haben, weil sie entweder besser in der Schule sind, die schöneren Kleider tragen oder vielleicht von den Eltern zur Schule gefahren werden. Die Gründe sind vielfältig. Die eigene Unzufriedenheit wird auf die Mitschüler projiziert. Das zieht sich natürlich wie ein roter Faden durch die Schullaufbahn, die Freundschaften und das spätere Erwachsenenleben. Diese späteren Erwachsenen, egal ob Opfer oder Täter, bräuchten dann dringend und unbedingt eine Therapie, um das aufzuarbeiten, da sonst eine Kettenreaktion die Folge ist. Frust und Unzufriedenheit werden von Generation zu Generation weitergegeben. Bis eine Person den Mut hat, dieses Muster zu durchbrechen und sich dem Schmerz der Generationen davor zu stellen.

Ich bin stolz, sagen zu können, dass ich in einer Generation lebe, vielleicht in der ersten Generation überhaupt, die sich wirklich um psychische Gesundheit kümmert. Therapie, Reflexion und Selbsterkenntnis werden gesellschaftsfähiger. Sicherlich in vielen Kreisen immer noch ein Tabuthema, trauen sich jedoch immer mehr Menschen, über ihr geistiges und seelisches Wohlbefinden zu sprechen. Noch viel zu selten.

Doch wir sind auf einem guten Weg. Jeder Weg beginnt mit dem ersten Schritt. Ohne als Predigerin verurteilt werden zu wollen, kann ich nur immer wieder sagen: Achte auf deine seelische Gesundheit. Deine Kinder, dein Partner, deine Mitmenschen werden es dir danken. Irgendwann in den letzten Jahren habe ich verstanden, dass Menschen nur so reagieren können, wie sie sich in ihrem Inneren fühlen. Das heißt nichts anderes, als dass die meisten Konfrontationen gar nichts mit einem selbst zu tun haben. Oft sind es ungelöste Konflikte, die dein Gegenüber quälen. Vielleicht hat er oder sie nie gelernt, wie man richtig mit Konflikten umgeht. Wenn du das verinnerlicht hast, fällt es leichter, nicht in jedem Angriff etwas Persönliches zu sehen. Es gibt den Spruch: „Was Peter über Petra sagt, sagt mehr über Peter aus als über Petra." Einmal gehört, ging er mir nie wieder aus dem Kopf. Genauso ist es nämlich.

Überhaupt wäre das Miteinander auf allen wichtigen Ebenen einfacher, wenn wir nicht jede Kritik, jeden Blick und jedes Wort auf die Goldwaage legen würden. Ich beobachte das ganz extrem bei meinen zwei Pubertieren. Eine richtige Streitkultur oder Konfliktbewältigung scheint an Schulen nicht mehr thematisiert werden. Dort fliegen entweder richtig die Fetzen oder es wird sich „geghostet", wie man heute auf Neudeutsch sagt.

Kommunikation ist das Geheimnis. Wenn die Menschen *mit*-einander statt *über*einander reden würden, wäre unsere Welt ein Stück besser. Ich gebe die Hoffnung nicht auf, dass wir irgendwann in unserer Gesellschaft an einen Punkt kommen, an dem ein Großteil der Menschheit dies erkennt.

Freundinnen und andere Katastrophen

Von klein auf werden wir darauf getrimmt, Freundschaften zu schließen. „Man braucht Freunde im Leben." „Freunde sind die Familie, die du wählst."

Das sind einige der Glaubenssätze, die wir mit auf den Weg bekommen. Gesagt, getan. Im besten Fall findet man den besten Freund oder die beste Freundin schon im Kindergarten. Aber die Wahrscheinlichkeit ist ungefähr so groß, wie beim Einkaufen einen Hollywoodstar zu treffen. Erinnerst du dich noch an deine Freunde aus dem Kindergarten?

Ich ja, erst neulich, als ich darüber nachdachte, fielen mir alle Namen wieder ein. Mit einigen von damals habe ich heute noch einen lockeren Kontakt über Instagram oder Facebook. Eine ganz liebe Freundin von damals, mit der ich in der Pubertät viel erlebt habe, lebt mittlerweile in Amerika und wir schreiben uns ab und zu und denken über die gemeinsame Zeit nach. Mit den verschiedenen Lebensphasen ändern sich auch die Anforderungen an Freundschaften. Da gab es die Freundschaften mit denen man groß wurde. Meine Campingplatz-Freundschaft zum Beispiel. Noch heute schwelgen wir ab und an in Erinnerungen und die Erlebnisse aus dieser Zeit würden sicherlich ebenfalls ein Buch füllen. Dann gibt es Freundschaften, die mit Spaß, Unterhaltung und lockeren Gesprächen gespickt sind. In bestimmten Lebensphasen kann man das sicher gut gebrauchen. Ich kenne das auch. Je älter ich wurde, desto unwichtiger wurden diese „Partyfreundschaften" für mich. Es entwickelte sich sogar eine Art Abneigung. Als junge Mutter musste ich mir oft anhören, dass mit mir nichts mehr los sei, dass ich doch mal wieder feiern müsse, oder ich wurde salopp gefragt, ob ich denn schon tot sei.

Viel wichtiger waren mir Freundinnen, die meine Situation verstanden und mich nicht dafür verurteilten. Aber wo findet man diese Freundinnen? Natürlich unter anderen Müttern. Aber in dieser Antwort steckte schon so viel Horror, dass es unmöglich schien.

Trotzdem fand ich die Nadeln im Heuhaufen und konnte mich mit einigen Müttern anfreunden, die auf der gleichen Frequenz funkten.

Eine Freundin von damals war mir sofort sympathisch. Sie hatte auch zwei Kinder, unsere Töchter waren nur wenige Tage auseinander und ihr Sohn war auch ganz lieb. Wie sich später herausstellte, wohnten wir nur zwei Häuser voneinander entfernt und so entwickelte sich eine innige Freundschaft zwischen Müttern und Kindern. Wir unternahmen viel miteinander, glänzten doch unsere Männer beide gern durch Abwesenheit. Wir verstanden uns, hatten ein offenes Ohr füreinander und immer einen Rat parat. Doch mit ihrer und dann meiner Trennung änderte sich etwas. Wir veränderten uns. Sie war aus ihrem goldenen Käfig ausgebrochen, was gleichzeitig bedeutete, dass sie unabhängig werden musste. Das brachte einige Dinge mit sich, die man sich eigentlich nicht wünscht. Nach der Trennung war ich hingegen frei und konnte mir etwas Neues aufbauen. Im Gegensatz zu ihr habe ich eine Beziehung gefunden, die mich erfüllt hat. Einen Mann, der mich so nahm, wie ich war, der meine Kinder annahm, als wären es seine eigenen, der sich bedingungslos auf uns einließ. Sie dagegen hangelte sich von einem Date zum nächsten, wurde bitter enttäuscht und merkte bald, dass das Ausleben nach der Hochzeit auch keine Erfüllung brachte. Irgendwann fand auch sie einen Mann, der vermeintlich passte, aber das eine oder andere Drama, Diskussionen und eine ständig wechselnde On-Off-Beziehung brachten auch keine wirkliche Zufriedenheit. Sie ließ es sich nicht oft anmerken, aber die Tatsache, dass ich plötzlich glücklich war und nicht mehr Mitglied im Club der frustrierten und getrennten Frauen war, ärgerte sie. Meistens kamen dieser Ärger und die damit verbundenen Emotionen zum Vorschein, wenn zu viel getrunken wurde. Die Abstände zwischen diesen Äußerungen wurden kürzer. Versteht mich nicht falsch, wir hatten trotzdem eine gute Zeit. Wir fuhren zusammen in den Urlaub, unternahmen viel miteinander, feierten tolle Geburtstage, besuchten Konzerte oder genossen einfach die Wochenenden gemeinsam, an denen die Kinder im Garten spielten, wir zusammen kochten und uns unterhielten. Kaum jemand wusste damals so viel über mich wie sie. Bei ihr fühlte ich mich wohl, geborgen, verstanden und sicher. Nach meiner Trennung war sie für mich da, unterstützte mich, richtete mit mir meine Wohnung ein und half mir, wo sie nur konnte. So ging es Jahr für Jahr weiter. Unsere Kinder wuchsen zusammen auf und es war schön, zu sehen, wie sich auch ihre Freundschaft entwickelte.

Aber irgendwann kam es zum Bruch. Der erste ziemlich große Riss entstand, als sie nicht verstand, dass ich mit meinem Mann noch ein gemeinsames Kind haben wollte. Das ging so weit, dass wir monatelang nicht miteinander sprachen. Nach über einem Jahr Funkstille lud ihre Tochter meine zum Geburtstag ein und wir näherten uns wieder an. Ich wollte nicht nachtragend sein und meinem Ruf als Eisberg alle Ehre machen. Ich bin über meinen Schatten gesprungen und habe ihr dieses Verhalten verziehen. Vom ersten Moment an war es, als wäre es nie anders gewesen. All die bösen und verletzenden Worte, all die Missachtung, die sie mir entgegengebracht hatte, waren vergessen. Um ehrlich zu sein, habe ich sie damals, als ich mit Louis schwanger war, sehr vermisst. Trotz ihres Unverständnisses für meinen damaligen Wunsch verliebte sie sich in den kleinen Louis. Sie wurde sogar seine Patentante.

Eine Zeit lang ging es gut und alles war wie früher. Ich war glücklich und gleichzeitig schlummerte in ihr diese unaussprechliche Unzufriedenheit, die sich in bestimmten Momenten und Situationen deutlich zeigte. Es gab ein Fest in unserem Garten. Wir hatten einige Paare eingeladen, eine Hüpfburg bestellt und leckeres Essen liefern lassen. Alles hätte so schön werden können. Bis meine Freundin zu viel getrunken hatte und einen nach dem anderen verbal angriff. Jeder bekam sein Fett weg, selbst ihr Partner kam nicht ungeschoren davon. Es war wie ein heftiges Gewitter in einer heißen Sommernacht. Alle Spannungen entluden sich. Mit voller Wucht wurden wir mit ihrer Unzufriedenheit und ihren Gemeinheiten konfrontiert. Unter Alkoholeinfluss konnte sie noch besser als sonst austeilen. Ich habe das nie verstanden. In diesem Moment wuchs mein Unverständnis ihr gegenüber. Wie konnte sie mir so weh tun? Sie, meine Vertraute, die doch gekommen war, um mit mir zu feiern. Den dramatischen Ausgang dieses Abends möchte ich dir ersparen. Sicherlich hätte er Potential für einen Film gehabt, aber die Details überlasse ich deiner Fantasie. Am nächsten Morgen, als der Alkoholpegel sank, kam die tränenreiche, aber nicht aufrichtige Reue und die große Entschuldigung, von der sie wusste, dass ich sie von ihr erwartete. Aber seien wir ehrlich, einmal Gesagtes kann man nicht einfach zurücknehmen. Ich kann auch niemanden umbringen und dann sagen: „Tut mir leid, das wollte ich nicht!" All die verärgerten Partygäste waren fassungslos und ich war damit beschäftigt, die Wogen in alle Richtungen zu glätten. Sie war mir wichtig und als Freundin versuche ich immer, Verständnis aufzubringen. Sie hat es nicht leicht gehabt, sie hat auch verdammt viel mitgemacht, aber das kann keine Entschuldigung für so ein Verhalten sein. Womit wir wieder beim Thema wären. Sie hat an diesem Abend nicht wegen der anderen um sich geschlagen. Es war das Unaufgeräumte in ihrem eignen Inneren.

Weitere Jahre vergingen und ihre Situation änderte sich nur marginal. Ich sah, wie sich ihr psychischer Zustand zunehmend verschlechterte. Alle Ratschläge waren unwillkommen und irgendwie war sie beratungsresistent. Für mich gibt es nichts Schlimmeres, als einen Menschen, den man wirklich mag, dabei zu beobachten, wie er das, was ihn einmal ausgemacht hat, selbst zerstört. Aber alles, was ich versuchte, alle lieben Worte, die ich sprach, halfen nichts. Nachdem ich die alte Heimat verlassen hatte, veränderte sich unsere Beziehung sehr. Anfangs versuchten wir, uns noch regelmäßig zu besuchen, aber die Abstände wurden immer größer. Das Leben kam dazwischen. In seinen verschiedensten Facetten zwang es uns dazu. Ungewollt oder gewollt, das ist die Frage. Ein einschneidender Moment war sicher, als ich im Krankenhaus nach meinem Unfall auf der Intensivstation lag und sie auch nicht kam. Ich hätte an ihrer Stelle alles stehen und liegen lassen, um mich um sie zu kümmern, wenn sie in so einer Situation gewesen wäre. Aber ich war nicht sie und sie war nicht ich. Diese Erkenntnis tat weh.

Das Jahr nach dem Unfall war insgesamt sehr emotional. Nach einiger Zeit ließ ich sie wieder an mich heran und konnte über den Vorfall hinwegsehen. Im Dezember dieses Jahres war sie emotional, sehr niedergeschlagen. Wir nahmen uns in den Tagen nach Weihnachten in Wien eine kleine Auszeit, Familienzeit. Aber ich brachte es nicht übers Herz, sie Silvester alleine zu Hause zu lassen. Deshalb überredete ich meinen Mann, früher nach Hause zu fahren und mit ihm, seiner Tochter, deren Familie und meiner Freundin zu feiern. Gesagt, getan. Sie war dankbar für die Einladung und freute sich. Ich mich auch. Aber mit so einem Jahreswechsel hatte ich nicht gerechnet.

Sagen wir es so: Das lang ersehnte Treffen nahm eine Wendung, die ich nie für möglich gehalten hätte. Es begann mit einer Flasche Schnaps, steigerte sich von Stunde zu Stunde und mit dem Alkoholpegel stieg auch die Stimmung. Am Ende des Abends stand ich vor den Scherben einer Freundschaft. Bis zu diesem Tag hätte ich für diese Frau meine Hand ins Feuer gelegt. Ich hätte alles für sie getan, ihr mein Leben und meine Kinder anvertraut. Ich will die schmutzigen Details dieser Ereignisse nicht ausschmücken. Nur so viel: Eine verletzte, verzweifelte Frau geht manchmal Wege, von denen sie selbst nicht weiß, dass sie sie gehen wollte. Sie hat an diesem Abend tatsächlich versucht, meinen betrunkenen, komatösen Mann im Bett zu verführen, um mir angeblich zu beweisen, was für ein Arschloch er ist. Sie war bereit, meine Beziehung, unsere Familie und alles, was daran hing, zu zerstören, um sich selbst zu beweisen, dass sie jeden Mann verführen kann.

Es war wie in einem schlechten Film. Ich erinnere mich noch heute an die Wut und die Enttäuschung, die ich damals empfand.

Ich glaube, so eine Enttäuschung hatte ich vorher nur bei den Seitensprüngen meines Ex-Freundes erlebt. Von jemandem, der einem so nahesteht, so betrogen zu werden, das ist hart. Ich habe in dieser Nacht so viel geweint. Erst am nächsten Morgen konnte ich die Zusammenhänge und den Ablauf rekonstruieren. Ich war nie ein Freund von Alkohol. Sicherlich habe ich das eine oder andere Mal getrunken und auch in meiner Partyzeit war ich dem einen oder anderen Gläschen nicht abgeneigt, aber seit ich Mutter bin, habe ich ein gespaltenes Verhältnis zum Alkohol. Und zwar ein sehr zurückhaltendes. Dass an diesem Abend so viel Alkohol geflossen ist, war der größte Fehler. Trotzdem bin ich der Meinung, dass Alkohol niemals eine Entschuldigung sein kann. Für nichts. Alkohol weckt Geister in uns, die irgendwo schlummern. So auch an diesem Tag. In der Auseinandersetzung flogen die Fetzen. Sie warf mir vor, dass sie unser widerliches Glück nicht ertragen könne, dass alle Männer gleich seien und sie sowieso jeden haben könne, wenn sie nur wolle. Endlich sprach sie aus, was sie all die Jahre gefühlt hatte. Sie war eifersüchtig. Wahrscheinlich nicht auf meine Konstellation, sondern auf das, was ich hatte und sie nicht. Emotional. In meiner Wut war ich so nett und habe sie nicht rausgeschmissen. Meine Ansage aber war klar: Wenn ich aufstehe, ist sie weg. Seitdem habe ich sie weder gesehen noch von ihr gehört. Ich will es auch nicht. Ich wünsche ihr nur das Beste und dass sie irgendwann wieder glücklich wird und alles verarbeiten kann. So weh mir das alles auch getan hat, für etwas war es gut. Es hat meinen Mann und mich noch näher zusammengebracht und ich habe verstanden, dass Neid ein verdammt gefährlicher Indikator sein kann. Ich kann dieses Gefühl nicht verstehen. Ich gönne jedem alles, aber es gibt leider Menschen, die bis heute nicht begriffen haben, dass sie ihr Leben selbst in der Hand haben und ihres eigenen Glückes Schmied sind. Wir können jedem Menschen nur vor den Kopf schauen. Wir haben auch nicht in der Hand, was sie über uns denken oder nicht denken. Sich auf eine Freundin einzulassen ist oft ein größeres Wagnis als eine Beziehung einzugehen. Beides braucht Vertrauen. Eine Freundin lernt man viel besser und schneller kennen als einen Partner. Die

Rosarote-Brille-Phase wird quasi übersprungen. Heute, ein paar Jahre später, sehe ich das Ganze mit anderen Augen. Ich hätte die Warnzeichen erkennen und anders handeln müssen. Aber im Nachhinein ist man immer schlauer.

Heute, als Mutter von vier Kindern, habe ich wenige Freundinnen. Sehr wenige. Ich habe Freundinnen und *Freundinnen*. Letztere unterteilen sich dann noch einmal in Weggefährtinnen und Bekannte. Ich habe nur noch Menschen um mich, die mir guttun. Ich pflege keine Freundschaften mehr aus einer simplen Erwartungshaltung heraus. Aus Selbstschutz? Wahrscheinlich. Ich bin an einem Punkt, an dem ich nicht mehr verletzt werden will. Ich möchte mich mit Menschen umgeben, die mir ein gutes Gefühl geben, die mich nicht beneiden, die verstehen, wenn ich mal nicht für sie da sein kann und die mir nicht böse sind, wenn ich mich nicht jeden Tag melde. Ich habe in meinem Leben viele Frauen getroffen, die mich berührt und beeindruckt haben. Später hat sich herausgestellt, dass nur eine Handvoll von ihnen aufrichtig und ehrlich war, und der Rest nur auf einen Vorteil aus war, wie auch immer der aussah. Ich habe viele Frauen in meinem Umfeld, die ich schätze und mit denen ich gerne noch engeren Kontakt hätte, aber das Leben macht es einem nicht immer leicht. Wichtig ist, dass man sich trotz vieler menschlicher Enttäuschungen nicht völlig verschließt. Mit jeder Verletzung wird es schwieriger, zu vertrauen. Ich habe für mich gelernt, dass kein Mensch etwas für das Verhalten seines Vorgängers kann. So kann die tolle, offene und hilfsbereite Frau aus dem Reitstall nichts dafür, dass ich vor Jahren enttäuscht wurde. Sie hat es verdient, dass ich ihr mit der gleichen Offenheit und Freundlichkeit begegne. Man muss lernen, mit negativen Auslösern umzugehen. Sonst wird man verbittert und verpasst so viele schöne Möglichkeiten im Leben. Ich habe mich schon oft dabei ertappt, dass ich in einer Situation etwas nicht tun wollte, weil mir schon einmal etwas Schlechtes passiert ist. Zum Glück habe ich mich dann anders entschieden und bin nicht enttäuscht worden.

Wir dürfen nicht zulassen, dass schlechte Ereignisse und Erfahrungen uns daran hindern, glücklich zu sein. Wir sollten
nichts unversucht lassen, um Traumata zu überwinden, um das
Leben genießen zu können. Mit dem Abschluss dieses Kapitels
schließe ich auch ein für mich sehr belastendes Thema ab. Die
Tränen, die ich über diese Freundschaft vergossen habe, waren
notwendig, aber mittlerweile sind viele Jahre vergangen und mit
diesen Zeilen habe ich diese Erfahrung endgültig verarbeitet.
Ich werde all meine Energie in die wertvollen und liebevollen
Beziehungen in meinem Leben stecken, auch auf die Gefahr
hin, vielleicht wieder enttäuscht zu werden. Vielleicht klappt
es und ich werde einfach glücklich. Einen Versuch ist es wert.

Briefe mit Bedeutung

An meine liebe Freundin V.

Seit vielen Jahren begleiten wir uns. Gemeinsam schwanger mit unseren Jungs haben wir uns nicht gesucht, aber trotzdem gefunden. Eigentlich habe ich dich in der Kita gar nicht so richtig wahrgenommen, bevor wir uns näher kennengelernt haben. Unsere Mädchen haben sich auf Anhieb verstanden. Du standest wenige Tage vor der Geburt deines Sohnes. Auch ich war hochschwanger. Wir waren Leidensgenossinnen und von Anfang an auf einer Wellenlänge. Mit der Geburt unserer Söhne haben wir auch für die Jungs einen Grundstein gelegt. Sie haben diese „Wir kennen uns von Geburt an"-Freundschaft. Alles könnte so schön sein. Aber dann kommt dieses Leben. In unserer fast zehnjährigen Freundschaft – man sagt ja, wenn eine Freundschaft länger als sieben Jahre hält, dann ist sie echt – sind wir schon durch das eine oder andere Tal miteinander gegangen. Was macht unsere Freundschaft aus? Bedingungslosigkeit. Ich war schon ab und an etwas sauer auf dich. Eher enttäuscht. Vielleicht auch, weil ich einfach falsche Erwartungen hatte. Es herrschte auch schon Funkstille zwischen uns. Ich muss dir ganz klar zugutehalten, dass du dich in diesem Fall über meinen Dickkopf hinweggesetzt und den ersten Schritt gewagt hast. Wer mich kennt, der weiß, dass ich, wenn ich einmal sauer bin, diesen Zustand verdammt lange beibehalten kann. Zu unserem Glück bist du viel schlauer als ich und sprangst über deinen Schatten. Wir sind beide besondere Persönlichkeiten und doch schwingen wir auf der gleichen Frequenz. Weder du passt zu 100 % in mein Lebensmodell, noch ich in deins. Aber genau das macht unsere Freundschaft aus. Wir lassen die andere so sein wie sie ist. Sicher haben wir den einen oder anderen Ratschlag für die andere, aber am Ende werten wir das, was wir tun, nicht ab. Ich kenne dich schon so viele Jahre und so viele Jahre wünsche ich dir GLÜCK. Immer wieder passieren Dinge, die du einfach nicht verdient hast. Du bist ein herzensguter

Mensch und ich weiß genau, dass ich Tag und Nacht vor deiner Tür stehen könnte. Ich weiß, dass du aus tiefstem Herzen einfach nur geliebt werden und glücklich sein möchtest. Ich wünschte, ich könnte dir dabei helfen, aber all die Unbekannten, die das beeinflussen, habe auch ich nicht in der Hand. Ich weiß, wie schwer dir das Leben in den letzten Jahren gefallen ist, und ich weiß auch, welche Kämpfe du führen musstest. Ich bewundere dich für deine Stärke. Du denkst vielleicht, dass du nicht so stark bist, aber da irrst du dich. Mach dir bewusst, was du schon alles erreicht hast. Allen Stürmen zum Trotz stehst du immer noch. Wie eine sehr alte Eiche. Immer wieder muss ich an diesen sonnigen Tag in Tirol denken, als wir bei Spaghetti und Radler einfach nur wir waren, ganz ohne Kinder. Es war ein Tag, der abseits von allen Problemen und Ängsten dieses wohlige, warme Gefühl hinterlassen hat. Ich wünsche mir noch viele solcher Momente mit dir. Ich wünsche mir auch, dein drittes Kind im Arm zu halten und den Baby-Duft einzuatmen. Vor allem aber wünsche ich dir Zufriedenheit und die Erkenntnis, dass du es wert bist, so geliebt zu werden, wie du bist! Danke für deine Freundschaft.

Was ich Dir schon immer sagen wollte

Liebe G,
eigentlich aus einem ganz anderen Grund in mein Leben getreten, bist du schließlich zu meiner Freundin geworden. Wie es das Schicksal so will, finden sich Seelen, die zueinander passen. Vom ersten Tag an hatten wir eine ganz besondere Verbindung. Obwohl wir uns noch nicht kannten, konnten wir uns über Themen austauschen, die berührend, emotional und tiefgehend waren. Es fällt mir schwer, das zu beschreiben. Wir sind uns in vielen Dingen ähnlich. Du hast vielleicht den einen oder anderen Geburtstag mehr gefeiert als ich, aber das tut unserer Freundschaft keinen Abbruch. Die Parallelen in unserem Leben sind schon erstaunlich und ich glaube, dass wir uns gerade deshalb so gut verstehen. Weißt du, was ich an dir besonders mag? Deine Fürsorge und dein Glaube an das Gute. Du hast ein so gutes Herz und hilfst auch dann, wenn du selbst Hilfe brauchst. Das ist eine Eigenschaft, die unbezahlbar und gefährlich zugleich ist. Das weißt du selbst sehr gut. Trotzdem gibst du alles für deine Lieben. Du gibst nie auf, auch wenn die Steine auf deinem Weg keine Kiesel, sondern Felsen sind. Dein Glaube gibt dir Halt und ich kann aus deinen Worten und Erzählungen so viel für mein Leben mitnehmen. Wie oft hast du mir gesagt, dass du dich in mir siehst. Wie bereichernd ist es, eine Freundin zu haben, aus deren Fehlern man lernen kann. Auch wenn du dann immer sagst, du willst mich nicht nerven oder bevormunden, das tust du nicht. Ich bin dankbar und nehme alles gerne an. Am Ende ist die Lösung vielleicht nicht immer gleich, aber ich kenne alle Faktoren und kann so viel besser abwägen.

Wir alle sind durch unser bisheriges Leben geprägt. Wir haben alle die Angewohnheit, dieselben Fehler immer wieder zu machen. Aber ich bin froh, jemanden an meiner Seite zu haben, der darauf achtet, dass die Fehler so gering wie möglich gehalten werden. Du bist ein Mensch, den ich gerne um mich habe. Du hast eine positive und lebensbejahende Ausstrahlung, die mir Kraft und Energie gibt.

Ich weiß um die vielen Dinge, die du erlebt hast. Ich bewundere dich dafür, dass du trotz allem deinen Lebensmut nie verloren hast. Du kannst stolz sein auf alles, was du in deinem Leben gemeistert hast. Viel zu selten macht man sich das bewusst. Deshalb sage ich es dir hier gerne einmal: Sei stolz auf dich, G! Ich kann nicht verstehen, dass kein Mann in deiner Nähe erkennt, wie toll du bist. Aber irgendwann, wenn dein Herz dafür offen ist, wird auch Amor dir begegnen. Ich wünsche es dir. Von ganzem Herzen. Du hast alles verdient, was dich glücklich macht und dein Herz zum Lachen bringt. Ich wünsche dir, dass du deinen inneren Frieden findest. Das ist ein langer Prozess, aber gemeinsam können wir uns auf diesem Weg begleiten. Vielleicht ist es gar nicht so klug, dir einen Partner zu wünschen, denn dann müsste ich dich teilen. Ja, wenn es so wäre, würde ich mich für dich freuen. Bis dahin genieße ich unsere gemeinsame Zeit, all die Witze und Neckereien, die gemeinsamen Schlemmereien und unsere Sporteinheiten. Ich bin froh, dass du mir über den Weg gelaufen bist und ich dich meine Freundin nennen darf. Ohne dich wäre mein Leben langweiliger, düsterer und definitiv kalorienärmer. Ich bin froh, dass es dich gibt.

L, Liebe meines Lebens

Wir haben uns gefunden, als unsere Herzen noch nicht bereit waren für eine neue, wahre Liebe. Beide frisch getrennt, beide verletzt, enttäuscht und vom Leben erschöpft. Ich werde nie den Moment vergessen, als ich dich zum ersten Mal sah. Wenn ich so darüber nachdenke, ist es verdammt lange her. Damals war ich gerade mit Hannah schwanger und wir saßen mit deiner damaligen Frau und dir im Garten und grillten. Du kamst später, weil du, oh Wunder, noch arbeiten musstest.

Vom ersten Moment an, als ich dich sah, hatte ich einen positiven, warmherzigen Eindruck von dir. Damals sah ich dich mit ganz anderen Augen. Ich hatte eine Bewunderung für dich, wie man sie für einen Menschen hat, den man schätzt, ganz ohne Hintergedanken. Wir haben uns wunderbar unterhalten, bis spät in die Nacht, und so war es von da an jedes Mal, wenn wir uns trafen. Du warst immer fasziniert von den Texten, Karten und Briefen, die ich schrieb, und ich konnte dir hin und wieder die eine oder andere Träne der Rührung entlocken. Durch die Freundschaft meines Ex-Mannes zu deinem Stiefsohn und deiner damaligen Frau haben wir schon vor unserer Beziehung viel Zeit miteinander verbracht und uns kennen gelernt. Hannah und Celine nannten dich liebevoll Lolo. Niemand hätte damals gedacht, dass du einmal Papa werden würdest. Du hast früh gemerkt, wie unglücklich ich eigentlich in meiner Beziehung war. Bei gemeinsamen Treffen oder im Urlaub hast du die eine oder andere Demütigung mitbekommen und nicht nur einmal geäußert, dass du nicht verstehst, warum er so mit mir umgeht. Unsere tiefgründigen Gespräche, diese besondere Basis, die wir immer hatten, war manchen ein Dorn im Auge. Bald wurden uns die wildesten Dinge unterstellt, aber uns verband damals nur diese Freundschaft und das Verständnis füreinander. Die Spitze des Eisbergs waren die Privatdetektive vor meiner Haustür, während du gar nicht im Land warst. Filmreif. Der Schnitt damals, zur Freude derer, die eine blühende Fantasie hatten, hat mir wehgetan. Nachdem ich dann ausgezogen war und merkte, dass du auch getrennt warst, gab es eigentlich keinen Grund mehr, warum wir keinen Kontakt mehr haben sollten. Ich war froh, als du mir irgendwann deine Telefonnummer gegeben hast. Ich weiß bis heute nicht, ob das ein Vorwand oder Absicht war. Die folgenden Gespräche und das gemeinsame Leid der Getrennten haben uns einander nähergebracht. Weder geplant noch jemals beabsichtigt wurde daraus mehr als eine Freundschaft. Wie sehr habe ich mich dagegen gesträubt. Ich hatte Angst. Vor den anderen und vor mir. „Das kann doch nicht sein. Ein Mann, der so viel älter ist als du. Was werden die anderen denken?" Aber unsere Gefühle waren stärker, und diese Basis, die wir in den Jahren zuvor durch unsere Freundschaft geschaffen hatten, ließ uns die gescheiterten Beziehungen leicht vergessen. Wir gingen ein großes Risiko ein, als wir uns für uns entschieden. Wir waren keine makellosen Teenager mehr, die einfach eine Beziehung eingehen konnten. Wir waren beide keine Neuwagen mehr, scherzt du noch heute. Ich hatte zwei kleine, wunderbare Wesen im Gepäck, die es verdient hatten, eine intakte, glückliche Kindheit zu erleben. Wie oft habe ich mich gefragt, ob das wohl klappen würde. Ein klarer Vorteil, den wir hatten, war, dass du die Kinder von Geburt an kanntest und sie dich liebten. Unvergesslich der Moment, als du den Berg hochkamst und die kleine Celine, gerade ein Jahr alt, dir entgegenlief. Dieses Bild werde ich nie vergessen. Oder eure Playmobil-Sitzungen. Wenn du vorher nicht wusstest, wie viele Teile so ein Prinzessinnenschloss haben kann, dann weißt du es spätestens jetzt. Über jeden Zweifel erhaben waren diese beiden Wesen schon lange in deinem Herzen. Seit der Trennung waren sie frei und glücklich. Für sie war es nie, nie, nie ein Thema, dass du der neue Mann an meiner Seite sein würdest. Ganz im Gegenteil. Jedes Mal, wenn du nicht da warst, wurdest du schmerzlich vermisst. Dafür möchte ich dir danken. Liebe kann man nicht planen. Vor allem nicht, in wen man sich verliebt. Dass ich mich in dich verliebe, war nie mein

Plan, aber es ist passiert. Du hast keinen Augenblick gezögert, meine Kinder anzunehmen, als wären es deine eigenen. Du bist ihr Papa. Sie lieben dich abgöttisch, und ohne mit ihnen gesprochen zu haben, weiß ich, dass du der Vater bist, den sie brauchen. Ich bin dir dankbar, dass du immer wieder gesagt hast, dass du ihren Vater nicht ersetzen willst, aber es ist von selbst passiert. Du hast vom ersten Tag an Tränen getrocknet, Pflaster geklebt, Haare gekämmt, Wäsche gewaschen, Taxi gespielt, Wutausbrüche abgefangen, unterrichtet, zugehört, Zickenterror ertragen, geschlichtet, getobt und geliebt. Nie hast du ihnen das Gefühl gegeben, nicht erwünscht zu sein. Du hast eine Lücke gefüllt, von der sie gar nicht wussten, dass sie zu füllen war. Sie können sich nicht mehr daran erinnern, wie es war, keinen Vater zu haben, der sich aufrichtig und liebevoll um sie gekümmert hat. Es gab nie nur uns, es gab immer nur ein Wir. Mit unseren zwei gemeinsamen Kindern haben wir das Patchwork-Kleeblatt vervollständigt. Ein Wagnis. Alles oder nichts. Wir haben keinen Unterschied gemacht und allen Kindern so viel Liebe geschenkt, dass Eifersucht kein Thema war. Wir haben etwas geschaffen – eine Familie. Eine Geschichte. Unsere Geschichte.

Protagonist Nummer eins bist du. Mit deinem guten Herzen und deiner warmherzigen Art machst du es mir leicht, dich zu lieben. Du wühlst nicht in alten Gewässern. Was du aufwühlst, kann nichts Gutes bringen. Ich weiß, dass du früher ein bewegtes Leben geführt hast. Mit der einen oder anderen Verflossenen habe ich an einem Tisch gesessen. Der Gedanke daran macht mich traurig, doch so ist das Leben. Ich glaube, das ist der klare Vorteil, den wir hatten. Wir haben uns unter ganz anderen Voraussetzungen kennen gelernt und wussten schon so viel voneinander, dass uns kaum etwas schocken konnte. Man wurde oft verletzt, ausgenutzt, betrogen, belogen. Das hat dich geprägt. Ich kann auch verstehen, dass es dir deshalb schwerfiel, zu vertrauen. In den letzten Jahren durfte ich dir zeigen, dass es sich lohnt, zu lieben und zu vertrauen. Ich bin nicht deine Vergangenheit. Ich bin deine Gegenwart und deine Zukunft. Dein Heute, dein Morgen, dein Übermorgen. Wir haben etwas

Kostbares geschaffen, das um jeden Preis bewahrt werden muss. Unsere Liebe ist unkonventionell. Kein Standard. Sie entspricht nicht der Norm. Aber gerade das macht sie so besonders. Ich bin nicht an deiner Seite, weil es jemand verlangt hat, weil es erwartet wurde oder weil wir es mussten. Ich bin an deiner Seite, weil ich es aus tiefstem Herzen möchte. Wir haben viel erlebt in den letzten Jahren. Viele Katastrophen, viele Intrigen, viele Steine, die uns in den Weg gelegt wurden. Aber an jedem dieser Ereignisse sind wir gewachsen. Wir haben nicht aufgegeben, auch wenn es aussichtslos schien. Wir waren füreinander da, wenn es schwierig wurde. In Phasen, in denen sich andere Paare getrennt hätten, haben wir an unserer Liebe festgehalten und am Ende hat sie gesiegt. Am Ende ist es egal, wie viele Partnerschaften der Partner vorher hatte. Am Ende zählt nur, dass man die gleichen Fehler nicht noch einmal macht. Darauf bin ich stolz. Wir arbeiten an unserer Beziehung, wir hören zu, wenn der andere etwas sagt, und auch wenn der Stolz es nicht zulässt, dem anderen direkt zuzustimmen, denken wir darüber nach, was der andere gesagt hat. Unsere Kinder wachsen in Liebe auf. Das spürt man so sehr. Sie sind so gute und einfühlsame Menschen, weil wir es ihnen vorleben. Ich bin einmal gefragt worden, was ich an dir liebe. „ALLES" wäre gelogen. Das wäre eine vorprogrammierte romantische Antwort. Vieles stimmt schon eher. Aber vor allem liebe ich an dir, dass du mich so liebst, wie ich bin. Deine zum Chaos neigende, besserwisserische Frau, die dich leicht auf die Palme bringen kann. Du hast nie versucht, meinen Charakter zu ändern. Du wusstest, was du bekommst, und hast jede meiner Macken akzeptiert. Eine deiner besten Eigenschaften ist, dass du dir von ganzem Herzen wünschst, dass unsere Kinder gute Menschen werden. Du versuchst ihnen so viel Liebe, Verständnis und Güte zu vermitteln, dass sie gar keine andere Wahl haben, als dies zu verinnerlichen. Du versuchst immer das Gute in den Menschen zu sehen, auch wenn es eigentlich gar nicht da ist. Deine Gutmütigkeit zeichnet dich aus, nur leider wird sie von viel zu vielen Menschen schamlos ausgenutzt. Ich weiß, dass du dein Leben für die Kinder und mich geben würdest, weil du uns so sehr liebst. Ich liebe dich, weil ich mich auf dich verlassen kann. Deine akribische und, ja, leicht monksche Art bringt mich manchmal zur Weißglut, aber sie ergänzt sich wunderbar mit meiner leicht chaotischen Art. Es tut mir weh, wenn ich sehe, wie sehr du von Selbstzweifeln geplagt bist. Geprägt von deiner Kindheit hast du nie erfahren dürfen, wie es sich anfühlt, so geliebt zu werden, wie es unsere Kinder von uns erfahren. Viele Menschen hätten nach dem, was du erlebt hast, die Flinte ins Korn geworfen und wären an ihrem Schicksal zugrunde gegangen. Du hast genau das Gegenteil getan. Du hast bewiesen, was man erreichen kann, auch wenn die Parameter nicht stimmen oder sogar in die falsche Richtung gehen. Du hast Dinge geschaffen, mit deinen Händen, deinem Wissen und deinem unbändigen Fleiß. Wahre Meisterwerke hast du vollbracht und für das, was du kannst, wirst du geschätzt und geliebt. Ich gebe die Hoffnung nicht auf, dass du eines Tages erkennen wirst, wie stolz du auf dich sein kannst. Dein Leben ist nicht immer nach Plan verlaufen. Du hast auch nicht immer alles richtig gemacht. Aber wer tut das schon? Das jetzt zu sagen, wäre eine Lüge. Die Jahre haben dich reifen lassen, der jugendliche Leichtsinn ist verschwunden. Ich weiß auch, dass vieles in dir schlummert, was dir sehr weh tut und was du ändern würdest, wenn du könntest. Doch es bringt nichts, nur zurückzuschauen. Du bist dir deiner Fehler bewusst und tust alles, um sie nicht zu wiederholen. Wir haben nur dieses eine Leben. Wir haben nur diese begrenzte Zeit, in der wir zusammen glücklich sein können. Wir haben es in der Hand, wie glücklich wir sein werden. Du hättest es viel einfacher haben können. Nach einem bewegten Leben, mit 25 Jahren Vorsprung eine junge Frau mit zwei kleinen Kindern zu wählen, das war schon abenteuerlich. Ich erinnere mich dunkel an einige Sprüche aus deinem inneren Kreis. Vorurteile. Kleingeister. Wahrscheinlich, weil man in seinen sozialen Mustern gefangen ist. So ging es mir auch. Einen Spruch werde ich nie vergessen: „Der ist doch viel älter als du, der stirbt doch früher!" Es mag sein, dass du ein paar Jahre Vorsprung hast. Du fährst auch ein paar Jahre länger Auto als ich, aber wer sagt, dass du zuerst stirbst? Wer kann das sagen? Wenn ich mit einem 30-Jährigen zusammen wäre, hätte ich auch keine Garantie, dass er 89 wird. Ich weiß auch nicht, ob ich 75 werde. Niemand weiß was kommt und wie viele Seiten unser Buch haben wird. Auf jeden Fall möchte ich nicht daran denken, ein Leben ohne dich führen zu müssen. Ich kann mir nicht vorstellen, wie es wäre, wenn unsere Kinder ihren geliebten Papa nicht mehr hätten und ich mit ihnen allein wäre. Allein der Gedanke daran lässt mich erstarren und mir laufen die Tränen übers Gesicht. Am Ende entscheiden wir das nicht. Aber eines steht am Ende fest: Lieber habe ich 30 schöne Jahre voller Liebe mit dir als 50 oder 60 Jahre voller Unglück und Unzufriedenheit, nur weil ein Mann meines Alters vielleicht besser in das gesellschaftliche Schema passt. Jedes Jahr ist ein Geschenk. Jeder Tag ein Gewinn. Wir müssen das nur verinnerlichen. Ich bin so dankbar, dass du unser Familienoberhaupt bist, auch wenn die Konstellation nicht immer einfach ist. Ich wünsche mir, dass wir eines Tages Tag für Tag gemeinsam als Familie leben und die Arbeit nicht mehr der Grund für unsere getrennten Lebensmittelpunkte ist. Wir brauchen dich. Nicht als Wochenend-Papa, nicht als Urlaubs-Papa, sondern als Alltags-Papa. Es ist Zeit für Veränderung. Ich verstehe, wie schwer dir das fällt. Alles im Leben hat seine Zeit. Du hast in deinem Leben so viel erreicht. Du hast erreicht, wovon andere träumen. Der Preis dafür war hoch. Verzicht, vor allem auf Lebensqualität und Selbstliebe und Selbstfürsorge haben Dich geprägt. Jetzt ist es an der Zeit, neue Wege zu gehen. Der Gedanke daran ist sicher beängstigend, wie alles, was mit Veränderung zu tun hat. Aber glaube mir, es lohnt sich. Es lohnt sich, dieses Wagnis einzugehen, den großen Unterschied zu allem, was du bisher in deinem Leben erlebt hast? Du hast uns. Du hast ein Zuhause. Es ist vielleicht noch nicht geographisch bei uns, aber es ist in unseren Herzen. Wir sind dein Rückhalt. Dein Hafen, dein Anker. Am Ende des Tages halten wir dich. Komme, was wolle. Fester denn je. Weil du es dringend brauchst. Weil wir es brauchen. Weil wir einander brauchen. Die Definition von LIEBE (von mhd. liep, „Gutes, Angenehmes, Wertvolles" von idg. *leubh-gern, lieb haben, begehren) ist eine Bezeichnung für die stärkste Zuneigung und Wertschätzung. Das sagt Wikipedia über Liebe. Liebe hat viele Formen und Farben. Man muss sie nur erkennen. Manchmal dauert es verdammt lange, bis man seine wahre Liebe findet. Wenn du dein Glück gefunden hast, halte es fest. Sei dankbar und ehrfürchtig. Erinnere dich in schweren Stunden an den Zauber des Anfangs und sei nicht nachtragend. Liebe dich selbst, auch wenn es schwer ist. Die Liebe lehrt dich, geduldig zu sein. Sie wird dich für alle schweren Stunden belohnen. Sie wird dich erfüllen, wenn du es zulässt, denn du wirst nie allein sein.

Ein Brief an mich selbst

Liebe Nathalie,

37 Jahre bist du jetzt alt. Rückblickend ist in diesen 37 Jahren verdammt viel passiert. Würde man das alles zu Papier bringen, würde es mehr als dieses eine Buch füllen, so viel ist sicher. Ich sitze hier vor den schönen Allgäuer Bergen, meine vier Kinder sind beschäftigt und ich habe Zeit, über mein bisheriges Leben nachzudenken. Ich bin kein Fan davon, in der Vergangenheit zu leben, aber manchmal muss man sich auf eine kleine Zeitreise begeben, um zu sehen, was man schon alles erlebt und erreicht hat.

Ich möchte meinem heutigen Ich ein Kompliment machen. Vor allem dafür, dass es noch nicht durchgedreht ist und in einer geschlossenen Anstalt sitzt. Ich bin mir sicher, dass nur mein Glaube an mich selbst, mein Selbstvertrauen und meine Liebe zum Leben dies möglich gemacht haben. Alle Irrungen und Wirrungen der letzten Jahre würden eigentlich für drei Seelen reichen.

Am Ende des Tages war es die Liebe, die mich immer wieder befreit hat. Befreit von Sorgen, Ängsten oder auch Menschen, die mir nicht gutgetan haben. Klingt seltsam? Vielleicht.

In schwierigen Situationen bis hin zu diversen Krisen gab es immer wieder Momente, in denen ich mich fragte: Was würde die Liebe tun? Liebe kennt keinen Hass, keine Wut, keine übereilten Entscheidungen aus Enttäuschung. Liebe kennt nur Ruhe, Vertrauen und Aufrichtigkeit. Mein Konfirmationsspruch und auch der Taufspruch meiner Kinder lautet: „Nun aber bleiben Glaube, Hoffnung, Liebe, diese drei; aber die Liebe ist die größte unter ihnen." Ich bin kein Kirchgänger, ich bin auch keine Bibelleserin, aber dieser Spruch begleitet mich schon mein ganzes Leben. Ich bin fest davon überzeugt, dass die Dinge, die wir in und mit Liebe tun, gut werden. Sei es die Liebe zu jemandem, zu etwas oder zu uns selbst. Sie muss aufrichtig sein.

So habe ich toxische Beziehungen beendet, nachdem ich mich gefragt habe, ob ich es nicht wert bin, mich selbst zu lieben. Oft habe ich das Wohl des anderen über mein eigenes gestellt. Ich habe mich einfach selbst sabotiert.

Wie oft habe ich mich gehasst. Für meine Pfunde, die ich zu viel hatte, für meine Gefühle, für meine Gutmütigkeit und die Enttäuschungen, die daraus resultierten. Aber das war immer nur eine Phase. Am Ende dieser Phase habe ich erkannt, dass Selbsthass und Selbstsabotage nichts bringen, außer dass man wertvolle Lebenszeit verliert. Es gibt immer jemanden, der besser, schöner, klüger, sportlicher, engagierter, reicher oder beliebter ist. Es wird immer jemanden geben, der dir die Stirn bietet. Du kannst nichts daran ändern, dass du nicht bei allen beliebt sein wirst. Aber du kannst ändern, wie du damit umgehst. In meinem Alltag begegne ich immer wieder Menschen, die durch und durch unzufrieden mit ihrem Leben sind. Das fängt im Kleinen an, wenn die Mutter im Kindergarten nicht grüßen kann, obwohl sie freundlich angelächelt wird. In solchen Fällen frage ich mich immer, ob der Kindergarten nicht der beste ist oder welche Gründe es für ein solches Verhalten gibt. Vor zehn Jahren habe ich mich noch sehr darüber geärgert. Ich habe mich den ganzen Tag darüber aufgeregt. Aber irgendwann habe ich verstanden, dass das nichts mit mir zu tun hat. Meine Einstellung zum Verhalten dieser Menschen hat sich grundlegend geändert. Deine Einstellung zum Leben, zu anderen Menschen und ihrem Verhalten wird alles verändern. Lerne, dein Leben, deine Umstände und deine Einstellung zu lieben und du wirst Zufriedenheit erfahren. Das zu lernen braucht Zeit, es ist ein langer Weg, aber am Ende wirst du erkennen, dass viele Situationen in deinem Leben anders hätten verlaufen können. Ich habe in meinem Leben viel Zeit damit verschwendet, mir Gedanken darüber zu machen, was andere über mich denken könnten. Aber wenn du endlich begreifst, dass, egal wie lange du darüber nachdenkst, es nichts an dem ändert, was der andere denkt, dann wirst du frei. Frei in seinen Gedanken zu sein, frei von Selbstzweifeln, das ist ein Zustand, der gut tut und alles leichter macht. Wenn du also heute wieder darüber nachgedacht hast, was jemand über dich gedacht haben könnte, dann nutze die Zeit lieber für dich selbst. Ein Rat, den ich mir immer und immer wieder geben möchte: Sei der Mensch, der du sein möchtest.

Zwischen hier und heute

Bis zu diesem Kapitel habe ich dieses Manuskript bereits drei Menschen zum Lesen gegeben. Sicherlich war es auch bis hierher schon viel Offenbarung. Aber das Kapitel, das ich nun schon lange im Kopf, im Herzen und in der Seele trage, ist persönlicher denn je. Wer mich kennt, weiß, dass ich nicht aufgebe. Mein Ehrgeiz und mein Wille sind stark. Aber nach vielen harten, kämpferischen und kräftezehrenden Jahren bin ich jetzt zum ersten Mal in meinem Leben an einem Punkt angelangt, an dem ich das Gefühl habe, aufgeben zu wollen. Mich. Mein Leben. Mein Tun. Wenn ich diese Worte schreibe, klingen sie hart. Irgendwie auch kalt, aber genau so habe ich mich in den letzten Wochen gefühlt. Wenn ich von harten Jahren spreche, dann spreche ich von Jahren, die uns gefordert haben. Die Verantwortung, die ich seit meinem 19. Lebensjahr trage, habe ich eigentlich nie als Last empfunden. Sie ist Jahr für Jahr gewachsen. Mit 24 Jahren habe ich mich dann selbstständig gemacht, bin buchstäblich ins kalte Wasser gesprungen. Kurze Zeit später hatte ich nicht nur die Verantwortung für mich, meine Kinder, meine Entscheidungen, nein, ich hatte auch die Verantwortung für meine Mitarbeiter und deren Familien. Es gab Tage, Wochen, Monate und Jahre, in denen ich das sehr gut gemeistert habe. Aber ehrlich gesagt, immer öfter, in immer kürzeren Abständen, ist mir diese Rolle, diese große Last, schwergefallen. Aber am Ende des Tages, des Monats, des Jahres war ich immer stolz, mich über all diese Hürden gequält zu haben. Der Weg ist das Ziel und was gibt es Schöneres, als die Früchte seiner Saat zu sehen? In all den Jahren hatten wir mit vielen Dingen zu kämpfen. Neben diesen Kämpfen habe ich zwei Kinder zur Welt gebracht und war trotzdem immer für die Firma da. Dann mein Autounfall, die Folgen und eigentlich nie die Möglichkeit, mal richtig Luft zu holen. Der letzte große Kampf war sicherlich Corona. Ich kann heute gar nicht mehr beschreiben, wie sich diese Hilflosigkeit damals angefühlt hat. Damals hat man es nicht als Hilflosigkeit empfunden, da sind wir alle durch, und wenn ich sage alle, dann meine ich alle. Die ganze Welt stand still. Jeder hatte sein Schicksal zu tragen, jeder für sich. Das Wort „damals" klingt in diesem Zusammenhang etwas seltsam, aber im Nachhinein betrachtet, scheint es eine Ewigkeit her zu sein, oder?

Von einem Tag auf den anderen war unsere Existenz bedroht, wir konnten keine Aufträge mehr ausführen. Meine bessere Hälfte hatte gerade eine schwere Operation hinter sich und es war ohnehin eine schwierige Situation. Er musste quasi aus der Reha in Österreich fliehen, um überhaupt noch zu uns kommen zu können. Wie in einem schlechten Katastrophenfilm, aber diesmal war es kein Film, sondern die traurige Realität von Milliarden von Menschen weltweit. Am Anfang dachten wir alle, dass es nur ein kurzer Zustand sein würde, aber die Realität sah anders aus. Jeden Morgen sahen wir in den Nachrichten, wie sich die Situation und die Stimmung im Land verschlechterten. Heute, vier Jahre später, kommt es einem so unwirklich vor, wenn man darüber spricht oder schreibt. Die damalige Isolation und die damit verbundene Angst haben mich erst viel später eingeholt. Vielleicht auch erst jetzt. Nach Corona kam dann fast nahtlos der Krieg in der Ukraine. Eine weitere Katastrophe für die Gesellschaft, denn wenn man bedenkt, dass uns gesagt wurde, dass ab jetzt alles besser wird, dann muss man schon sehr naiv sein, um das zu glauben. Ich wusste das schon lange, aber mein Optimismus trug mich über jede Welle der Verzweiflung hinweg. Im vergangenen Jahr gab es weitere Katastrophen, eigentlich sind sie bei uns immer an der Tagesordnung. Aber so wie die Ghostbusters ihre Dämonen bekämpfen, waren wir immer talentiert und ehrgeizig, diese Katastrophen zu beseitigen. Nach mehreren Schicksalsschlägen, einem wirklich schockierenden, der einen langjährigen Mitarbeiter betraf, dann einer weiteren schweren Operation meiner besseren Hälfte und dem Weggang von Mitarbeitern, mussten wir eine Entscheidung treffen. Die Entscheidung stand bald fest: So wie wir es all die Jahre praktiziert hatten, ging es nicht weiter. So kann das Leben spielen. Man übersteht Pandemien und Kriegszustände, die einen beeinflussen, man kämpft an allen Fronten, aber dann sind es das Schicksal und die Gesundheit, die das Erreichte entscheidend beeinflussen.

Mit der neuen Aufgabe und meinem *Lieblingsplatz Korbach* ging es nahtlos weiter. Erholung? Fehlanzeige. Das soll nicht wie Jammern klingen. Dieses Schicksal ist bewusst und frei gewählt. Der *Lieblingsplatz* war immer ein Traum. Bei unserem ersten Besuch in Korbach parkten wir auf dem Parkplatz an der Kalkmauer. Der Laden war damals schon leer und ich habe zu meiner Familie gesagt: „Das wird einmal mein Laden."

Damals hat das keiner so richtig ernstgenommen. Ich selbst auch nicht. Das ist wieder ein Beweis dafür, dass wenn man etwas manifestiert und fest daran glaubt, es irgendwann Realität wird. Das ist mir in meinem Leben schon ein paar Mal passiert. Der Glaube versetzt Berge. Das ist nicht nur ein Sprichwort. Es ist ein Mantra, das ich schon mein ganzes Leben lang lebe und mit dem ich immer gut gefahren bin.

Der Umbau und die Eröffnung des *Lieblingsplatzes* sahen für viele lockerflockig aus. Innerhalb von sechs Wochen haben wir den ganzen Laden auf den Kopf gestellt, renoviert, eingerichtet, bestückt, gebrandet, organisiert und mit Behörden gekämpft. Der Eröffnungstermin wackelte, denn trotz guter Vorbereitung warteten viele Hürden auf mich. Außerdem brauchten mich mein Mann und meine Kinder. Die Tage waren kurz, aber mein Traum und mein Ehrgeiz haben mich durch und durch angetrieben. Unser Konzept ist einzigartig, das haben die Korbacher schnell erkannt und die Vorfreude war riesig. Doch wer dachte, mit der Eröffnung sei alles vorbei und von nun an würde alles eitel Sonnenschein sein, der sah sich getäuscht. Ich habe schon immer viel, viel, viel und gerne gearbeitet, aber die Arbeit in und an meinem *Lieblingsplatz* ist anders. Anders anspruchsvoll, anders anstrengend, anders anders.

Was mich immer getragen hat? Die Unterstützung meiner Familie und meiner Freunde. Ohne sie wäre das alles nicht möglich gewesen. Denn auch wenn ich die Galionsfigur des großen Ganzen bin, steckt so viel mehr dahinter.

Die Kunden waren vom ersten Tag an begeistert.

Aber im Dezember letzten Jahres war plötzlich alles anders. Wir hatten privat eine Renovierung und einen Mammutumzug hinter uns. Daneben das Geschäft, die Vorweihnachtszeit, die Weihnachtsfeiern, der eigene Weihnachtsstress, die Kinder. Da gab es schon die ersten Momente, in denen ich dachte, es geht nicht mehr. Immer wieder habe ich mich selbst aufgemuntert. Wenn ich sonst morgens aus dem Bett gesprungen bin und direkt von 0 auf 100 funktioniert habe, war das plötzlich nicht mehr so. Es fühlte sich an, als wäre meine Batterie völlig leer. An Weihnachten hatten wir dann Corona und mein Körper zwang mich zum ersten Mal, mich auszuruhen. Was mir aber am meisten wehtat? Wieder ein Weihnachten ohne Familie. Das dritte in Folge. Zuerst Corona, dann die Grippe aus den USA im letzten Jahr und jetzt wieder Corona. Mama und Papa konnten es sich nicht leisten, es auch zu bekommen. So kam zu den körperlichen Symptomen auch noch die Enttäuschung über das Weihnachtsfest, das nicht so verlief wie geplant. Weihnachten ist für mich immer ein schöner Abschluss des Jahres und wie eine kleine Belohnung. Doch auch diesmal hatte das Leben andere Pläne. Ändern konnten wir es sowieso nicht, aber die Enttäuschung war trotzdem groß.

Die lang ersehnten Weihnachtsferien verstrichen und außer hunderte von Kartons auszupacken und der schier endlosen Aufgabe, das alte Haus zu räumen, passierte nicht viel. Ich merkte von Tag zu Tag, wie meine Kräfte immer mehr schwanden. Im Januar ging es dann im *Lieblingsplatz* nahtlos weiter. Der normale Alltag, einige Geburtstage und drei Mega-Events standen auf dem Programm. Niemand sollte enttäuscht werden, die Erwartungen waren groß.

Meine Kräfte schienen mich zu verlassen. Von Tag zu Tag fiel es mir schwerer, aufzustehen und zu funktionieren. Ich erkannte mich nicht mehr wieder. Gefühlt wurde es von Tag zu Tag schlimmer. Ich kämpfte mich durch alle Verantwortungen, denn ich hatte sie schließlich alle auf meiner Agenda. Doch dann kam der Morgen, der mich aufwachen ließ. Nach einer weiteren schlaflosen Nacht wollte ich nicht mehr aufstehen. Der Wille, aus dem Bett zu kommen, die Kinder fertig zu machen und dem Alltag nachzugehen, war einfach weg. Ich dachte, wozu? Muss das sein? Ich will nicht. Ich wollte nicht. Unsere Kleinste hat mich dann aus dem Bett geholt und ich habe dann doch irgendwie funktioniert. An diesem Tag war alles grau. Alles fühlte sich stumpf und kalt an. Als würde ich einen Film sehen und danebenstehen. Als ob das alles nicht mein Leben wäre. So ging es noch ein bisschen weiter. Meine Laune, mein Wohlbefinden und meine Leistungsbereitschaft schwanden von Tag zu Tag mehr. Nach unseren beiden Veranstaltungen war die Luft raus. Die Anspannung fiel von mir ab. Ich hatte mein Ziel erreicht und mein Körper wusste das. Als ich am nächsten Tag aufstand, hatte ich Schweißausbrüche, Herzrasen, einen Puls wie nach einem Dauerlauf und eine unbeschreibbare innere Unruhe. An diesem Tag beschloss ich, dass es so nicht weitergehen konnte. Ich rief meine Ärztin an und vereinbarte einen Termin für den Vormittag. Dort angekommen dauerte es nicht lange, bis mich die Frau Doktor zu sich rief. Sie sah mir meine Verzweiflung an. Seit wir in Korbach wohnten, kannte sie mich und fragte mich immer, wie ich das alles unter einen Hut bringen würde. Überrascht war sie nicht. Für sie war es nur eine Frage der Zeit, bis es so weit kommen würde. Sie fragte mich, ob es mich wundere, dass es mir nun so ginge. Als sie das sagte, war es ein bisschen wie ein Schlag ins Gesicht. Sie sprach schonungslos die Wahrheit aus. Die Wahrheit, die ich all die Jahre und Monate nicht sehen wollte. Ich war durch. Komplett. Ausgebrannt? Das hatte ich erfolgreich ignoriert. Ich war schon burned-over. Sie riet mir, kürzer zu treten und Abstand zu gewinnen. Recht hatte sie. Doch wie sollte ich das schaffen? Die Kinder, das Haus, der Laden, der immer noch nicht abgeschlossene Umzug – alles Belastungen, die mein Mann zum Teil schon aufgefangen hatte. Wie sollte ich mich einfach komplett zurückziehen? Ich verließ die Praxis und nahm all meinen Mut zusammen. Ich griff zum Handy und teilte meinen Kunden via Instagram-Story schweren Herzens mit, wie es mir geht und dass ich eine Auszeit brauche. Selten ist mir etwas so schwergefallen. Selten fühlte ich mich so hilflos. Es fühlte sich an, als hätte ich versagt. Aber war es das? Hatte ich versagt? Oder hatte ich alles gegeben, um an diesem Punkt zu stehen?

Als ich die Botschaft beendet hatte, fühlte ich mich irgendwie befreit. Die Angst davor, was die anderen denken könnten, war verschwunden. Eine ganz liebe Kundin traf ich beim Zahnarzt. Sie hat mir einen Spruch mit auf den Weg gegeben, der wahrer nicht sein könnte. „Man kann nur ausgebrannt sein, wenn man für etwas brennt". Wie wahr, wie wahr.

In diesem Moment hatte ich die Verantwortung für mich und meinen Körper übernommen. Denn mal ehrlich, wenn ich da liege und nichts mehr kann, hat auch niemand etwas davon. Nur ein gesunder Körper und Geist kann funktionieren. Was nach meiner Mitteilung auf mich zukam, damit hatte ich nicht gerechnet. So viele Nachrichten habe ich noch nie bekommen. Obwohl ich mich entschlossen hatte, meinen *Lieblingsplatz* für zehn Tage zu schließen, war die Resonanz durchweg positiv. Erschreckend war, dass mir sehr viele Frauen geschrieben haben, dass es ihnen ähnlich geht, sie aber keine Möglichkeit sehen, diesen Schritt zu gehen. Das hat mich wirklich erschreckt. Wie furchtbar ist das bitte, wenn man körperlich so am Ende ist, aber keine Möglichkeit sieht, die Notbremse zu ziehen?

Ich glaube, das ist ein ganz grundsätzliches Problem unserer Gesellschaft. Wir sind alle so gefangen. Wir leben für die Erwartungen anderer und trauen uns selten oder gar nicht, unsere eigene Meinung oder unser eigenes Wohlbefinden in den Vordergrund zu stellen. Bei mir war das bis zu diesem Zeitpunkt auch so. Allerdings nicht aus Angst oder Scham, sondern aus Verantwortungsgefühl. Ich bin mir meiner Rolle in meinem Leben bewusst.

Die nächsten Tage habe ich nichts gemacht. Zumindest habe ich es versucht. Natürlich ließ mich der Laden in Gedanken nicht los. Ich kaufte morgens ein, bereitete das Mittagessen vor und ging dann nach Hause. Ich war komatös. Kaum saß ich auf dem Sofa, schlief ich ein. Wenn ich nicht schlief und einen ruhigen Moment hatte, flossen die Tränen. Aus unerklärlichen Gründen, einfach so. Ich konnte es nicht kontrollieren. Aber es musste sein. Ich sage immer: Weinen ist wie eine Reinigung für die Seele. Man fühlt sich danach befreiter. Ich habe mein Leben lang dazu geneigt, alles in mich hineinzufressen. Erst in den letzten Jahren, seit ich in Therapie bin, kann ich mich öffnen. Seitdem spreche ich darüber, wie es mir geht, was mich verletzt und wenn ich enttäuscht bin. Ich versuche, ständig an mir zu arbeiten. Das ist jedoch in den letzten Monaten sehr auf der Strecke geblieben. Jetzt habe ich gemerkt, dass ich wirklich am Boden bin. Ich wollte mich nicht mehr bei meinen Lieben melden. Ich wollte die Nachrichten einfach ignorieren, keine Kontakte mehr. Die meisten meiner WhatsApp-Kontakte habe ich archiviert. Ich wollte keine unbeantworteten Nachrichten. Ich wollte sie aber auch nicht beantworten. E-Mails. Ein Graus. Bis heute sind hunderte ungelesen. Ich konnte einfach nicht kommunizieren. Nur das Nötigste. Jede Art von nervlicher Anspannung hat meine Batterie zusätzlich entladen. Es klingt unwirklich, wenn ich diese Zeilen schreibe, aber genau so habe ich mich gefühlt. Zuhause in meinem Bett und auf meiner Couch war die Welt in Ordnung. Zumindest vorübergehend- bis sich das Gedankenkarussell wieder drehte. Das Schlimmste in dieser Zeit war für mich, dass ich mich nicht ganz öffnen konnte. Meinem Mann nicht, meinen Freunden nicht. Sie sahen zwar, wie es mir ging, aber das ganze Ausmaß war ihnen nicht bewusst. Ich wollte auch niemanden beunruhigen, aber eigentlich war es beängstigend. Ich hatte Angst vor mir selbst. Wohin war die Person verschwunden, die ich eigentlich war? Sicher, die körperlichen Symptome waren eine Begleiterscheinung des Ganzen und machten mir auch Sorgen, aber das, was sich in meinem Kopf abspielte, das war meine größte Sorge. Die Ruhe tat gut und war mehr als nötig. Beim Arzt bekam ich Infusionen und die beste Therapie war dieses Buch. Jede Zeile half mir, wieder ein Stück zu mir zu kommen. Zu verarbeiten. Dem Kind einen Namen zu geben. Viele Kapitel dieses Buches habe ich vor mir hergeschoben. Ich hatte sie schon lange im Kopf, aber es waren eben die Geschichten aus meinem Leben, die mich geprägt und Narben auf meiner Seele hinterlassen hatten. Es war nicht leicht, sich das einzugestehen. Denn was ich all die Jahre besonders gut konnte? Zu verdrängen, wie viel eigentlich auf meinen Schultern lastete. Wenn man sich dessen bewusstwird und versucht, es zu verinnerlichen, dann ist das der erste Schritt zur Heilung. Ich habe mir eingestanden, dass mein Leben eigentlich für drei reicht. Dass meine Sorgen, Ängste und Herausforderungen über das normale Maß hinausgehen. Warum ist das so? Eine Freundin von mir ist sehr gläubig und sagt, dass nur die Starken solche Aufgaben bekommen. Aber was ist, wenn man gar nicht immer stark sein will? Dass ich all die Jahre all diese Gipfel erklommen habe, ist erstaunlich und bewundernswert, aber es ist okay, wenn man zugibt, dass es okay ist, nicht okay zu sein. Für mein Umfeld war es sicher auch nicht einfach. Eine Kollegin schaute mich zum Beispiel völlig verblüfft an, als ich ihr von meiner Entscheidung erzählte, dass ich es einfach tun müsse. Sie konnte es gar nicht glauben, dass solche Worte aus meinem Mund kamen. Niemand kannte mich so. Am wenigsten kannte ich mich selbst so. Heute, im Nachhinein, muss ich mich entschuldigen. Sicherlich bei meinen Mitmenschen, dass ich lange über meinen Zustand und mein Gefühlschaos geschwiegen habe. Vor allem aber muss ich mich bei mir selbst entschuldigen. Ich habe es geschafft, alle Signale meines Körpers zu ignorieren. Ich habe mir nie Zeit für meine Seele genommen. Ich habe jede Erschöpfung, jede Enttäuschung und jedes Trauma ignoriert. Es gibt Menschen, die ihren Körper mit Alkohol und Drogen schänden, ihm täglich Leid und Schmerz zufügen. Ich habe das nicht getan, aber ich habe meiner Seele viele Jahre lang viel zu viel zugemutet. Ich bin mir sicher, dass auch nach diesen Worten viele Menschen in meinem Umfeld nicht verstehen werden, was ich ihnen geschildert habe. Eben weil sie mich so nicht kennen. Es klingt auch sehr unwirklich.

Doch ich sage dir, nur weil die Menschen in deinem Umfeld ein anderes Bild von dir haben, heißt das nicht, dass du es in deren Farben malen musst. Du entscheidest, wie es aussieht. Nur du.

Wenn du gerade an einem Punkt in deinem Leben stehst, an dem du zweifelst, an dem du fertig und erschöpft bist, lass dir sagen, dass auf Regen Sonne folgt. Vielleicht sieht es jetzt nicht so aus, aber in einem Jahr wirst du staunen, wie weit du gekommen bist. Dieser Gedanke hält auch mich oben. Ich weiß, dass jede Anstrengung zu einem Ergebnis führt. Ich weiß, dass ich in einem Jahr stolz darauf sein werde, auch diesen Sturm überstanden zu haben. Genau diese Zuversicht wünsche ich dir. Glaube an dich und an deine Träume. Das ist die halbe Miete. Ich bin wieder auf dem richtigen Weg. Ich habe meiner Seele eine Pause gegönnt und regeneriere mich. Ich habe wieder Lust zu leben. Ich freue mich auf das, was kommt. Dafür bin ich zutiefst dankbar, denn es ist doch der Lebensmut und die Lebensfreude, die uns immer oben hält. Mein Warum besteht aus fünf Menschen und diese fünf Menschen sind auch der Grund, warum ich heute hier stehe. So anstrengend es auch ist, eine Familie zu haben, sie ist meine größte Erfüllung und mein Antrieb.

Abschied

Schon bei den ersten Worten, die mir zu diesem Kapitel einfallen, wächst der Kloß in meinem Hals. Es ist ein Kapitel, das mich seit einigen Jahren begleitet. Ich verrate an dieser Stelle bewusst nicht, wann in meinem Leben dieses Kapitel spielt. Ich habe es bewusst so geschrieben. Nicht jedes Detail muss verraten werden.

Eigentlich fing alles damit an, dass ich außerplanmäßig zum Frauenarzt musste. Seit einiger Zeit hatte ich immer wieder Probleme mit meinem Zyklus. Allmählich so sehr, dass ich mir Sorgen machte. Also machte ich einen Termin und ging hin. In der Praxis angekommen wurde mir routinemäßig Blut abgenommen und ich musste Urin abgeben. Danach wartete ich vor der Praxis. Schnell wurde ich hereingerufen und saß dem Arzt gegenüber. Wir sprachen über mein (Un-)Wohlbefinden und meine Probleme und er sagte mir, dass er mich erst einmal untersuchen würde und wir dann weitersehen würden.

Ich betrat das Behandlungszimmer, zog mich nach Aufforderung aus und setzte mich auf den Untersuchungsstuhl. Ich werde mich nie an diese Situation gewöhnen können, aber was sein muss, muss sein.

Das Schweigen des Arztes während der Ultraschalluntersuchung beunruhigte mich ein wenig. Ich fragte, ob es etwas Beunruhigendes gäbe. „Einen Moment, bitte", antwortete er. „Frau Fortmann, was soll ich sagen, Sie sind schwanger." In diesem Moment wich alle Farbe aus meinem Gesicht, mir wurde heiß und kalt zugleich. Ich entgegnete ihm: „Das kann nicht sein!" „Aber Frau Fortmann, es kann sein. Sie sind in der 10. Woche schwanger." Ziemlich sprachlos und geschockt stieg ich vom Stuhl und zog mich wieder an. Mit Tränen in den Augen ging ich zurück ins Sprechzimmer und setzte mich. Der Arzt war professionell und ruhig und gab mir ein Ultraschallbild in die Hand. Sprachlos verließ ich die Praxis, ignorierte die Rufe der Sprechstundenhilfe und lief ziellos auf die Straße. Die Tränen liefen mir über das Gesicht. Jeder Versuch, es mir selbst zu erklären, scheiterte. Tatsache war, dass ich dieses Kind nicht bekommen konnte. Aber was war die andere Möglichkeit? Ich wollte nicht einmal darüber nachdenken. Ich fuhr nach Hause und war den ganzen Tag wie in Trance. Der Abend brach an und als die Ablenkung des Tages vorbei war, lag ich wach im Bett. Ich wälzte mich von links nach rechts, stand wieder auf und taumelte umher. Irgendwann war ich so erschöpft, dass ich mich wieder hinlegte. Die Müdigkeit überwältigte mich und ich schlief ein. Am nächsten Tag versuchte ich mich wieder aufzurappeln. Im Internet informierte ich mich über meine Möglichkeiten. In meinem Kopf spielten die beiden Möglichkeiten Pingpong. Mein erster Weg sollte zu einem Beratungsgespräch führen. Ich habe die Nummer von Pro Familia herausgesucht und einen Termin vereinbart. Die Frau am Telefon war sehr nett und verständnisvoll. Ich hatte nicht viel gesagt und trotzdem schien sie mich zu verstehen.

Schon am nächsten Tag machte ich mich auf den Weg und ich kann die Gefühle, die mich überkamen, gar nicht in Worte fassen. Ich nahm all meinen Mut zusammen und ging in den dritten Stock eines großen, kalten Gebäudes. Eine Dame öffnete mir die Tür und begrüßte mich sehr herzlich, und plötzlich hatte ich nicht mehr so ein beklemmendes Gefühl in der Brust. Ich folgte ihr in ihr Zimmer und setzte mich ihr gegenüber. Zuerst klärten wir die Formalitäten, sie erklärte mir, dass sie völlig wertfrei und neutral berate und dass alles, was besprochen werde, unter die Schweigepflicht falle. Das löste ein wenig die Anspannung, die ich immer noch in mir spürte. Dann sprach sie mich direkt an: „Warum sind Sie heute hier, Frau Fortmann?" Ich schluckte kurz. Mit dem nächsten Atemzug kullerten die ersten Tränen, es war, als würde ein Damm brechen. All die aufgestauten Gefühle, die ich seit dem Vortag nicht zugelassen hatte, kamen in diesem Moment heraus. In der geschützten Umgebung und Gesellschaft dieser mir völlig unbekannten Dame konnte ich mich plötzlich öffnen. Ich erzählte ihr von meiner Situation. Ich erzählte ihr von meiner Verzweiflung und von der Ausweglosigkeit der Situation. Sie hörte mir aufmerksam zu. Als ich mich wieder gefangen hatte, erklärte sie mir, welche Möglichkeiten ich hatte. Zuerst sagte sie mir, welche Unterstützung ich erwarten könne, welche Hilfsangebote es gäbe und dass ich in meiner Situation nicht allein sei. Das klang alles sehr romantisch. Natürlich war es nur ihre Arbeit und sie versuchte, mich aufzufangen, aber um ehrlich zu sein, war das die Option, die ich am wenigsten in Betracht gezogen hatte. Also habe ich ihr genau das auch gesagt. Es auszusprechen tat es tief in meinem Herzen weh. Ich hatte das Gefühl, der schlechteste Mensch auf der Welt zu sein. Sie sah mich an und sagte mir direkt, dass ich mich nicht so fühlen solle. Anschließend klärte sie mich über die verschiedenen Möglichkeiten eines Schwangerschaftsabbruchs auf. Da ich aber schon in der 10. Woche schwanger war, gab es nur die Möglichkeit eines chirurgischen Eingriffs. Sie gab mir die Adresse einer Klinik, die solche Schwangerschaftsabbrüche durchführt. Sie sagte mir auch, dass es für Frauen, die kein oder nur ein geringes Einkommen haben, die Möglichkeit gibt, dass die Kosten von der Krankenkasse übernommen werden. In diesem Moment dachte ich, was für ein Privileg es ist, in Deutschland zu leben. In anderen Ländern gibt es diese Möglichkeit nicht. Am Ende unseres Gesprächs füllte sie mir einen Beratungsschein aus. Ein solcher Schein ist Voraussetzung für einen Schwangerschaftsabbruch. Sie erklärte mir außerdem, dass zwischen dieser Beratung und dem Abbruch mindestens drei Tage liegen müssen. Ich nahm all die Informationen zur Kenntnis, bedankte mich und verließ diesen Ort. Ich stellte mir vor, wie viele Frauen vor mir hier gewesen sein mussten, wie viele verzweifelte Seelen hier gesessen hatten und wie viele Entscheidungen hier getroffen worden waren. Nun hatte ich dieses Gespräch hinter mir und hoffte, dass meine Entscheidung danach klarer sein würde. Allerdings war das leider nicht der Fall. Ihre Worte drehten sich in meinem Kopf wie in einem Karussell. Immer wieder spielte ich die verschiedenen Szenarien durch. Den Punkt, an dem eine

Entscheidung klar war, erreichte ich nicht. Wie sollte ich diese Entscheidung treffen? Ich möchte sagen, dass ich mich zu diesem Zeitpunkt an einem Punkt in meinem Leben befand, der alles andere als klar und ausgerichtet war. Man könnte es einen Umbruch nennen. Egal, in welche Richtung ich mich entscheiden würde, es wäre in beiden Fällen eine Katastrophe. Jetzt wusste ich, warum das Gesetz drei Tage Bedenkzeit vorsah. Ich selbst hatte mir vorgenommen, am nächsten Tag einen Termin in der Klinik zu vereinbaren. Egal wie ich mich entscheiden würde, mit dem Termin hatte ich immer noch beide Möglichkeiten. Auch die nächste Nacht verlief schlaflos und war anstrengend. Am Morgen nahm ich mein Handy und wählte zum fünften Mal die Nummer der Klinik, nur, um direkt wieder aufzulegen. Mir liefen die Tränen über das Gesicht. Beim sechsten Mal legte ich dann nicht auf und wartete, dass jemand abhebt. Nach nur wenigen Freizeichen meldete sich eine freundliche Stimme, die mich routiniert durch das Gespräch, vor dem ich mich so gefürchtet hatte, führte. Die Stimme war freundlich, aber bestimmt. Ich konnte ihre Ablehnung und Verachtung fast durch das Telefon spüren. Anders als in der Beratungsstelle hatte ich nicht das Gefühl, wertfrei behandelt zu werden. Ich konnte sie auch ein wenig verstehen, denn schließlich schämte ich mich selbst, in dieser Situation zu sein. Wie muss es sich anfühlen, jeden Tag Frauen zu empfangen, die gerade dabei sind, ein Leben zu beenden? Eines ist sicher, ich glaube, dass kaum eine Frau, die sich zu diesem Schritt entschließt, dies aus freiem Willen tut. Ich habe schon von Frauen gehört, die eine Abtreibung oder einen Schwangerschaftsabbruch als Verhütungsmethode ansehen, aber ich kann das bis heute nicht glauben. Allein der Gang in so eine Tagesklinik ist bedrückend, beschämend und einfach schrecklich. Am Ende des Gesprächs, stand der Termin fest und nun hatte ich nur noch einen sehr überschaubaren Zeitraum, um über meine Zukunft zu entscheiden. Am nächsten Morgen wachte ich völlig verheult und mit geschwollenen Augen auf, ich hatte in der letzten Nacht ganz schlimme Albträume gehabt, deren Schilderung ich mir, dir und allen anderen an dieser Stelle erspare. Aber an diesem Morgen war etwas anders. Plötzlich spürte ich, dass es vielleicht doch einen Ausweg gab. Er erforderte Mut und viel Vertrauen, aber ich war irgendwie optimistisch, dass ich ihn finden würde. Ich musste dieses Gefühl noch ein wenig verinnerlichen, aber ich war mir sicher, dass es der richtige Weg war. Statt mich auf den Weg in die Klinik zu machen, rief ich aufgeregt den Gynäkologen an. Ich durfte spontan vorbeikommen. Ich erzählte ihm von meinem Entschluss und auch der Arzt machte mir Mut. Er wollte nun noch einmal einen Ultraschall machen, um den genauen ET zu bestimmen, da ich aufgrund meiner Zyklusprobleme und der unregelmäßigen Blutungen keine genaue Aussage über den letzten funktionierenden Zyklus machen konnte. Gesagt, getan. Ich folgte ihm ins Behandlungszimmer, machte mich frei und setzte mich wieder auf den ungeliebten Stuhl. Dort sitzend begann der Arzt mit dem Ultraschall. Wieder war er sehr still, er drehte den Bildschirm nicht zu mir. Wieder fragte ich, ob alles in Ordnung sei. Wieder hörte ich ein „Moment, bitte". Er seufzte kurz. Ich wurde unruhig. Traute mich aber nicht, noch einmal zu fragen. Eine Weile verging, er schien etwas zu messen oder zu suchen. Dann atmete er tief durch und sagte: „Wie soll ich es Ihnen sagen, Frau Fortmann, ich sehe keine Herztätigkeit, der Embryo hat sich auch nicht bewegt oder entwickelt. Es tut mir leid, aber es ist eine Fehlgeburt."

Diese Worte trafen mich hart. Sie konnten nicht wahr sein. Ich kam mir vor wie in einem schlechten Film. „Sehen Sie bitte noch einmal nach, das kann nicht sein!" „Leider doch", antwortete er. „Ziehen Sie sich erstmal an, dann reden wir."

Wie in Zeitlupe zog ich mich an. Ich war schockiert, traurig und fassungslos. Ich ging in das Besprechungszimmer und ließ mich auf den Stuhl fallen. Seine mitfühlenden Worte prallten an mir ab. Ich fragte mich, ob das wirklich passiert war. War das meine Strafe? Hatte ich nicht etwas Besseres verdient? Ich bekam eine Überweisung mit der Aufschrift „Ausschabung nach missed abortion", falls ich nicht warten wollte, bis die Schwangerschaft von selbst abging. Als ich diesmal aus der Praxis kam, brachen alle Dämme. Ich weinte wie ein kleines Kind. Im Hauseingang neben der Praxis brach ich zusammen. Ich schluchzte so laut und bitterlich, dass eine vorbeigehende Frau stehen blieb und mir helfen wollte. Ich war ziemlich wütend und sagte ihr, sie solle weitergehen. Im nächsten Moment tat es mir leid, aber da war sie schon weg. Ich saß noch eine ganze Weile da, bis ich mich schließlich aufraffte und nach Hause ging. Ich konnte nicht aufhören zu weinen. Warum nur? Warum ist das passiert? War das die Strafe dafür, dass ich zu lange mit mir gerungen hatte? Hatte mir das Schicksal eine Entscheidung abgenommen? Wer konnte mir eine Antwort geben? Ich verkroch mich im Bett und so vergingen einige Tage. Ich fühlte mich nicht dazu in der Lage, am täglichen Leben teilzunehmen. Ich wollte auch mit niemandem darüber sprechen. Heute, viele Jahre später, weiß ich, dass genau das falsch war. Was ich erlebt habe, passiert zehn bis 15 % aller Frauen, die schon einmal einen positiven Schwangerschaftstest in der Hand hatten. Die weitaus größere Zahl der Fehlgeburten bleibt unbemerkt, weil die meisten Frauen zu diesem Zeitpunkt noch gar nichts von ihrer Schwangerschaft wissen. Die Statistik sagt, dass jede zehnte Frau in ihrem Leben mindestens eine Fehlgeburt erleidet. Es sind also gar nicht so wenige Frauen, die diesen Schmerz durchleben müssen. Die Nachricht traf mich damals wie ein Blitz. Es war ein Schock, obwohl die bewusste Entscheidung für dieses Kind noch ganz frisch und jungfräulich war. Diese Fehlgeburt hat meine Welt für einen Moment zusammenbrechen lassen und mein Herz fühlte sich an, als würde es in tausend Stücke zerbrechen. Es fühlte sich ein bisschen an, als hätte ich versagt. Der Schmerz, die Trauer und die unendliche Leere, die mich umgaben, schienen mich zu erdrücken.

Wie sollte ich mit diesem Verlust umgehen? Ich befand mich in einer Lebensphase, in der meine seelische Kraft noch nicht voll ausgereift war. Fragen türmten sich in meinem Kopf und mein Herz weinte und weinte. Der menschliche Körper und unsere Gefühle sind erstaunlich und faszinierend. Gerade weil ich diese Entscheidung nun bewusst getroffen hatte, fühlte es sich noch schmerzhafter an.

Nach und nach begriff ich, dass der Schmerz nun ein Teil von mir war – dass ich mich damit „abfinden" musste, dass mir diese Entscheidung abgenommen wurde. Ich tröstete mich damit, dass dieses Kind wahrscheinlich nicht gesund oder überhaupt lebensfähig gewesen wäre. Auch wenn es nur ein Trost und ein Stück Verdrängung war, half es mir. Mit jedem Tag, der verging, wurde es ein bisschen leichter. Zeit ist ein großer Faktor, wenn es um Schmerz und Trost geht. Alles andere regelt der Alltag. Ich habe für mich gelernt, dass es in Ordnung ist zu weinen, wenn mir danach ist. Ich weinte um das verlorene Leben, das nie gelebt werden durfte. Aber ich habe auch gelernt, dass das Leben weitergeht, unaufhaltsam. Mit einem solchen Verlust umzugehen ist wie eine Achterbahnfahrt der Gefühle. Eine Fehlgeburt zu verarbeiten erfordert Mut und tut weh. Trotz aller Höhen und Tiefen, der Stille und des Schmerzes, aber auch des Trostes und der Hoffnung ist es ein stärkender Prozess. Er hat mich stärker gemacht. Jede Frau hat das Recht, auf ihre Weise damit umzugehen. Ich zum Beispiel konnte mir nicht vorstellen, mit jemandem darüber zu reden. Das musste ich mit mir selbst ausmachen. Auch als ich es später in meinem Leben noch einmal erlebt habe. Eine Fehlgeburt muss nicht das Ende der Familienplanung bedeuten. Dafür bin ich der beste Beweis. Manchmal hat auch unsere faszinierende und atemberaubende Natur ihre kleinen Fehler. Das mag schwer zu akzeptieren sein, aber es ist die traurige Realität. Und wenn nach einer Fehlgeburt ein Kind geboren wird, heißt das nicht, dass das verlorene Kind vergessen ist. Es ist und bleibt ein Teil des Lebens. Ich möchte dir Mut machen, dass du, wenn du so etwas erlebt hast, mit Zuversicht in die Zukunft schaust. Egal welchen Weg du gehst.

Verlässlichkeit

Ein Wort mit vielen Bedeutungen. Ein Wort, das für jeden Menschen eine andere Bedeutung hat. Eines habe ich gelernt, seit ich Mutter bin: Für Kinder gehört Verlässlichkeit zum Leben dazu. Von Anfang an müssen sie sich verlassen können. Auf uns. Darauf, dass wir sie füttern, dass wir sie tragen, dass wir sie wickeln, dass wir mit ihnen reden, dass wir sie lieben. Sie sind so hilflos, wenn sie zur Welt kommen. Im Laufe ihrer Kindheit lernen sie dann, dass Verlässlichkeit auch Vertrauen bedeutet. Sie wissen, dass die Mama an ihrem Geburtstag einen Kuchen backt, dass sie an Weihnachten vor einem geschmückten Baum stehen, dass es mittags etwas zu essen gibt und dass sie von der Kita abgeholt werden. Das ist Routine. Und diese Routine gibt ihnen Sicherheit. Celine hat mir heute das schönste Kompliment gemacht, das eine Mutter bekommen kann. Wir sprachen über die Zukunft, wohin unsere Wege führen könnten und dass ich mir Sorgen um ihren weiteren Werdegang mache. Wie aus dem Nichts antwortete sie mir: „Mama, was auch immer du tust, ich weiß, dass du nur das Beste für mich willst. Ich weiß, ich kann mich auf dich verlassen. Ich vertraue dir. Du bist so ein gutes Vorbild und ich weiß, dass das, was du für uns entscheidest, das Richtige ist."

Sprachlos, ja, das bin ich selten. Aber in diesem Moment war ich überwältigt von Glücksgefühlen und einem kleinen großen Bisschen Stolz. Denn nichts habe ich mir je mehr gewünscht, als dass meine Kinder wissen, dass ich alles, was ich tue, für sie tue. Damit sie ein gutes Leben und eine gute Basis haben. Ich mache bestimmt nicht alles richtig, aber ich mache alles aus dem richtigen Grund. Aus Liebe zu diesen wundervollen Kindern.

Wenn Sekunden zu Minuten werden und Minuten sich wie Stunden anfühlen. Das Babymädchen war müde, hundemüde. Deshalb ging sie etwas früher ins Bett als sonst. Nachdem sie fünf Minuten geschlafen hatte, ließ ich mir ein Bad ein. Kaum war ich in die Wanne gestiegen und hatte den Kopf auf den Rand gelegt, hörte ich das Geschrei. Ich sprang aus der Wanne, warf mir behelfsmäßig ein Handtuch um und tapste zum Kinderbett. Sie schrie. Alles, was sie sonst beruhigte, half nicht. Sie wollte weder auf den Arm noch ins Bett. Keine Flasche, kein Schnuller, kein Singen, kein Streicheln. Sie ist mein viertes Kind. Man denkt, man ist auf alles vorbereitet. Aber weit gefehlt. Nicht nur das Wasser aus meinen Haaren tropft auf den Boden, auch Tränen laufen mir über das Gesicht. Ich fragte mich, ob es an der Krippe liegt, dass sie rebelliert. Ich fühlte mich schlecht. An diesem Tag hatte ich sie zum ersten Mal nicht selbst abgeholt. Das hatte der Papa gemacht. Allein das hatte mich den ganzen Tag über beschäftigt, ich war doch sonst ihr sicherer Hafen. Ich war mir nicht sicher, aber glaubte, es wären sicher die Zähne, die ihr so zu schaffen machten. Was an diesem Abend wirklich war, weiß ich bis heute nicht. Meine Gedanken kreisten weiter. Als die Kleine eingeschlafen war, ließ ich das Badewasser ab, zog mich an und legte mich aufs Bett. Müde, kaputt, traurig. Als Mutter glaubt man, das Allheilmittel zu sein. Unser Leben ist geprägt von Verantwortung. Manchmal können wir sie abgeben. An die Erzieherinnen und Erzieher, an Oma und Opa, an Freunde. Aber sie bleibt. In unserer Seele. Ich spüre sie. Ständig. Ich weiß, ich muss funktionieren. Mutter zu sein ist die schönste Aufgabe, die es gibt, aber auch die schwierigste. Es gibt Tage, an denen ich das Gefühl habe, zu zerbrechen, verzweifelt und kraftlos zu sein. Aber dann erwachen diese wunderbaren Schreckensmonster und verzaubern mich. Was ich damit sagen will? Es ist keine Schande zu sagen, dass man überfordert ist. Manchmal kann einem niemand helfen. Die größte Hilfe ist dann die Selbsterkenntnis. So weiß ich, dass ich alles für meine Kinder gebe und deshalb auch schwache Momente haben darf.

Vier Herzen, vier Köpfe, vier Charaktere, vier ganz unterschiedliche Menschen. Alle vier sind unter meinem Herzen gewachsen.

Um ehrlich zu sein, im Moment ist die Vielfalt der Charaktere dieser liebenswerten Menschenkinder eine Herausforderung für meine Nerven. Aber ich schaue ihnen zu, wie sie Hand in Hand gehen, und bin jedes Mal aufs Neue erstaunt über diese unsichtbare Verbindung. Sie lieben sich, sie streiten sich. Aber in solchen Momenten vergesse ich all den Stress, die Diskussionen und den Kraftakt, den ich jeden Tag bewältigen muss. Ich liebe sie, meine verrückte Horde.

Meine liebsten Monster, meine Herzenskinder, wir glauben zu wissen, was gut für euch ist. Wir versuchen, euch alle Chancen zu geben, die ihr euch wünscht. Wir helfen euch, wenn es schwierig wird. Wir geben euch das Vertrauen, das ihr braucht, um Stärke zu lernen und zu spüren. Wir lieben euch mit all euren Ecken und Kanten, auch wenn ihr uns damit oft in den Wahnsinn treibt. Aber am Ende findet ihr den Weg, den ihr gehen wollt, und wir dürfen euch dabei begleiten.

Was macht man an einem verregneten Sonntag, außer vier Maschinen Wäsche zu waschen? Darüber nachdenken, wie das Leben manchmal spielt. Die besten Dinge passieren, wenn man sie nicht erwartet. Die schlimmsten Dinge passieren, wenn man sie am wenigsten erwartet. Sie ziehen uns zu Boden, stellen uns auf die Probe. Das Leben kann so kurz sein, man sollte wirklich – nicht nur so dahingesagt – jeden Moment nutzen. Sei es für ein kurzes Telefonat mit der Mama, eine nette Geste für die Kassiererin im Supermarkt oder ein Lächeln für den Postboten. Es ist der Alltag, der uns ablenkt und oberflächlich erscheinen lässt.

Wenn man zu Hause im Bett liegt und eine ruhige Minute hat, denkt man an all die Geschichten, die einen Tag für Tag berühren.

Trotzdem kämpft man sich von Tag zu Tag durch, versucht, sein Bestes zu geben und zu funktionieren. Manchmal klappt es besser, manchmal schlechter. Aber eines haben wir alle gemeinsam. Wir teilen einen Teil unseres Lebens mit unseren Mitmenschen, manche auch in den sozialen Medien. Ich finde, genau das ist der Mehrwert von Insta, Facebook und Co. Alle schimpfen darüber, aber es ist längst ein Teil unseres Lebens und bereichert unseren Intellekt – mal mehr, mal weniger, aber vor allem täglich.

Ich freue mich, mit dir Dinge zu teilen, die mich bewegen. Genauso freue ich mich, von dir zu lesen, besonders, wenn wir uns vielleicht seit Jahren nicht mehr gesehen habe. Durch Social Media verliert man sich nicht aus den Augen. Jeder berührt etwas anderes, jeder interessiert sich anders für seine Mitmenschen. Aber eines sollten wir nie verlernen: Uns überhaupt für unsere Mitmenschen zu interessieren und aufmerksam durch die Welt zu gehen.

Sich zu lieben, ohne einander zu kennen, sich zu verstehen, ohne miteinander zu sprechen, das können Geschwister. Seit dem Tag, an dem Louis von seiner Schwester in meinem Bauch wusste, hat er mir erzählt, wie sehr er sie liebt und dass sie ein Teil unseres Lebens ist. Nach der ersten Begegnung war es um ihn geschehen. Alle drei lieben unser kleines Nesthäkchen und ich liebe es, das zu sehen.

Feuer und Wasser. Licht und Schatten. Warm und kalt. Schwarz und Weiß. Ihr zwei könntet unterschiedlicher nicht sein. Eure Meinungen liegen oft meilenweit auseinander. Ihr diskutiert, streitet, führt sinnlose Machtkämpfe. Aber dann gibt es diese Momente, in denen es keine Diskussionen gibt, in denen ihr füreinander da seid, euch spürbar lieb habt und einfach froh seid, den anderen zu haben. Im Moment passiert das noch etwas zu selten, aber ich gebe die Hoffnung nicht auf, dass mit jedem neuen Lebensjahr nicht nur die Zahl eures Alters wächst, sondern auch die gegenseitige Akzeptanz. Ich genieße diese besonderen Momente sehr.

Als wer wir geboren werden, entscheiden nicht wir. Wer wir sind, liegt aber später in unserer Hand. Das Gefühl, nicht genug zu sein, geben uns andere. Eine Kettenreaktion von Gefühlen lässt uns (ver)zweifeln und ob wir am Ende stark genug sind für uns und alle anderen, das entscheiden unser Charakter und unser Wille. Aufgeben, sich hinwerfen und auf das warten, was da kommt, ist kein Ausweg, sondern eine Kapitulation vor dem Leben. Vor dem Leben, das jedem von uns geschenkt wurde. Es ist so kostbar und einmalig. Wir müssen lernen, unser Leben mehr und in all seinen Facetten zu schätzen. Bei Regen und bei Sonnenschein.

Mein 16. Muttertag neigt sich dem Ende zu. Noch nie war ich so glücklich. Noch nie war die Zukunft so ungewiss. Mit vier Kindern hat man immer etwas zu tun. Nie ist es ruhig, nie klinisch sauber, der Wäschekorb hat immer Inhalt und die Spülmaschine freut sich über kurze Ruhepausen, wenn sie mal nicht läuft. Noch vor 15 Jahren hätte ich mir ein solches Leben nicht vorstellen können. Ich bin von Jahr zu Jahr mehr in die Mutterrolle hineingewachsen. Jede Kinderkrankheit hat mich gelassener gemacht. Jeder Zahn, der durchgebrochen ist, hat mich Jahre meines Lebens gekostet und mit den Gesprächen, die ich täglich führe, könnte ich ein Buch füllen. Aber ich war auch noch nie so glücklich, habe mit jedem Kind und jedem Jahr mehr Liebe erfahren und fühle mich heute angekommen. Angekommen bei mir und in meinem Leben. Die Zukunft ist ungewiss und sicher nicht einfach. Wir brauchen Geduld und Vertrauen, auch wenn uns oft nicht danach ist. Aber wir haben diese Verantwortung. Für unsere Kinder, für unsere Familie. Wenn ich vor der Badewanne sitze und den zwei Kleinen beim Spielen zuschaue, dann steht die Welt für einen Moment still, alle Sorgen sind vergessen und ich bin dankbar, dass ich Mutter sein darf. Es gibt so viele, die es gerne wären und es nicht sein können. Hin und wieder überkommt mich der Gedanke, wie mein Leben gewesen wäre, wäre mir dieses Glück nicht widerfahren. Was wäre ich für ein Mensch? Wäre ich die Businessfrau, die nur die Arbeit kennt? Wäre ich die Weltenbummlerin, die keinen festen Lebensmittelpunkt hätte? Wer weiß das schon? Doch je länger ich über diese Frage nachdenke, umso klarer wird mir, dass ein großer Bestandteil meiner DNA die Mutterschaft ist. Ich kann mir nicht vorstellen keine Mutter zu sein. Vom ersten Tage an habe ich diese Rolle eingenommen und sie hat mich erfüllt. Das war für mich bestimmt. Für die Tatsache und die Erkenntnis bin ich unendlich dankbar. Egal wie oft ich meckere, motze oder mürrisch bin, keinen dieser Momente mit meinen Kindern möchte ich missen. Ich bin gespannt darauf, wie meine Kinder irgendwann zur Elternschaft stehen. Im Härtefall sitze ich irgendwann mit 16 Enkeln und vier Kindern mit vier Schwiegerkindern am festlich geschmückten Weihnachtstisch und erfreue mich daran, wie viel Liebe ich in diese Welt gebracht habe. Ein schöner Gedanke.

Was wir wirklich wollen

„Eine Cola und ein Wasser, bitte!" Wer kennt das nicht? Man ist mit dem oder der Liebsten in einem Lokal, wie immer muss einer zuerst auf die Toilette und der oder die andere bestellt in der Zwischenzeit die Getränke. Der oder die andere kommt zurück und fragt: „Hast Du schon bestellt?" „Ja, ich weiß, was Du willst." Eine Szene aus dem Leben. Doch so einfach ist es oft nicht. Neben Cola und Salat Nizza gibt es Entscheidungen, die nicht so einfach sind. Trotzdem oder gerade deshalb werden sie zurückgestellt. Aus Scham, aus Angst, aus Furcht, damit etwas heraufzubeschwören. Für mich ist es heute so, als läge ein riesiger Fels auf meiner Brust, wenn ich die Formulare ausfülle. PATIENTENVERFÜGUNG. Große Buchstaben mit großer Bedeutung. Zwangsläufig MUSS man sich in diesem Moment mit dem „Was wäre, wenn" beschäftigen. Aber es ist wichtig. Denn es gibt Paare, die sind 20 Jahre verheiratet und wissen trotzdem nicht, was der andere im Ernstfall will. Zu wissen, was der andere will, ist sicher ein Aspekt, wiederum ein ganz anderer ist, die Entscheidung für Härtefälle dem geliebten Menschen abzunehmen zu müssen. Wenn ein solcher Fall eintritt, sollte man nicht erst in einer emotionalen Krise anfangen müssen, die Familie oder Freunde über mögliche Wünsche des Betroffenen zu befragen. Mit ein paar Mausklicks, ein paar Blättern Papier und einem ehrlichen Gespräch mit dem Betroffenen kann dir das erspart bleiben. Nimm dir Zeit, sorg' vor. Regle deine Angelegenheiten und die deines Partners. Dafür gibt es kein Alter und keine Ausreden. Schütz deine Lieben und deinen Willen! Denn viele Menschen glauben, dass sie dann verloren sind, weil die Ärzte ihnen nicht mehr helfen können, wobei das völliger Quatsch ist. Man kann jeden Fall genau beschreiben und einordnen. Ich wette, 85 % von Euch haben keine Vorsorgevollmacht oder Patientenverfügung. Hast du eine? Wenn nicht, dann ist das jetzt eine freundliche Erinnerung an dich, sich darum zu

kümmern. Es ist kein Thema, das man gerne bespricht oder
darüber nachdenkt, doch lass dir gesagt sein, es gibt nur wenige Themen, die so wichtig sind. Ich kenne Menschen, die sagen
ganz klar: „Wenn ich tot bin, dann juckt mich das doch nicht
mehr." Doch was ist mit dem Weg bis dahin? Niemand möchte
gegen seinen Willen als sabberndes Etwas monatelang auf der
Intensivstation liegen. Niemand möchte, dass sich die Kinder
in einer so schlimmen Situation die Augen auskratzen, weil das
eine Kind nicht loslassen kann und das andere vielleicht ratio-
naler denkt. Wenn man in einer solchen Situation nicht mehr
selbst entscheiden kann, dann kannst du genau jetzt für diese
Situationen vorsorgen. Nimm deinen liebsten den Druck und die
Verantwortung. Liebe bedeutet auch, die Liebsten vor Entscheidungen, die sie vielleicht gar nicht treffen wollen, zu schützen.

Gemeinsam statt einsam

Du hältst es nicht auf! Wahrer können Worte nicht sein. Die Falten im Gesicht, die Tatsache, dass die Kinder größer werden, dass jeden Tag die Sonne untergeht und am nächsten Tag wieder aufgeht, dass jeden Tag von irgendwelchen Verrückten da draußen Geschichte geschrieben wird, gute und schlechte, dass Menschen sterben und neue kleine Wesen geboren werden. Dinge, die wir nicht in der Hand haben. Der Lauf der Dinge. Das kann uns traurig machen, wütend oder auch nachdenklich. Aber auch dann können wir ihn nicht aufhalten. Was wir aber aufhalten können, ist, dass Menschen schlecht behandelt werden, sei es am Arbeitsplatz, in der Familie oder unter Freunden. Wir alle können dazu beitragen, dass es den Menschen um uns herum gut geht. Wir denken viel zu wenig darüber nach, wie es unseren Mitmenschen geht. Wie oft fragt man jemanden: „Wie geht es dir?" und wartet nicht mehr auf die Antwort. Je älter ich werde, desto bewusster lebe ich. Ich merke, wie sehr mich Menschen mit ihrem Verhalten verletzen können. Dazu müssen sie mich nicht einmal angreifen. Ignoranz tut viel mehr weh. Ich versuche, jeden Tag ein guter Mensch zu sein. Natürlich hat jeder seine Fehler, auch ich, aber wenn wir alle ein bisschen mehr darüber nachdenken würden, wie wir mit unseren Mitmenschen umgehen, wie wir ihnen vielleicht nur mit einem ehrlichen „Wie geht es dir?" Aufmerksamkeit schenken, dann würden wir es schaffen, dass jemand, der es vielleicht nicht so zeigt, das Gefühl hat, nicht ganz allein zu sein. Wir verlieren Menschen, weil niemand den ersten Schritt macht und über seinen Schatten springt. Aus Sturheit. Aber irgendwann werden wir diese Sturheit bereuen. Spätestens dann, wenn es zu spät ist für ein „Wie geht's dir?" Dann bleiben nur die Gedanken. Auch die kann man nicht aufhalten. Aber wir können etwas ändern. Jeder von uns. Im Kleinen. Gemeinsam statt einsam, das ist mein Credo. Schon oft wurde ich für diese Aussage schief angesehen. Nicht jeder hat eine solche Mentalität. Die Ellenbogen auszufahren ist einfacher, als jemandem die Hand zu reichen. Doch was wäre, wenn wir Frauen versuchen würden, uns gegenseitig stark zu machen und uns zu unterstützen? Wie toll wäre es, wenn wir durch gegenseitigen Support noch mehr erreichen könnten? Den größten Mehrwert daraus würden nicht wir mitnehmen, sondern unsere Kinder. Sie würden verinnerlichen, dass das Leben eben nicht nur aus Konkurrenzkampf besteht und man eben auch gemeinsam große (oder noch größere) Ziele erreichen kann. Die Vielfalt unterschiedlichster Charaktere bietet ungeahnte Möglichkeiten, die Symbiose aus den unterschiedlichsten Erfahrungen kann uns lehren, was die ein oder andere schon durchmachen musste und vor ähnlichen Fehlern bewahren. Meine Hoffnung, als ich diese Zeilen schrieb, war, dass ich Frauen helfen kann. Natürlich muss jeder Mensch selbst seine Erfahrungen machen. Doch sind wir mal ehrlich. Es gibt auch Erfahrungen, die man gepflegt auslassen kann. Wenn wir als Frauen zusammenhalten, können wir Großes bewegen. Wie in einer Partnerschaft können wir uns gegenseitig ergänzen. Seitdem ich in Korbach bin, habe ich genau damit schon so viele großartige Erfahrungen gemacht. In meinem Umfeld sind so tolle, bemerkenswerte Frauen. Jede für sich einzigartig, jede ganz besonders. Ich bin als Fremde hergekommen, als Düsseldorfer Mädchen in ein „Dorf" gezogen und auch, wenn man den Waldeckern nachsagt, sie seien mürrisch und manchmal etwas eigen, sie haben es mir hier einfach gemacht. Mittlerweile darf ich einige dieser tollen Frauen meine Freundinnen nennen und möchte keine von ihnen mehr missen. Sie haben dafür gesorgt, dass ich mich heimisch fühle, auch wenn Düsseldorf immer meine Heimat bleibt. Mein Herz hat hier geankert. Danke für eure Unterstützung, die offenen und ehrlichen Worte, eure offenen Ohren und euer Sein. Gemeinsam sind wir stark. Gemeinsam können wir noch Vieles schaffen. Trotzdem sehe ich gerade in meinem Bekannten- und Freundeskreis immer wieder tolle Frauen, die voller Zweifel und Selbsthass sind. Hinter jedem tollen Kind steht eine Mutter, die ständig denkt, dass sie alles falsch macht.

Wer kennt das nicht? Gerade mit mehreren Kindern zweifelt man ganz oft an sich und seinen Fähigkeiten. Doch dann sind da diese kleinen Wesen, die alle Sorgen und Zweifel mit einem Lächeln wegwischen. Die perfekte Mutter gibt es nicht, aber wir alle geben unser Bestes. Jeden Tag und in jeder Lebenssituation. Wir alle sollten uns gegenseitig unterstützen und Mut machen, anstatt die Fehler bei anderen zu suchen. Lasst die Hildegard doch einfach in Puschen zur Kita fahren. Akzeptiert doch einfach, das Uschi nicht die schönsten Brotzeitdosen macht und es ist doch auch völlig egal, dass Waldtraut zum Schulfest nur gekauften Kuchen mitbringt. Sie kann einfach nicht backen. Wir alle haben unsere Schwächen. Wir müssen nur endlich mal den Fokus auf die Stärken legen. Der Blickwinkel ist entscheidend. Die Einstellung wie wir an eine Sache heran gehen. Denn du hast selbst in der Hand, ob du glücklich wirst oder nicht.

Doch wann sind wir eigentlich so wirklich glücklich? Gerade jetzt, während ich diese Zeilen schreibe, überkommt mich ein Anflug von Sentimentalität. Ich stehe in der Küche, räume den Geschirrspüler aus und frage mich, wie es wäre, wenn nichts mehr so wäre wie jetzt. Dabei laufen mir Tränen über die Wange und ich fühle mich hilflos. Zum einen, weil ich weiß, dass ich es nicht in der Hand habe. Es nicht beeinflussen kann. Zum anderen, weil mich der Gedanke auffrisst, einen geliebten Menschen zu verlieren oder irgendwann nicht mehr für meine Kinder da sein zu können. Das sind Ängste. Manchmal kann man sie besser verbergen, manchmal nicht. Bei mir machen das im Moment die Hormone. Aber es bringt mich zu der Erkenntnis, dass wir das Selbstverständliche einfach weniger selbstverständlich nehmen sollten, sondern unsere Lieben und unser Leben, so schwer es manchmal auch sein mag, einfach genießen sollten. Wir alle wissen nicht, wie viel Zeit uns geschenkt ist. Deshalb sollten wir die Zeit, die wir haben, einfach sinnvoll nutzen. Und den Menschen, die wir lieben, das auch sagen. Freundlich sein zu denen, die freundlich zu uns sind und noch mehr zu denen, die nicht freundlich zu uns sind. Wir sollten uns alle daran erinnern, dass wir nur dieses eine Leben haben, um glücklich zu sein. Auch wenn Glück für jeden etwas anderes bedeutet. Mein größtes Glück ist meine Familie und mein einziger Wunsch ist, so lange auf dieser Welt zu sein, dass meine Kinder selbstständig und selbstbestimmt leben können. Wenn ich diese Aufgabe erfüllt habe, dann habe ich den Sinn meines Lebens erreicht und kann beruhigt von einer Wolke herabblicken. Ich bin dankbar, dass ich jeden Morgen aufwachen und leben darf. Es gibt Menschen, denen das nicht vergönnt ist. Nicht erst aufwachen, wenn es zu spät ist.

Ich bin nicht perfekt. Ich bin weit davon entfernt. Ich bin auch nicht so hübsch wie die anderen, die auf Insta rumhängen. Ich stehe morgens auf und sehe nicht aus wie aus dem Ei gepellt. Eigentlich, genau genommen, sehe ich oft ganz normal aus. Ich gehe auch in Jogginghose und Sporthemd in den Kindergarten, fahre meine Töchter mit Schlafanzug, Stiefeln und Mütze auf dem Kopf in die Schule. Ich bewundere die Mütter, die perfekt gestylt mit Hochsteckfrisur und Gala-Outfit vor der Schule aus dem Auto steigen. Jedes Mal frage ich mich: Wann stehen diese Frauen eigentlich auf? Aber was davon ist normal? Gibt es überhaupt ein Normal? Wenn man durch die Feeds scrollt, bekommt man als Otto-Normal-Mutter wie ich ein richtig schlechtes Gewissen. Ich habe keine perfekten Lunchboxen (auch wenn ich sie gerne hätte), kein perfektes steriles Zuhause, das jederzeit für das perfekte Insta-Bild bereit ist, und meine Kinder tragen selten die perfekten und aufeinander abgestimmten Foto-Outfits. Eigentlich bin ich ganz zufrieden, wenn meine Kinder sauber ankommen. Aber jetzt frage ich mich: Wer ist glücklicher? Ich liebe mein unvollkommenes Leben. Jedem, der ein anderes führt, gönne ich es von ganzem Herzen und schaue das mir auch sehr gerne an. Aber vergiß eines nicht: Neben dem ganzen Ich-präsentiere-mich-immer-perfekt-Syndrom gibt es noch das wahre Leben mit Krümeln, ungemachten Betten und kritischen Lichtverhältnissen und trotzdem ganz viel Liebe.

Bedingungslose Liebe vom ersten Moment an. Was in Beziehungen Monate, Jahre, vielleicht ein Leben lang dauert, bekommt eine Mutter, ohne jemals danach fragen zu müssen. Vertrauen, Zuneigung, bedingungslose Liebe. Ein Band, das ewig hält. Nur äußere Umstände können die Beziehung zwischen Mutter und Kind verändern. Unsere Aufgabe ist es, so gut wie möglich zu verhindern, dass dieses Urvertrauen verloren geht. Nichts ist wertvoller.

Was hat sich unsere Evolution wohl dabei gedacht? Eine Eizelle wird befruchtet und nach zehn Monaten halten wir ein kleines Wesen in den Armen, für dessen Schicksal wir fortan verantwortlich sind. Es gibt kein Mitspracherecht, keinen Austausch, keine Rückgabe. Alles ist fremdbestimmt und nur das Schicksal entscheidet, wie es weitergeht. Bei all meinen Schwangerschaften hatte ich unbeschreibliche Angst davor, dass mein Baby und ich nicht zusammenpassen. Diese Bedenken und Ängste waren im ersten Moment nach der Geburt verflogen. Beim zweiten Kind hatte ich Angst, es nicht so lieben zu können wie das erste, mit dem ich schon viel mehr Zeit verbracht und das als Erstgeborenes einen gewissen „Vorsprung" hatte. Beim dritten Kind hatte ich nur noch Angst, dass die Schwesternschaft der beiden älteren so gefestigt ist, dass das Nesthäkchen vielleicht nicht akzeptiert werden wird. Was soll ich sagen? Alle Sorgen waren unberechtigt. Schon erstaunlich, diese evolutionären Entwicklungen, Vorbestimmung, Schicksal oder wie auch immer man es nennen will. Es passt. Man liebt nicht jedes Kind gleich. Man liebt jedes auf eine andere Weise und für genau das, was es ist. Ich bin schon oft gefragt worden, ob ich jedes meiner Kinder gleich liebe. Diese Frage kann ich gar nicht mit Ja beantworten. Liebe ist nicht immer gleich. Liebe ist facettenreich. Der Aspekt, dass man mit jedem Kind ein gewisses Maß an mehr Zeit verbracht hat, spielt sicherlich auch eine Rolle. So habe ich mit Hannah den Großteil ihrer Pubertät überwunden, Celine steckt gerade mittendrin. Louis geht gerade durch die Milchzahnpubertät, die Hannah und Celine wiederum bereits überstanden haben. Für mich ist Liebe nicht nur eine Empfindung. Liebe ist ein wertvolles Gut, das mit jedem Tag wächst. Jede Erinnerung, jedes Erlebnis lässt die Liebe wachsen und das bei jedem Kind in einem anderen Tempo. Nicht proportional, nicht vorhersehbar. Genau aus diesem Grund kann ich die Liebe zu meinen Kindern nicht bewerten. Ich kann das Ausmaß meiner Liebe nicht auf einer Skala festlegen. Will ich auch nicht. Jedes meiner Kinder ist besonders, jedes meiner Kinder hat Eigenschaften, die ich besonders liebe, und Eigenschaften, die mich in den Wahnsinn treiben. Im Alltag, insbesondere in unserem Alltag, ist nicht immer alles rosa. Eigentlich ist es ziemlich oft eher rot als rosa, aber am Ende des Tages liege ich in meinem Bett und bin einfach froh, dass es diese Wunder der Natur gibt. Jedes für sich, jedes mit seinen eigenen Facetten.

In einem Artikel habe ich ein paar Worte von Anthony Hopkins gefunden, die mich sehr beeindruckt haben und die ich gerne zum Abschluss dieses Buches verwenden möchte. Sie drücken genau das aus, was ich fühle, sehe und erlebe. Ich danke allen, die die Geduld hatten, bis hierher zu lesen. Mit diesem Buch habe ich viele intime und emotionale Momente geteilt. Meine Absicht war es, Mut und Kraft zu geben. Ich bin durch so viele Täler gegangen und mein Mut hat mich nie verlassen. Dafür bin ich sehr dankbar. Ich bin dankbar, dass ich leben darf. Ich musste reifen, um zu verstehen, dass das Leben nicht selbstverständlich ist. Nichts ist selbstverständlich und sollte es auch nicht sein. Ich wünsche jedem Menschen, dass er sein Glück findet, in welcher Form auch immer. „Aufgeben ist keine Option!" Vergiss das nie. Egal, wie zart am Rande des Wahnsinns du stehst.

Lass die Menschen gehen, die nicht bereit sind, dich zu lieben.
Das ist das Schwierigste, was du in deinem Leben tun musst, und es wird auch das Wichtigste sein.
Hör auf, schwierige Gespräche mit Menschen zu führen, die sich nicht ändern wollen.
Hör auf, für Leute da zu sein, die kein Interesse an dir haben.

Ich weiß, dass es dein Instinkt ist, alles zu tun, um die Wertschätzung der Menschen um dich herum zu gewinnen, aber es ist ein Instinkt, der dir Zeit, Energie, geistige und körperliche Gesundheit raubt.

Wenn du anfängst, für ein Leben voller Freude, Interesse und Engagement zu kämpfen, wird nicht jeder bereit sein, dir dorthin zu folgen.

Das bedeutet nicht, dass du ändern musst, wer du bist, sondern dass du die Menschen gehen lassen musst, die nicht bereit sind, dich zu begleiten.

Wenn du von den Menschen, denen du deine Zeit schenkst, ausgeschlossen, beleidigt, vergessen oder ignoriert wirst, tust du dir keinen Gefallen, wenn du ihnen weiterhin deine Energie und dein Leben schenkst.

In Wahrheit bist du nicht für alle und nicht alle sind für dich.

Das ist es, was es so besonders macht, wenn du Menschen triffst, mit denen du Freundschaft oder Liebe verbindest.

Du wirst wissen, wie wertvoll sie ist, weil du erfahren hast, was sie nicht ist.

Es gibt Milliarden von Menschen auf diesem Planeten, und viele von ihnen werden dein Niveau an Interesse und Engagement finden.

Wenn du aufhörst, dich zu zeigen, werden sie dich vielleicht nicht mehr suchen.

Wenn du aufhörst, es zu versuchen, ist die Beziehung zu Ende.

Wenn du aufhörst, Nachrichten zu schicken, bleibt dein Handy vielleicht wochenlang dunkel.

Das bedeutet nicht, dass du die Beziehung ruiniert hast, sondern dass das Einzige, was sie zusammengehalten hat, die Energie war, die nur du gegeben hast, um sie aufrechtzuerhalten.

Das ist keine Liebe, das ist Solidarität.

Es geht darum, denen eine Chance zu geben, die sie nicht verdient haben!

Du verdienst viel mehr.

Das Wertvollste, was du in deinem Leben hast, ist deine Zeit und deine Energie, denn beides ist begrenzt.

Die Menschen und Dinge, denen du deine Zeit und Energie widmest, werden deine Existenz definieren.

Wenn du das begreifst, wirst du verstehen, warum du so ängstlich bist, wenn du Zeit mit Menschen, Aktivitäten oder Orten verbringst, die nicht zu dir passen und die nicht in deiner Nähe sein sollten.

Du wirst erkennen, dass das Wichtigste, was du für dich und alle um dich herum tun kannst, ist, deine Energie mehr als alles andere zu schützen.

Mache dein Leben zu einem sicheren Hafen, in dem nur Menschen erlaubt sind, die mit dir „kompatibel" sind. Kompatibel bedeutet nicht, dass sie nach deiner Pfeife tanzen, sondern dass sie deine Meinung und deine Gefühle akzeptieren.

Du bist nicht dafür verantwortlich, jemanden zu retten.

Du bist nicht dafür verantwortlich, sie zu überzeugen, das Beste aus sich herauszuholen.

Du bist nicht dafür verantwortlich, für andere zu existieren und ihnen dein Leben zu geben.

Du verdienst echte Freundschaften, echte Verpflichtungen und echte Liebe mit gesunden und wohlwollenden Menschen.

Die Entscheidung, dich von toxischen Menschen fernzuhalten, wird dir die Liebe, die Wertschätzung, das Glück und den Schutz geben, die du verdienst.

Abschließend möchte ich doch noch ein paar Worte zu diesem Buch verfassen. Zwischen den ersten und den letzten Zeilen liegen fünf, fast sechs Jahre. Das ist eine lange Zeit. Man merkt im Verlauf des Buches, dass sich meine Art und Weise zu schreiben, verändert hat. Genau wie meine Texte, habe auch ich mich verändert. Ich befand mich zu Beginn des Buches an einem ganz anderen Punkt in meinem Leben als jetzt. Doch Eines kann ich sagen: Durch die Verarbeitung meiner Traumata, das Niederschreiben der Gefühle, die ich mich lange nicht traute zu erwähnen, bin ich gewachsen. Ich wollte nie glauben, wenn mein Mann mir sagte: „Mit Mitte Dreißig bist du in der Blüte deines Lebens, dann siehst du alles noch mal mit ganz anderen Augen." Was soll ich sagen. Genauso empfinde ich es. Natürlich habe ich mit 27 und drei Kindern gedacht, ich bin nun erwachsen, natürlich habe ich gedacht, ich wüsste nun alles vom Leben. Fakt ist, ich weiß alles und dennoch weiß ich nichts. Als ich das verstanden habe, wurde plötzlich alles klarer. Es muss nicht alles auf Anhieb funktionieren, nichts muss perfekt sein. Träume platzen um *Platz* für anderes zu machen. Freundschaften gehen kaputt, weil sie nie echt waren. Es sind keine Enttäuschungen, sondern ein Ende von Täuschungen. Als Frau fühle ich mich nun angekommen. Natürlich struggle ich immer noch mit meinem Körper, doch auch in dieser Hinsicht bin ich gelassener geworden und kasteie mich nicht mehr, nur um irgendwem zu gefallen. Ich fühle mich wieder in meinem Kopf wohl, obwohl da noch die ein oder andere Baustelle offen ist. Ich liebe meine Kinder und meine Familie über alles und bin in einer gefestigten Beziehung, die uns nur wenige Menschen gegönnt und zugetraut haben. Wir haben nie aufgegeben, auch wenn das hin und wieder der Notausgang aus so manchem Problem gewesen wäre. Neid-Natascha und Läster-Larissa können mir heute nichts mehr anhaben, weil ich meinen Wert kenne. Natürlich zweifle auch ich des Öfteren an diesem, vor allem in einer so herausfordernden Zeit wie die jetzige. Auch ich habe oft Ängste, was die Zukunft bringt, was aus meinen Kindern wird und wo wir in fünf Jahren stehen werden. Doch auch wenn ich heute noch nicht die vollendete Blüte meines Lebens erreicht habe, ich schaue entspannter auf das, was noch kommt. Ich habe den Mut, zuzulassen und anzunehmen, was ich nicht ändern kann. Ich akzeptiere, wenn etwas nicht für mich bestimmt ist und hege keinen Greul für Menschen, die nicht in meinem Leben sein wollen. Ich weiß, dass noch vieles auf mich wartet, meine Reise noch lange nicht zu Ende ist und schon ganz bald wartet die wunderschöne Blütezeit meines Lebens auf mich. Danke liebes Leben.

Fortsetzung folgt ...

FÜR AUTOREN A HEART FOR AUTHORS À L'ÉCOUTE DES AUTEURS MIA KAPΔIA ΓΙΑ ΣΥΓΓ
FÖRFATTARE UN CORAZÓN POR LOS AUTORES YAZARLARIMIZA GÖNÜL VERELIM S
FÖR AUTORE ET HJERTE FOR FÖRFATTERE EEN HART VOOR SCHRIJVERS TEMOS OS AU
HJÄRTAT SERCE DLA AUTORÓW EIN HERZ FÜR AUTOREN A HEART FOR AUTHORS À L'ÉCO
BCEЙ ДУШОЙ К АВТОРАМ ETT HJÄRTA FÖR FÖRFATTARE À LA ESCUCHA DE LOS AUTO
ΓΙΑ ΣΥΓΓΡΑΦΕΙΣ UN CUORE PER AUTORI ET HJERTE FOR FORFATTERE EEN
ΟΙΝΚΕRΤ SERCE DLA AUTORÓW EIN HERZ FU
ΑΟ BCEЙ ДУШОЙ К АВТОРАМ ETT HJÄRTA F

Die Autorin

Nathalie Fortmann, 1987 in Düsseldorf geboren, ist mit Leib und Seele Mutter von vier Kindern. Als Alleinerziehende mit Partner, steht sie vor einigen Hindernissen. 2023 machte sie sich selbstständig und gründete den „Lieblingsplatz" in Korbach, ein Ort an dem Mode, Kreativität und Zusammenhalt verschmelzen. Korbach als Kontrastprogramm zu Düsseldorf, ist nun ihr Ruhepol, dort kommt sie an. Mit ihrem Lieblingsplatz möchte sie vor allem Frauen ein Ort zum Wohlfühlen bieten. Als Autorin möchte sie genau diese erreichen und ihnen Mut dazu machen, zu sich selbst zu stehen, Grenzen zu setzen und ihr volles Potenzial zu entfalten. Ganz gleich, was jemand anderes sagt.